講談社文庫

親鸞(上)

五木寛之

講談社

親鸞《しんらん》 上

目次

親鸞《しんらん》
下巻目次

親鸞

上

人を殺す牛

昨夜からの雨も朝にはあがって、京の大路《おおじ》には秋の日ざしがまぶしい。

忠範《ただのり》は目をほそめながら歩いていた。

はるかに比叡《ひえい》の山が見える。

比叡山は、どっしりとした山だ。四明ケ岳《しめいがだけ》、大比叡《おおひえい》の連峰から東山にかけて、ゆるやかな稜線《りょうせん》がつづく。

そのうつくしい遠景を断《た》ち切るかのように、異様な高さの塔がそそりたっていた。法勝寺《ほっしょうじ》の八角九重塔《はっかくくじゅうのとう》である。鴨川の東岸、白河《しらかわ》の一角にそびえたつその塔は、東寺の五重塔をはるかにしのぐ、おそるべき高さの仏塔だった。

まだ幼かったころ、はじめてその塔を目にしたとき、忠範はなににおびえたのか火がついたように泣きだしたという。いつか伯父の範綱《のりつな》が、笑いながらそのことを話してくれたものだった。

忠範はすでに幼児ではない。しかし八歳になったいまでも、京の町を睥睨《へいげい》するかのようにそそりたつ九重塔のすがたには、なぜか違和感をおぼえてしまう。

〈比叡のお山のほうが、ずっと立派だ〉

忠範はふたたび目を転じて、かなたの山嶺《さんれい》をながめた。あの山の奥には巷《ちまた》のにぎわいとはまったくちがう、なにか深い未知の世界があるような気がしてならない。いつも見るたびに、なぜかふしぎに心がときめくのだ。あの山の頂《いただ》きには、いったい何があるのだろうか。

「どけ！　どけ、小童《こわっぱ》！」

いきなり怒声とともに肩をつきとばされて、忠範は一瞬、ころびそうになった。数人の男たちが、車を引いて脇《わき》の小路《しょうじ》から駆けだしてきたのだ。長くのばした髪をたばねた男もいる。ざっくり切りはなして柿色の衣《ころも》をつけた男もいる。市中清《きよ》め役の男たちである。

車の荷台の上に筵《むしろ》がかけてある。その下から何本もの人間の足がつきだしていた。

いま都《みやこ》では、行き倒れや病《やまい》で死んだ者たちが道端にうちすてられている光景を目にするのは、めずらしいことではなかった。野良犬が人の手首をくわえて走っていても、ちかごろはだれもふり返ったりはしない。

男たちは勢《いきお》いよく車を大路に引きだした。死体を鴨の河原へでも捨てにいくのだろうか。彼らが奇声を発して走りさったあとに、かすかな死臭がただよう。

やがて、忠範《ただのり》がめざす辻のあたりに近づくと、急に芋の子を洗うような人込《ひとご》みとなった。忠範の胸も、期待に震《ふる》える。

〈ほんとうにそれは起こるのだろうか？〉

ますます人だかりがふえてきた。大路の左右には、豪華な牛車が何台もとめられている。たぶん噂をききつけて、車のなかからそれを見物しようという貴族や姫君たちの一行だろう。

周囲の人びとの熱気が彼の心をかりたて、忠範の足どりもしだいにはやくなってい く。

彼がその場所をめざしたのは、おさえきれない好奇心からだった。

その日、漢籍《かんせき》の勉強から帰ってくると、伯父の範綱《のりつな》から油《あぶらの》小路《こうじ》の知人のところへ手紙をとどけにいくように命《めい》じられたのだ。往《い》きは召使いの犬丸がつきそってきたのだが、手紙をとどけたあと四条の家の近くまでもどってくると、忠範はたちどまって犬丸にいった。

「ちょっと宗業《むねなり》さまのところへいってくる。今朝、もち帰るのを忘れてきた書物をとってくるから先に帰っておくれ」

「おともしましょう」

犬丸は心配そうに、

「このところまことに物騒《ぶっそう》な世の中でございます。女盗《めと》り、子盗《こと》りは、めずらしくはありません。幼い忠範さまをお一人で町にいかせては、わたくしめが叱《しか》られましょう」

「心配いらぬ。通いなれた道だ。すぐに帰る」

三条に住む二番目の伯父の宗業のところへいくとみせかけて、忠範はこの辻へ一人でやってきたのである。今朝、いっしょに漢籍を学ぶ友達からきいた思いがけない話で、忠範の頭は一杯になっていたのだ。

それは、とんでもない競《くら》べ牛がある、という話だった。その噂に子供たちは目の色をかえていた。都《みやこ》でも知らぬもののない名物牛の二頭が、はじめて対決するというのである。

「もし角合《つのあ》わせまでいったら、どっちかが殺されるかもしれへん」

「黒頭巾《くろずきん》という逸物《いつぶつ》がいちばん強いみたいや」

「いや、それよりもっとすごい猛牛がやってくるで。たしか名前は――」

うかがでるのとちが

うか」

「それや。これまで何人も人を殺した牛とか。こんども暴れたら人死《ひとじに》がでるのとちが

うか」

などと仲間たちが大騒ぎしていたところへ師の宗業《むねなり》があらわれた。生徒たちの声を

耳にしたらしく、おだやかな声で、

「牛頭《ごず》というのはなにか、知っている者はおるかな」

「頭が牛のかたちをした地獄の鬼、です」

忠範《ただのり》が答えると、ふむ、よくできた、と宗業はうなずいた。それが今朝の授業の前のことだった。なんとでもして、その牛頭王丸という怪物を見てみたい、とそのとき

忠範は思ったのだ。

やがて汗のにおいがむっと鼻をつく辻へきた。口の悪い童《わらべ》たちが、「馬糞《まぐそ》の辻」と

よぶ場所である。なぜか牛や馬がその辻にくると、盛大に尿や糞をするのだ。清《きよ》めの

者がかたづけてもかたづけても、たちまち湯気のたつあたらしい糞がつみあがる。

その辻の近くは、文字どおり立錐《りっすい》の余地もないほどの混みようである。

〈京じゅうの人があつまったのではないか〉

と、忠範は思う。

肘《ひじ》でつっぱり、足をふんばっていないと押しつぶされそうな人の波である。忠範は大人の脇《わき》の下をくぐり抜けるようにして、人垣の前へ前へと強引に進んでいく。

「あ痛っ！」

「気ぃつけや。スリが狙《ねろ》てるで」

「なんやの。いやらしいことせんといておくれやす」

「牛頭王丸は、いつやってくるんかいな」

勝手なことを口ばしりながら、人びとは爪先《つまさき》だって大路《おおじ》の左右に視線を走らせていた。

いきなりごつんと頬に衝撃をうけて、忠範はよろめいた。忠範をふみつけんばかりの勢《いきお》いで、屈強な黒衣《こくえ》の男が前に出ようとしている。その男の太い杖《つえ》の柄《え》が忠範の顔にまともに当たったのだ。手をやるとかすかな血が指についた。

「待たれよ！」

と、忠範はその男の黒衣の袖《そで》をつかんで叫んだ。

「ん？」

と、ふり返った顔は、日やけして真っ黒だった。歯だけが妙に白い。顔は横にひろく、首はほとんどない。盛りあがった背中の筋肉にうずもれているのだ。破れた僧衣

の下に、常人の二倍はありそうな厚い肩と腰をもった大男である。その男がけげんそうな表情で、

「なんだ、童《わっぱ》――」

「無礼ではないか。杖で人の顔に傷をつけて、ひとことの謝りもないとは」

目をつりあげてにらみつける忠範《ただのり》の顔を見おろしながら、

「おう、それは気がつかなかった」

と、東国の者らしい無骨な口調でいった。

「この杖の柄は人の骨だ。そなたの顔に当たったか。すまぬ。謝るから勘弁してくれ」

意外に素直に頭をさげられて、忠範はため息をついた。男は懐《ふところ》から貝の容器をだすと、

「さ、この膏薬《こうやく》を塗れば、すぐに血はとまる。ときに、そなたも化けもの牛の見物か」

そこではよく見えぬであろう、と男は忠範の体を片手で軽々とかかえあげると、人垣のいちばん前にひょいとおろした。そのとき群衆のあいだからどっと喚声がわきおこった。

「きたぞ！」

「牛頭王丸《ごずおうまる》だ！」

「人殺しの化けもんがきた！」

忠範は体をのりだして接近してくる黒い影を見つめた。いまにも崩れそうに人垣がゆれる。黒衣の男は、忠範を背後から守るようにささえながら、

「あの牛はちがうぞ！」

と、周囲の者たちにもきかせるように、腹にひびく大声でいった。

「あれは牛頭王丸ではない。たしかに見事な逸物《いつぶつ》ではあるが、黒頭巾《くろずきん》という越前牛《えちぜんぎゅう》だ。そのうちまもなく人殺しの化けものがやってくる。反対側からな」

群衆は感心したように大男の声にうなずいた。そして声高にやがてはじまる競《くら》べ牛のことを話しあった。

祭りや催《もよお》しものには、身分の高い人びとがこぞって牛車でやってくる。そんなときに、車そのものの贅《ぜい》を誇示する時代もあったが、最近では牛車を引かせる牛の偉容《いよう》を競《きそ》いあう風潮がさかんになっていた。

いま京の都《みやこ》で評判をよんでいるのが、牛頭王丸という希代《きだい》の悪牛《あくぎゅう》である。名牛といえば越前牛か筑紫牛《つくしぎゅう》とされてきたが、この牛はちがう。北陸の能登半島で育った牛だ

と噂されていた。

悪牛《あくぎゅう》とよばれるのは、ときに暴れてとんでもない騒ぎをおこすことがあったからだ。これまでに牛が一頭と牛飼童《うしかいわらわ》二人が殺され、見物人七人が大けがをさせられたという。いつ暴走するかわからないそんな悪牛の引く車にのる主人の度胸もまた、世間の喝采をあつめて人気が高まるばかりだった。その日、馬糞《まぐそ》の辻にあつまってきた人びとは、めったにない競《くら》べ牛をひと目見ようという好奇心だけで、ずっと朝から立ちつくしていたのだ。

いま左手からやってくるのは、はなやかな網代車《あじろぐるま》を引く漆黒《しっこく》の越前牛である。それは都に知られた逸物《いつぶつ》で、黒頭巾《くろずきん》という名をもつ巨大な牛だった。太い角は水牛のように湾曲《わんきょく》し、顔は楯《たて》をおもわせる方型《ほうけい》で、鼻孔からは絶えず荒々《あらあら》しい息吹《いぶき》をひびかせている。暴れて五人を傷つけたといわれるが、まだ死人をだしてはいない。

人垣のなかから拍手がわいた。その黒頭巾の堂々たる逸物ぶりに、自然におこった賞讃の拍手である。一瞬、それがぴたりとやむと、人びとの息が止まった。辻のまん中に、黒頭巾が四肢《しし》をつっぱるようにして立ちどまったのだ。頭をあげ、四方の見物人たちを威嚇《いかく》するようにながめまわす。

「逸物黒頭巾」

と、京の童《わらべ》たちにも名を知られた巨牛の漆黒の毛並みが、てらてらと日に輝いた。小山のような体軀《たいく》からは、白い湯気がさかんにたちのぼっている。烏帽子《えぼし》をかぶった二人の車副《くるまぞい》が牛車の左右につきそっていた。

〈なんとすざまじい牛だろう〉

忠範《ただのり》は思わず唾《つば》をのみこんだ。そのおどろきを察したかのように、

「おごりたかぶっている牛だ」

と、頭の上で黒衣《こくえ》の大男がいった。

「自分よりつよい相手はいないと思っている」

「そうではない、というのか」

「むこうを見ろ。ほれ、本ものの化けものがやってくるぞ」

男の汚《よご》れた太い指が、忠範の顔の前で大路《おおじ》の西をさししめした。そちらから一台の牛車がゆっくりちかづいてくる。ゆるやかに動いているようで、なぜかその歩みははやい。忠範は目をこらした。

一台の牛車と、灰色の牛と、三人の牛飼童の姿が、なぜか暗い影を背おっているかのように感じられた。いつのまにか、もう辻のすぐ前まできている。

黒頭巾は、それに気づいたように、大きく身ぶるいした。すると自分たちの牛を守

るように、数人の牛飼童《うしかいわらわ》たちがすばやく前後をかためた。それぞれ腕組みしたり、嘲《あざけ》るような笑いをうかべたりしながら、正面からやってくる牛車をながめている。いずれも牛におとらぬ屈強な男たちばかりだ。牛飼童といっても、彼らは子供ではない。常人のように烏帽子《えぼし》をかぶらず、髪を童子のようにのばした異様な男たちである。

都《みやこ》で逸物《いつぶつ》とよばれる牛は、戦場を駆ける馬よりもはるかに猛《たけ》だけしい。地方からつれてこられた野生の巨牛ともなればなおさらである。ときとして暴れ狂い、制御できなくなることがある。そんな暴走する牛車をとどめるには、なみの人間たちでは無理なのだ。

ひとかどの武者《むさ》として知られる男たちも、猛牛には尻ごみして、手をださなかった。ただ牛飼童だけが暴れる牛をおそれずに立ちむかう。だから彼らは卑《いや》しめられながらも、畏怖《いふ》される者たちだった。

やがて辻の周囲をびっしりとりかこんだ見物人の前に、二頭の牛がじわりとむきあった。あたりは気味がわるいほど静まりかえっている。

後から辻にやってきた影のような牛車にも、三人の牛飼童がついていた。車副《くるまぞい》はいない。そちらの牛飼童たちは無表情で、正面をさえぎっている巨大な越前牛《えちぜんぎゅう》をなんとも思っていないかのようだった。

二頭の牛がゆっくりと間隔をつめた。黒頭巾《くろずきん》は鼻息あらく胸を張り、肩を翼のように左右にひろげて灰色の能登《のと》牛を鋭《するど》くにらみつける。

「あの牛が牛頭《ごず》王丸《おうまる》か」

と、忠範《ただのり》はふり返って背後の大男にきいた。だが、すぐうしろにいたのは、黒衣《こくえ》の大男とはちがう奇怪《きかい》な男だった。顔色が死人のように青く、細おもてで痩《や》せている。足駄《あしだ》をはき、赤い衣《ころも》の上に白い縄《なわ》のようなものをしめていた。髪は長くのばし、中ほどで結んだ異様な恰好だ。懐手《ふところで》をして、懐中《かいちゅう》でなにかカチリ、カチリと音をたてている。

「そうだ」

と、すぐそばで男の声がした。黒衣の男は、いつのまにか忠範の脇《わき》に中腰になっていた。

「体こそ大きくないが、あれは二人殺した牛だぞ。牛頭王丸というのは、地獄の邏卒《らそつ》の長ということ。あの目だ。あれを見ろ」

灰色の牛は、とりたてて立派な体軀《たいく》ではなかった。足も短く、尻の骨がつきだして見える。異常に感じられるのが、かげったような睫《まつげ》毛の奥の暗い目の色だ。

忠範は吸いよせられるように、その牛の目をみつめた。自分の心の暗さが、そのままそこに映っているような気がした。

〈自分もあんな目をしているのだろうか〉

それを隠すために、物心《ものごころ》ついたときからきょうまで、ずっと明るく活発にふるまってきたのである。その自分の心の底のどろりと暗い闇が、あの牛の目にはあるような気がする。

腹にひびくような声を黒頭巾《くろずきん》があげた。前脚で地面をひっかいて相手を威嚇《いかく》する。頭をさげ、下から角《つの》で突きあげる構えだ。牛頭王丸《ごずおうまる》のほうは、ほとんど冷然と黒頭巾をながめている。

やがて牛頭王丸のほうの牛飼童《うしかいわらわ》の一人が牛のそばへいき、二本の角にかぶせてあった金色の鞘《さや》をはずした。白く輝く短い角があらわれるのを見て、見物人たちが息をのんだ。その角が刃物《はもの》の先よりも鋭《するど》くとがっていたからだ。

角の鞘をはずされたとたんに、牛頭王丸の目に殺気がみなぎった。その灰色の体が一瞬にして鋼《はがね》のようにひきしまるのを、忠範《ただのり》は見た。

黒頭巾と牛頭王丸の顔がゆっくりと接近する。

両者が頭を突き合わせ、角をからめて押し合うのが角合《つのあ》わせだ。四肢《しし》をふんばり、力のかぎりをつくして相手を押す。押し合いに負けて、一歩でもうしろにさがったほうが敗者となる。尻尾をたれ、肩をおとして、人びとの嘲笑のなかを悄然《しょうぜん》と去るしかない。

二頭の牛の火のでるような押し合いがはじまると見えた瞬間、黒頭巾がふっとたじろいだ。相手の牛頭王丸の姿勢が気になったらしい。牛頭王丸の鋭い角は、はっきりと黒頭巾の咽《のど》にむけられていた。額《ひたい》を合わせ、角をからめて押し合うのではなく、相手の咽をひと突きでえぐろうという異様な構えである。その殺気を感じて黒頭巾がたじろいだのだ。

「とう！」

と、牛飼童が叱咤した。黒頭巾も覚悟をきめたらしい。さらに頭をさげ、相手の必殺の突きを湾曲《わんきょく》した巨大な角でさえぎろうと身構える。忠範の耳もとで黒衣《こくえ》の男がささやいた。

「牛頭王丸は、やつを殺すぞ」

二頭の牛の気が火花をちらして、まさに両者が組み合おうとした瞬間、ピュッと忠範の耳もとで空気が鳴った。なにか白い石つぶてのようなものが目にもとまらぬ速さで飛んで、牛頭王丸の片方の耳を鋭く打ったのだ。一瞬にして耳が裂け、血がふきだした。牛頭王丸は半歩しりぞくと、ゆっくりと顔をあげて忠範のほうをみつめた。殺気にみちた憤怒《ふんぬ》の視線が燃えるようにこちらへむけられた。どうやら忠範《ただのり》が犯人だと思ったようだった。

「ちがう！」

あわてて手をふると、それがかえって牛頭王丸《ごずおうまる》を刺激したらしい。牛頭王丸は黒頭巾には目もくれず、不意に躍りあがるような勢《いきお》いで忠範のほうへ突っこんできた。牛車が横転し、悲鳴があがり、見物人たちの人垣がどっと崩れた。黒い炎のような顔が目の前に迫《せま》ってくる。だが、忠範は体が金しばりにあったようで身動きができない。

「あぶない！」

牛頭王丸の鋭《するど》い角《つの》とすれちがいざま、忠範の体が宙に浮いた。たくましい黒衣《こくえ》の大男の腕が彼をひっつかみ、かかえあげると、逃げまどう人びとを蹴《け》ちらして走りだしたのだ。背後で人びとの悲鳴があがる。牛飼童《うしかいわらわ》たちの怒号もひびく。その混乱のなかを、荷物のように忠範を脇《わき》にかかえて、黒衣の大男は飛ぶように駆けていた。

馬糞《まぐそ》の辻をはなれ、大路《おおじ》からそれて、それでも彼は走りつづけた。やがて、どすんと地面に転がされると、そこは鴨川の河原の土手だった。

鴨の河原で

河原坊浄寛《かわらぼうじようかん》は衣《ころも》の袖《そで》で汗をぬぐった。

鴨川の水量が、いつもより多い。上流のほうで夕立でも降ったのだろう。大路《おおじ》の辻にくらべると、河原をわたってくる風は、かなり涼《すず》しく感じられる。死人の臭いは、この場所ではしかたがない。

「あぶないところだったのう」

浄寛は横にならんですわっている童《わらべ》のほうに笑いかけていった。

「たぶん何人かは死人がでたことであろう。これで牛頭王丸《ごずおうまる》の評判も、ますます高まる一方じゃ」

「礼をいうのを忘れておりました。あやういところをお助けくださり、かたじけない。お礼を申します」

さっきまでとちがって、ばかに神妙な口調で頭をさげる童を、浄寛はおかしそうにながめた。粗末ななりだが、袴《はかま》をつけているところをみると町衆の子ではない。言葉づかいもきちんとしている。

「わしは浄寛《じようかん》じゃ。河原坊《かわらぼう》浄寛という。人は河原の聖《ひじり》などというが、見てのとおりの宿なし坊主じゃ。そなた、名前は？」

「タダノリと申します」

「さっきは、わしの腕にただ乗り、か」

浄寛の駄洒落《だじゃれ》に笑いもせず、

「忠恕《ちゆうじよ》の忠に、規範《きはん》の範です」

「夫子《ふうし》の道は忠恕のみ。おぬし、論語を学んでおるのか」

「そのほかにもいろいろと」

「師は？」

「伯父から教わっています」

眉が濃く、頬骨が高い。いかにも意志のつよそうな口もとをした童《わらべ》だった。気になるのは目である。切れ長のややつりあがった目の奥に、奇妙な暗さと人なつっこさが同居していた。言葉はきはきしているが、それと反対の沈鬱な気配《けはい》が表情のはしばしにただよう。

「瓜《うり》を食うか」

と、河原坊はいった。

「ついてきなさい」

土手から河原におりると、むっと異臭がせまってきた。雑草や石ころのあいだに、うちすてられた死人の骨や、まだ人の姿をたもった屍《かばね》があちこちに散在している。なかには息絶えて数日しかたっていないと見える死体もある。

大きな商家や貴人《きじん》たちの邸《やしき》では、死人をケガレとして忌《い》む風潮があった。奉公人たちが重病になったり、老衰して動けなくなると、河原にはこんで筵《むしろ》の上に置きすてることもある。そばにいくつかの握り飯や瓜などをおいて、放置するのだ。

「浄寛どのは、ここでなにをなさっているのですか」

と、童にきかれて浄寛は首をかしげた。

「はて、なにをしているのであろうかのう」

この数年、鴨の河原にすてられる者の数が、いちじるしくふえている。ときには橋をわたる人びとが、袖《そで》で口をおさえて死臭をこらえながら行き来したりするほどだ。雨が降って川の水かさがますと、死体の山が掃除したように下流にながされて、みながほっとした顔になる。

浄寛《じょうかん》は三年前からこの河原に住みついていた。昼間は散乱した屍《かばね》をあつめて、川の流れに送りだす。夜は橋の下に筵をかぶって寝る。ちかごろは行き倒れた死人や、病死者などの額《ひたい》に、ありがたい経典《きょうてん》の一字を書いて弔う僧たちも幾人かあらわれてきたが、彼はとりたてて死者の供養《くよう》はしない。

「わしはここにすてられた屍をあつめて、鴨川の水に流すことで日をすごしておる。そして、ほれ、こういうふうに死人が残した食いものをいただいて命をつないでおるのじゃ」

骨と皮になった老婆が、目をあけて倒れていた。すでに鼻や目には白い蛆《うじ》がうごめいている。そのそばに、しなびた瓜《うり》がひとつころがっているのを見て、浄寛はうれしそうに拾いあげた。

「この瓜はりっぱな真桑《まくわ》じゃ。ありがたくいただくかわりに、この婆さまを水に葬《ほうむ》ろう。タダノリ、手伝え」

一瞬たじろいだ童《わらべ》が、口もとを固くむすんでうなずいた。なかなか芯《しん》のつよい子だ、と浄寛は思った。

「ここに放っておくと犬が食う。されば川に入れて魚の餌《え》にでもしたほうが功徳《くどく》というものじゃ。よし、おまえは足をもて。わしが頭をかかえるから」

抱きかかえるように老婆の死体をはこぶと、彼は腰まで水につかって流れにやさしく送りだした。ついでに瓜をさっと洗って、

「さあ、あの柳の木陰にでもすわって、この瓜をいただこうか」

ふたりは並んで腰をおろした。浄寛は短刀で瓜をふたつに切り、片方を忠範《ただのり》に手わたした。

「瓜は古く天竺《てんじく》から唐《から》につたわり、この国にも渡ってきたありがたい果物じゃ。うむ、これはうまい」

彼は中身の種子《たね》の部分を音をたてすすった。タダノリと名乗った童も、神妙に瓜をかじっている。

「ところで、そなたこそ一体なにをしておる」

そうきかれて、童は一瞬とまどった表情になった。うつむいて、

「なにを、といわれましても――」

「うまれは？」

「日野《ひの》の里で育ちました」

「親は？」

一瞬、間をおいて、

「いまは四条の伯父の家に引きとられて、弟たちとともに世話になっております」

親のない子か、と浄寛《じょうかん》は思ったが、それ以上のことをきく気はなかった。なにか事情があって縁のある家に養われているのだろう。

〈そういえばわしも親を知らなかった〉

この子の目の奥にある暗さは、家族のあたたかさを知らない孤独の翳《かげ》かもしれない。それでいて浄寛をみつめる目には、ふしぎな人恋しさがにじんでいる。浄寛は妙にその子が気に入った。

「わしはむかしは関東で鎗《やり》や刀をもって馬で駆けまわっていた坂東武者《ばんどうむしゃ》のはしくれだった。いろいろあって、あの山に身をよせたのが十五年前だったかのう」

浄寛は、比叡山《ひえいざん》のほうに顎《あご》をしゃくった。

「では、比叡のお坊さまなのですか」

「いや。一時は腕っぷしを買われて、荒法師《あらほうし》どもの頭《かしら》にもなったが、心に感じるところがあって山をおりたのじゃ。そして町で最初に知りおうたのが、ほれ、さっきの男でな」

けげんそうな顔の忠範《ただのり》に、浄寛はいった。

「おぬしのすぐうしろに、幽霊みたいな男がいただろう。以前は白河《しらかわ》の印地《いんじ》打ちのなかでも名の知れた男さ。ツブテの弥七《やしち》といえば叡山《えいざん》の悪僧たちもさけて通る悪餓鬼《わるがき》じゃった」

目をみはって聞いている忠範に、浄寛は瓜《うり》の汁をぬぐって教えてやった。

「論語は知っていても、印地打ちは知らぬようだの。この川の東の白河のあたりには、むかしから石を投げる祭りがある。祭りには石合戦もある。また争いとなるとつねに石を投げあう土地じゃった。印地とはツブテのこと。字に書けば、ほれ、飛礫《ひれき》と書くが、要するに石ころじゃ」

石を投げるのは子供の遊びでもあり土地の古い風習でもある。また刀鎗《とうそう》をもたない集団の自衛の武器でもあった。若い者たちのあいだで、遠投《えんとう》や的に当てる的投《てきとう》の技が競《きそ》われるようになると、やがて名人上手とよばれる者もでてくる。

白河あたりの悪童たちがあつまって徒党を組んだ。そして、印地の党と称して横行しはじめたころの名だたる頭目《とうもく》が、ツブテの弥七だったことなどを浄寛はやさしく話してきかせた。

「漢籍《かんせき》とどちらがおもしろい」

どちらもです、と、童《わらべ》は目を輝かせて答えた。

「おう、河原坊《かわらぼう》」

突然、背後からの声で、浄寛《じょうかん》がふり返ると、話の主の幽霊のような男だった。

「また騒ぎをおこしたな、弥七《やしち》」

と浄寛がいうのに、薄笑いをうかべて幽霊男が、

「くそガキを相手に、なんの話や。また悪い病《やまい》がでたか」

「なにをいう。おや、法螺房《ほうらぼう》どのもごいっしょか。おひさしぶりでござる」

二人の男が頰に不敵な笑いをうかべて忠範《ただのり》と浄寛を見おろしていた。片方はさっき馬糞《まぐそ》の辻で、背後から飛礫《つぶて》を打った男だった。まさしく幽霊のように青白く、尖《とが》った顔で、赤い衣《ころも》をきている。もう片方の男は小柄だが、顔だけが異様に大きい。唇が厚く、頭に笠《かさ》をのせ、ぼろぼろの衣をまとっていた。鍾馗《しょうき》のような髭面《ひげづら》で、腰に大きな法螺貝《ほらがい》をさげている。

「しばらくぶりだの、河原坊」

と、法螺貝をさげた男は、衣をまくって浄寛の横に腰をおろした。あたりにひびく大声だ。弥七のほうは懐手《ふところで》のまま柳の木陰に立っている。

「さっきのいたずらはなにごとだ、弥七」

浄寛がたずねた。

「あの牛頭王丸《ごずおうまる》にツブテを打ったのは、なにか企《たくら》みがあってのことじゃろう」

「遊びでツブテは打たへんのや」

やはりそうか、と浄寛はうなずいて、

「それにしても、この子があやうく牛頭王丸の角《つの》にかけられるところだったぞ」

弥七が鼻で笑っていう。

「その子のかわりに、ほかの見物人が一人死によったけどな」

「これで三人殺したか。牛頭王丸はもはや都《みやこ》では敵なしの悪牛《あくぎゅう》となりおったわい。それにしても、なぜあの場でツブテを打った？」

「それにはふかーいわけがあるんや。あのまま本気で角を合わせたら、まちがいなく黒頭巾《くろずきん》が死ぬ。商売相手の牛飼童《うしかいわらわ》から、それを止めるようにたのまれたんじゃ」

弥七が叡山《えいざん》の許しをえて、牛馬売買の商いを手がけていることは、浄寛も知っていた。都《みやこ》の貴人《きじん》たちのあいだで名牛の需要は、ますますばかりである。さらにちかごろは武者《むさ》たちの乗る馬も、おどろくほど価があがってきているらしい。

大きな戦《いくさ》がある、という噂がしきりと流れていた。武者の戦は、強い馬をどれだけ用意するかにかかっている。むかしのように、刀をもって組み合う戦ではない。野獣にちかい荒々《あらあら》しい気性と体力をもった悍馬《かんば》の集団で、一気に押し切るのだ。そのためには、奥州《みちのく》や九州あたりから野生の牛や馬をはこんでくる必要があった。

「お山も、商売繁昌だのう」

浄寛《じょうかん》ははるかな比叡山《ひえいざん》をながめてつぶやいた。

「ところで、この童《わらべ》は？」

と、法螺房《ほうらぼう》が顎《あご》をしゃくってきいた。

「うむ、どこぞのしかるべき家の子らしい。わしもさっき知りおうたばかりじゃ。ちと河原の仕事を手伝うてもろうたが、死人をこわがらぬところは、見どころがある。名はタダノリじゃ」

こちらは法螺房、と、浄寛は笠《かさ》をかぶった小柄な男を紹介した。忠範《ただのり》は頭をさげた。

「ホラ坊主やな」

と、うしろから弥七がせせら笑いながら、

「世の中で自分の知らんことはなにひとつないと広言するホラ吹きや」

「ホラ坊ではない。法螺房弁才《ほうらぼうべんさい》だ。そもそも」

と、ひと息つくと、声をはりあげて流れるように一気にしゃべりだした。あたり一帯にひびきわたる大音声《だいおんじょう》だ。

「いいか、よく聞けよ。この法螺《ほら》というのは古くは天竺《てんじく》でシャンクハといった。これは梵語《ぼんご》じゃ。人をあつめて説法をするときの合図に法螺を吹いたところから衆生《しゅじょう》に仏法《ぶっぽう》を説くことを法螺を吹く、という。無量寿経《むりょうじゅきょう》にいわく、法鼓《ほっく》を叩《たた》き、法螺《ほうら》を吹く、と。また心地観経《しんじかんぎょう》、その他の聖経には法螺の音《ね》を獅子吼《ししく》にたとえ、大法螺《だいほうら》を吹いて衆生を済度《さいど》せよ、とする。法螺とはつまり釈迦の説法のたとえじゃ。さらに山で修行する者にとっては、熊や、イノシシ、狼などを追いはらって余計な殺生《せっしょう》をせぬため、そして魔神、悪鬼をはらうための大切なものである。よいか、法螺を吹く、というのは仏説のたとえ。真の大法螺を吹いてこそ仏弟子じゃ。三昧法螺声《さんまいほらしょう》　一乗妙法説《いちじょうみょうほうせつ》　経《きょう》
耳滅煩悩《にめつぼんのう》　当入阿字門《とうにゅうあじもん》――」

法螺房弁才《ほうらぼうべんさい》は、目をとじて合掌《がっしょう》し、緒《お》のついた法螺貝をささげもって礼拝《らいはい》した。

忠範は法螺房のあまりの雄弁に口をぽかんとあけて弁才をみつめている。

「わかったか、タダノリ」

と、浄寛は笑いながらいう。

「この法師《ほうし》が手にもつ杖《つえ》は金剛杖《こんごうじょう》。身にまとう衣《ころも》は鈴懸《すずかけ》。尻にさげておるのが引敷《ひっしき》。こう見えても、弁才どのは十年の回峰行《かいほうぎょう》をはたされた本物の行者《ぎょうじゃ》さまじゃ。しかし――」

「そやけど、ホラを吹きすぎるのが病気で、人に嫌われる。それで山をおりた。いま

はただの乞食《こじき》坊主や」

と嘲笑《あざわら》う弥七《やしち》に、即座に弁才《べんさい》が応じる。

「わしのホラはただのホラではない。真の大法螺《だいほうら》だ。そして乞食《こじき》とはただ食のみを乞《こ》う者。わしのように道心《どうしん》をもって托鉢《たくはつ》する者は、これを乞食《こつじき》という。十二頭陀行《ずだぎょう》のひとつだ」

比叡山《ひえいざん》に住んだ河原坊浄寛《かわらぼうじょうかん》にとって、弁才の長広舌の中身はめずらしくもなんともないことだ。しかし、いつもながら朗々と弁じて一瞬のよどみもないその雄弁には、ついきさほれてしまう。ツブテの弥七は法螺房のことを、大ボラ吹きの乞食坊主ときめつけてはばからない。

〈だが、わしは弁才どのを尊敬している〉

それは自分にない独特の才能を、彼がもっているからである。つくづく思うのだが、

〈わしには口舌の才がない〉

こうして河原で瓜《うり》をかじりながら、年端《としは》もいかぬ童《わらべ》や仲間を相手に気楽にしゃべっているときは平気なのだ。しかし、あらたまった席で論議《ろんぎ》を展開するとなると、たちまち言葉がでてこなくなるのはどういうわけか。

武者《むさ》の時代はそれでよかった。戦《いくさ》に言葉はいらない。いざ合戦となれば、親も討たれよ、子も討たれよ、屍《かばね》をふみこえてひたすら戦うのが坂東武者《ばんどうむしゃ》の気風《ならい》である。精神と肉体をぶつけあっての命のやりとりに、弁舌は不要だった。

しかし、主人にしたがって叡山に入り、一度は仏門に帰依《きえ》した身である。主人とともに頭を丸めてそれなりの修行を志《こころざ》したのだが、浄寛はやがて挫折《ざせつ》した。修行の苦しさゆえではない。勉学の難しさからでもなかった。仏《ほとけ》の道に言葉はいらないと思ったのが、大きなまちがいだったのである。経《きょう》もおぼえた。行《ぎょう》にもなれた。死を覚悟の合戦にくらべれば、回峰行《かいほうぎょう》の辛《つら》さは耐えられぬものではなかった。

しかし問題は、しばしば催《もよお》される論議・問答《もんどう》にあった。それは僧たる者がつねに行わなければならない儀式である。聴衆を前に問者《もんじゃ》と講者《こうしゃ》にわかれ、仏法《ぶっぽう》をめぐって激しい討論をくりひろげるのだ。一般の法会《ほうえ》などでは、それはすでに儀礼と化している。きめられた形式にしたがって問い、約束どおりに答えればよい。だが、本気で仏法をきわめようとする僧の卵たちの論議・問答は、真剣を言葉にかえての勝負だった。命のやりとりといってもいい。

〈あれは辛かった〉

刀で斬《き》りつけるような問者の問いに、沈思《ちんし》黙考《もっこう》はゆるされない。打てばひびくように即座に答えなければならないのだ。朗々と、よどみなく。

しかも、経《きよう》・論《ろん》・釈《しやく》のさまざまな見地から、問者《もんじや》のみならず聴衆をも深く納得させる巧《たく》みな論法が必要である。浄寛《じようかん》にはそれがなかった。力ならだれにも負けないのだが。

「ホラ坊主――」

と、浄寛の回想を断《た》ち切るようにツブテの弥七《やしち》の声がした。

「そんなに法螺貝《ほらがい》の法力《ほうりき》があるのやったら」

と、彼は皮肉っぽい口調でいう。

「ほれ、あそこに」

河原の先に、一匹の野良犬の影が見えた。

「あいつ、死人の腕を食いちぎろうとしてるで。ひとつ、その法螺貝を吹いて、あの犬を追いはろうてみ。どうや、やれるか」

「なんだと」

弁才《べんさい》は顔をまっ赤にして弥七をにらみ返した。

「おう、やらいでか」

たちあがった弁才が、すばやく法螺貝を引きよせた。なにかを短く口のなかでとなき鳴らした。

えたあと、法螺貝を口にあてて爪先《つまさき》を左右にひらく。腰をおとして、一気に法螺を吹

〈なんという音だ〉

浄寛は首をすくめた。腹にひびくような野太《のぶと》い法螺の音が川面《かわも》にこだまする。音色はともかく、その圧倒的な迫力に忠範《ただのり》は感動した。一瞬、おどろいた野良犬が死体からとびはなれて、あわてて草の陰《かげ》に逃げこんだ。

「どうだ」

弁才が弥七をふり返って得意気にいう。

「見たか、聞いたか、鬼神もおそれるわが大法螺《だいほうら》の法力を」

「聞いた、聞いたで。そやけど、見てみい。あの犬はまたもどってきたで」

いったん隠れた野良犬が、こちらの様子をうかがいながら、ふたたび死体にちかづいてきたのだ。うーむ、と首を曲げた弁才が、にやりと笑って、

「犬が相手では法力も通じまい。では、どうじゃ。世に知られた白河《しらかわ》の印地《いんじ》打ち、弥七どののツブテの威力を見せてもらおうか。のう、浄寛どの。ここで三人、とっくり拝見つかまつろうではないか」

「遊びで印地は打たへんのや。しかし――」

弥七《やしち》は薄く笑うと、忠範《ただのり》のほうに顎《あご》をしゃくって、

「童《わっぱ》。さっきはこわい思いをさせてすまんかったの。どうや、本物の印地《いんじ》打ちを見てみたいか」

浄寛《じょうかん》がふり返ると、忠範が目を輝かせて大きくうなずいている。ぜひ、という表情だ。

「ガキにねだられたら断るわけにもいかんな。よし、ようく見とけよ。これが白河《しらかわ》の印地打ちや」

弥七はゆっくりと忠範のそばへやってきた。懐《ふところ》に右手をさしこむと、忠範に見せつけるように白い小石を三個とりだした。鶉《うずら》の卵ほどの大きさの石だ。手のなかでカチリ、カチリと音をたてて小石をころがしている。さっき馬糞《まぐそ》の辻でその音を聞いたことを、忠範は思いだした。弥七は河原の黒い犬にちらと目をやり、薄く笑った。

一瞬、弥七の手がひるがえった。踊りの手ぶりのような優美な動きだった。白いツブテが糸をひくように飛んだ。その石は鋭《するど》く犬の頭部を打った。犬が悲鳴をあげて跳ねあがった。

弥七の手が、さらに二度、一瞬のうちにひらひらとひるがえり、空中で痙攣《けいれん》した犬の体がどさりと落ちると、二、三度脚をひくつかせたあと、ぐったりと動かなくなっ

た。三個の石は寸分の狂いもなくほとんど同時に犬の頭部を打ったらしい。

犬が倒れたあと、弥七はなにもいわなかった。浄寛もだまっていた。

「殺生《せっしょう》なことを――」

と、弁才《べんさい》がつぶやく。

「あの犬を追いはらうだけでよかったものを。おぬしも業《ごう》のふかい男よのう。たのまれれば牛を打つ。あらそいのときは人をも打つ。犬も殺す。おぬし、地獄いきは必定《ひつじょう》だぞ。あの世でも印地を打つ気か」

「打つ」

と、弥七は低い声でいった。

「地獄いきはわしだけやないで。あんたも、河原坊《かわらぼう》も、みんな一蓮托生《いちれんたくしょう》や。どこぞのえらい坊さんらとちごうて、わしらは殺生が仕事や。こっちの河原坊は死人の衣《ころも》をはいで売る。あんたは嘘八百ならべたてて人をおどし、偽《にせ》の薬を売り、祈禱《きとう》で稼ぐ。わしらはみんな河原の石ころ、つぶてみたいなもんや。人でなしや。地獄のほかに、どこにいきどころがあるちゅうんや。犬でも、牛でも、人でも、わしは打つで。地獄にいったら牛頭《ごず》、馬頭《めず》でも、閻魔《えんま》大王でも打ったる。それが白河の印地ちゅうもんや」

忠範は男たちのやりとりを聞いていて、胸がつまるような気がした。

河原で無縁の死者を葬《ほうむ》ることに日を送っているはずの河原坊は、ほんとうに死人の衣をはいで売っているのだろうか。弥七は人を殺《あや》めて暮らしているのだろうか。そしてお山の行者《ぎょうじゃ》だったという法螺房《ほうらぼう》は、人をだますことを生業《なりわい》として世を渡っているのだろうか。

すこし日がかげって、風がでてきた。

〈帰らなければ――〉

と、忠範《ただのり》は思った。

放埓人《ほうらつにん》の血

伯父の日野範綱《ひののりつな》の屋敷は、四条の一角にある。どことなく肩をすぼめた感じの門構えは、そこの主《あるじ》がいまは日の当たる要職についていないことを示していた。

忠範《ただのり》が帰ってくるのをみはからっていたように、どこからともなく召使いの犬丸が現れて声をかけてきた。

「どうなさったのですか、忠範さま。あまりにもお帰りがおそいので、なにごとかあったのではないかと気づかっておりました」

犬丸は日野家につかえて二十年あまりになるらしい。童《わらべ》のころからこの家で働いていたという。気転のきく身軽な男で、さまざまな雑用を器用にこなして重宝《ちょうほう》がられていた。

目つきに鋭《するど》さがあるが、笑うと愛嬌のある顔になる。鼻梁《びりょう》が左に大きく曲がっていて、女の召使いたちから、鼻曲がり、とよばれていた。忠範のことは、なぜか終始《しゅうし》なにくれとなく気をつかってくれている。日野一族の内輪の事情にもくわしいようだった。いろんな話をきかせてくれたあと、かならず手で鼻をおさえて、

「この話は内緒《ないしょ》ですよ」

と、念をおす。きょうも声をひそめて、

「どこで、なにをなさっていたのですか。だれにもいいませんから、本当のことを」

「馬糞《まぐそ》の辻へいってきた」

と、忠範《ただのり》は正直に答えた。

「馬糞の辻へ——」

と、犬丸は目をみはって、

「では、例の黒頭巾《くろずきん》と牛頭王丸《ごずおうまる》の角合《つのあ》わせを見物にいかれたのですか」

「嘘をついて悪かった。でも、どうしても見たくて」

「人死《ひとじに》がでたとか聞きましたが」

「牛頭王丸が暴れたのだよ」

「これからは、この犬丸にちゃんとご相談ください。嘘をつかれると、よい気持ちはしないものです」

「すまなかった。それで伯父上には？」

「ご心配なく。こう見えても、犬丸は信用がございますから」

鴨の河原でのことはだまっていた。説明してもうまく伝わらないと思ったからだった。

犬丸はちょっとあたりの様子をうかがうような表情で、

「すこしお話をいたしましょう」

忠範はうなずいた。犬丸はきょうは、どんな内緒の話をきかせてくれるのだろうか。

忠範と犬丸は、母屋《おもや》の裏手をまわって、庭の端にある離れ屋《はなれや》へいった。離れといっても、以前は物置として使われていた小屋《こや》のような建物である。忠範と二人の弟たちが寝泊まりしている一間《ひとま》だけのわびしい部屋だった。

忠範は男の子ばかり五人兄弟の長男である。都《みやこ》から東南にすこし離れた日野《ひの》の里でうまれた。父親は日野有範《ありのり》という。日野家は長年この地にすみついた一族で、父、有範は朝廷の下級の官人《かんにん》だった。

数年前に、その父親が突然、家をでた。勤め先の皇太后宮《こうたいごうぐう》を退き、仏門にはいったのである。

父親が出家した事情を、忠範は知らない。妻と五人の子供をのこして家をでるには、なんらかの複雑な事情があったのだろう。夫に去られたあと、母親がどれほど辛《つら》かった。
い思いでいたかを忠範《ただのり》は知っている。鬱々《うつうつ》と無言の日々をすごす彼女を見るのが辛かった。

やがて母親は流行《はや》り病《やまい》でたおれ、ひと月ももたずに、あっけなく死んだ。
五人の遺児たちのうち、忠範と弟二人は京に住む伯父の範綱《のりつな》に引きとられることになった。のこされた二人は、日野の縁者の家にあずけられた。日野の家をでるとき、忠範は左右に弟たちの手をひき、のこされる弟二人のことを思ってすこし泣いた。
春から夏に移ろうとする季節だった。みずみずしい楢《なら》や櫟《くぬぎ》の新緑のなかに、法界寺《ほうかいじ》の阿弥陀堂《あみだどう》の屋根がくっきりと見えた。

そのときつきそってくれたのが、伯父の家の召使いである犬丸だったのだ。

「おや、弟たちはどこへ？」

忠範は人気《ひとけ》のない部屋のあがり框《かまち》に腰をおろして犬丸にたずねた。

「わが家の刀自《とじ》どのの糸繰《いとく》りを手伝うておられます。夕餉《ゆうげ》のときにはおもどりでしょう」

犬丸が「わが家の刀自」と呼ぶのは、彼の妻のサヨのことだ。この家に雑仕女《ぞうしめ》としてつかえて、やがて犬丸といっしょに暮らすようになった女である。子供がいないせいか、忠範の弟たちをわが子のように可愛がってくれていた。

「ところで――」

と、犬丸は着古した袴《はかま》のほこりを手ではらうと、忠範の横にならんですわった。

「忠範さまは、いまの世の中のことをどのくらいご存じでしょうか」

犬丸は声をひそめて、ここだけの話ですが、と念をおしながら、

「そのうち、世の中が引っくり返るかもしれません」

と、犬丸はいった。曲がった鼻に指をやるのは、彼が内緒話《ないしょばなし》をするときの癖《くせ》である。

「平家《へいけ》の一族にあらずんば人にあらず、そういわれたのは、つい先ごろまでのことです。平清盛《たいらのきよもり》どのの勢威《せいい》は、さながら日輪のように世間を照らしておりました。しかし、いまあちこちから平氏《へいし》一族の横暴ぶりに不平不満をもつ者たちが現れてきています。伊豆の源頼朝《みなもとのよりとも》とか、木曾《きそ》の源義仲《よしなか》とか」

忠範はうなずいて犬丸をみつめた。息がかかるような近さにまで顔をよせて犬丸は語っている。ふだん腰の低い無口な男が、どうして自分に対してだけこんなに熱っぽく雄弁になるのだろうと、忠範はふしぎに思った。

「天下の実力者、清盛公にとってどうも目ざわりでならないのが、後白河法皇《ごしらかわほうおう》の存在

です。後白河法皇《ごしらかわほうおう》のことを暗愚《あんぐ》の王《きみ》などという者もいる。法皇の身であらせられながら今様《いまよう》に狂い、下賤《げせん》な芸能の者たちをあつめて夜を徹して大騒ぎなさるかと思えば、さまざまな陰謀の黒幕とも噂されております。もともとは平家の武力を利用していまの地位をかためられたわけですが、やはり内心ではおたがいに相手をけむったく思っておいでのようですね。去年はついに清盛公が武力で法皇を幽閉するという騒ぎにまでなりました」

「この家《や》の伯父上は、その後白河法皇におつかえになられておられた――」

「そうです。だからいま、法皇さまが失脚なさっているために、このお家もこんなに羽振りが悪いというわけで」

犬丸は腕組みすると、目をとじて、ひとり言のようにつぶやいた。

「わしも、そういつまでもこの家に使われているわけにもいかんのかもしれん」

伯父や伯母の前ではちらとも見せない本心を、どうして自分には平気でさらすのだろう、と忠範《ただのり》は思う。曲がった大きな鼻を見ていると、まるで天狗《てんぐ》の子孫のような気がする。

「忠範さま――」

と、犬丸はいっそう声を低くしてささやいた。

「あなたはご存じないとは思うのですが、そもそもこの日野家《ひの》というのは、あまり日の当たる場所にはでられない、わけありのお家柄なのですよ」

忠範は犬丸の顔をみつめた。いつもそのことを話そうとしては言葉をにごす重大な秘密を、いま犬丸が明かしはじめていると感じたからだった。

「それは放埒《ほうらつ》の血です。日野家には、その血が流れているのです」

と、犬丸はいった。

「放埒——」

それは、忠範がはじめて耳にする言葉だった。ずっと漢籍《かんせき》を教わっている二番目の伯父の宗業《むねなり》からも、そんな言葉はひとことも聞いたことがない。

「それは、どういうことだろう？」

「忠範さまのお祖父《じい》さまに当たるかたが、日野経尹《つねまさ》さま。それはご存じでしょう。その経尹さまが放埒人《ほうらつにん》という烙印《らくいん》をおされているのです。放とは、はなつ、ということ。放牧《ほうぼく》というと放し飼いの意味です」

「では、埒《らつ》というのは？」

「馬場で馬を飼うときは、ふつう柵《さく》をもうけてそのなかに馬をいれます。その柵のことを埒《らち》というのです。そのラチから外へ追いだすことを放埒という。わかりやすくいいますと、放埓人《ほうらつにん》とは、放りだされてしまった人のことです。この京には朝廷につかえる身分の高い人びとと、それらの貴人《きじん》につかえるわたしどものような有象無象《うぞうむぞう》が大勢あつまって暮らしております。高い身分の人たちには、その人びとを守る柵《さく》、つまり埓《らち》がある。約束ごとがあり、きまりがあるのです。みんなその埓のなかで暮らしている。そして、その目に見えない柵をこえた振る舞いがあると、追いだされて放埓の人とされるのです。忠範《ただのり》さまの祖父にあたられる経尹《つねまさ》さまは、その埓をこえた人とみなされました」

「放埓《ほうらつ》の人——。で、お祖父さまは、なぜそのようなことに？」

「噂では奥方の実家のほうになにか異様な刃傷沙汰《にんじょうざた》があったといいます。でも、わたしはそんなことではなかろうと思いますね。音曲《おんぎょく》を好み、さまざまな遊芸《ゆうげい》にもすぐれていたかただと聞きますから、やはりご当人になにか貴族がたを呆《あき》れさせ、お仲間から追放されるような出来事があったのではないかと推測しております」

「それで、その放埓とやらにあわれてからは、経尹さまはどのようにすごされたのだろうか」

「幸運なことに、やがて天下一の遊芸狂いの後白河法皇《ごしらかわほうおう》が、世の中を支配されることになります。天皇さまよりさらに大きな力をもつ、院政というものをおはじめになったのです。その後白河法皇さまのお心づかいで阿波国《あわのくに》へ国司《こくし》としてむかわれました。しかし、いちど放埓人《ほうらつにん》とされた汚名《おめい》はぬぐえません。いまの伯父上の範綱《のりつな》さまや、あなたのお父上のご苦労は、放埓人の子として日野《ひの》家にうまれたことにあったのでした。――おや、すこしもびっくりなさいませんね」

犬丸は意外そうに忠範にいった。

「ご自分が放埓人の孫と知って、がっかりなさらないのですか」

忠範は首をふった。

「しない。なぜか自分でもわからぬが、ほっとしたような気分だ」

「変わったお子でいらっしゃる。以前からずっとそう思っておりましたが、忠範さまには、ひょっとすると本物の放埓の血が流れているのかもしれません」

「埓《らち》という柵があるのは、身分の高い人びとだけではないような気がするのだが」

「ほう。それは、どういうことでしょう」

「そなたは日野家の召使いだから、ちゃんと烏帽子《えぼし》もつけている。袴《はかま》もはいておる。しかし、きょう町でわたしが会《お》うた者たちのなかには、髪を結《ゆ》わず、烏帽子もつけぬ男たちがたくさんいた。あれはどういう人たちだろう」

「あのような髪を禿頭《かぶろあたま》といいます。身分の低い世間の人びとのあいだにも埓《らち》はある。垣根もあるのです。そこから外にいる者たちを垣外の人などという。乞食《こつじき》の聖《ひじり》、遊芸人《ゆうげいにん》、遊び女《め》、狩人《かりうど》、悪僧、印地《いんじ》、河原の者、みなそうです。なるほど。忠範《ただのり》さまは、世の中をよく見ておられますね」

わしらは河原の石ころ、つぶてのようなもんや、と唇をゆがめていった弥七《やしち》の声が忠範のなかにまだ残ってひびいていた。

放埒《ほうらつ》の人、それもまたいいではないか。

忠範はふしぎに気持ちが軽くなったような気がした。縁者の家に養われているために、自分もさまざまに気をつかい、身を屈しているのだ。しかし、柵《さく》やら垣根のなかに囲われて生きるのはまっぴらだ。自分も野に放《はな》たれた馬のように自由にのびのびと暮らしたい。たとえ放埒《ほうらつ》の子と人にうしろ指をさされるようなことがあったとしても。

忠範はその日、鴨川のほとりで会った奇妙な男たちのことを思った。河原で死者の身辺をあさって暮らしている河原坊浄寛《かわらぼうじようかん》。そして白河《しらかわ》の印地の頭《かしら》だったというツブテの弥七。弥七に大ボラ吹きの乞食《こじき》坊主と笑われていた法螺房弁才《ほうらぼうべんさい》。河原の風に吹かれながら、あの男たちの話をきいていた時間は、忠範がこれまでに一度もあじわったことのない解放感があったのだ。

「きょうのことは、ぜひご内聞に」

と、犬丸は唇に指を当てていった。そしてもう一度、きっと内緒《ないしょ》ですからね、と念をおして去っていった。弟たちはまだもどってこない。忠範は夕日で赤く染まっている庭をながめながら、ぼんやりと自分の身の上のことを考えた。

父が出家し、母が世を去ったあと、残された忠範たちは伯父の範綱《のりつな》の家に猶子《ゆうし》として引きとられた。この夏のはじめのことである。猶子とは、家督《かとく》を継がない養子のことだと犬丸が教えてくれた。一族縁者に不遇な子弟がいた場合、力のある家がそのようなかたちで面倒をみることが世間のならわしであるらしい。

「本来なら――」

と、いつか伯父が弟の宗業《むねなり》を相手に残念そうにつぶやいていたのを聞いたことがある。

「われらももうすこしましな立場で高い地位にもつき、腕もふるえたであろうにのう。日野《ひの》家の兄弟の背中には、終生消えない汚名《おめい》がついてまわるのじゃよ。そなたも、わしも、それで苦労する。有範《ありのり》も結局、ろくに出世もできぬまま出家した。父親のこうむった汚名は、二代も三代も、いや、文書《もんじょ》に残されている限り、末代《まつだい》までつづくのであろうか」

「それでも兄上は幸運でおられます。そのような家系のわたしたち一家に、後白河法皇《ごしらかわほうおう》さまが目をかけてくださったのですから」

「その後白河法皇ご自身が、平　清盛《たいらのきよもり》公に追放されて、いまは某所に幽閉されておられるのじゃ。はて、今後どうなることであろうか」

「だからこそ以仁王《もちひとおう》さまが平家《へいけ》追討の軍《いくさ》を――」

「それ以上はいうでない」

伯父たちのそんな会話を聞くともなしに聞いたときのことを、忠範《ただのり》は思いだした。

後白河法皇というかたは、すごい化けものなのです、とさっき犬丸は声をひそめて語ったのだ。法皇は自分で天皇をつとめられたあと、幼い子や孫たちを天皇の位につけ、自分は天皇の父、祖父として背後から長く実権をにぎってこられたという。

一方で、当世流行《とうせいはや》りの歌謡に浮かれ狂い、白拍子《しらびょうし》、遊び女《め》、遊芸人《ゆうげいにん》など下々《しもじも》の雑民《ぞうみん》と仲間のように親しくまじわり、夜を徹して遊び興じるかたでもあるらしい。

「あのおかたこそ、放埒《ほうらつ》の王《きみ》でいらっしゃる」

と、犬丸はいったのだ。

「だからこそ、日野《ひの》家の人を平気でとりたてたりなさるのですよ」

〈自分にも――〉

と、忠範は心のなかで問いかけてみる。

〈その、放埒人《ほうらつにん》の血とやらは、ながれているのだろうか？〉

祖父の日野経尹《つねまさ》の放埒の罪が、いったいどんなものであったかは、よくわからない。そのあたりのいきさつは二人の伯父たちからも、まったく聞いてはいなかった。犬丸もそのことになると、なんとなく言葉をにごす。たぶん、まだ忠範の年齢では大人の世界は理解できないと考えているのだろう。

しかし、八歳の忠範は、自分でもいやになるくらいに老成したところがあるとひそかに思っている。周囲には子供らしく、無邪気にふるまって見せてはいるが、それはつとめてそのようにしているだけのことである。物心《ものごころ》ついたときから、そうやってきたのだ。

両親とむつまじく笑いあってすごした和《なご》やかな時間の記憶が、忠範にはほとんどない。

いつも憂《うれ》い顔の母と、どこか心に鬱屈《うっくつ》するものを抱《いだ》いている様子だった父。平家全盛の世の中で源氏の家の末流であるという母が、息をひそめるようにして暮らしていた事情は、なんとなく理解できる。

父の有範《ありのり》は、ふだんは無口で物静かな人だった。だが、なにかのはずみに、突然、火がついたように怒りだすことがあった。物を投げ、板戸を蹴破《けやぶ》り、母を打擲《ちょうちゃく》する。狂ったように暴れる父親の姿に、弟たちはおびえて泣いた。その弟たちをかばいながら、忠範《ただのり》はおののく母親と荒れ狂う父親の姿をみじろぎもせず、じっとみつめていた。

人はなぜ、このように苦しみながら生きるのだろうか？

忠範は幼いころから、そのことをくり返し心のなかで問いつつ孤独な日々をすごしてきたのだ。しかしいま、その思いを表にだすことはできない。弟たちとともに、親族縁者の家に厄介者《やっかいもの》として世話になっている立場である。長男としての責任もある。まわりの大人たちに対しても、弟たちに対しても、忠範はできるだけ快活に、感じよく接しなければ、と自分にいいきかせてきたのだ。

犬丸がなにくれとなく気にかけてくれるのは、ひょっとしてそんな自分の内心を見すかしているためかもしれない、と思った。

忠範は、放心したように空を見あげた。日が沈んでしまったあとの西の空は、濃い紫に染まっている。血の色をした雲が、二筋、三筋、不吉な感じでたなびいて動かない。

風がでてきた。ひんやりと冷たいその風には、ちかづいてくる厳しい冬の匂いがあった。

〈放埒《ほうらつ》の血――〉

ふたたびその言葉がよみがえってきた。

〈自分にも、その血が流れている――〉

忠範は母が健在だったころ、日野《ひの》の法界寺《ほうかいじ》の偉いお坊さまのところへ連れていかれたときのことを思いだした。忠範が五歳のときのことである。母親は忠範をそのお坊さまの前にすわらせると、心配そうに眉をひそめていったのだ。

「わたくしは体がよわく、いつも臥《ふ》せりがちで子らのしつけも十分にできませぬ。この忠範は、まことに利発な子でございますが、赤子《あかご》のころから、なぜか一人で気味がわるいほどじっと考えこむ癖《くせ》がございました。よいほうへ育てばよろしいのですが、もし反対のほうへいきますれば、とんでもない人間になりそうな気がいたしまして、不安でなりません。この先、どのような道を歩ませればよいのか、ぜひお教えいただきたく参じました」

「ふむ。一人で考えこむ癖、とのう」

お坊さまは、じっと忠範の顔をみつめて、ため息をついた。

「この子の目にやどる光は、ただごとではない。なにものをもおそれず、人の世の真実を深くみくみつめようとするおそろしい目じゃ。こういう目をした子に、わしはこれまでいちどだけ会《お》うたことがあった。京の六角堂に詣《もう》でるために紀州から上京してきたという母子じゃったが、その幼いお子が、やはりこのような思いつめた深い目をしておった。いま、そのことをふと思いだしていたところじゃ。たしか、法師《ほうし》、とかいう名前の子であった。母親が六角堂に万度詣《まんどもう》でをしてさずかった子だとか。その子の目が、忘れられずに心にのこっていたのじゃが、同じ目をした子にふたたび会うとはのう。このような目にみつめられると、悟《さと》りすましたわが身の愚《おろ》かさ、煩悩《ぼんのう》の深さがまざまざとあぶりだされるようで、おそろしゅうなる。一歩まちがえれば大悪人、よき師にめぐり会えば世を救う善知識《ぜんちしき》ともなるべき相《そう》と見た。心して育てなされ」

〈一歩まちがえれば大悪人〉

という言葉は、幼い忠範《ただのり》の心にいつまでも火傷《やけど》のあとのように残っている。

考えてみれば、たしかに自分の性格には、祖父の放埒《ほうらつ》な血が流れているらしい。使いの帰りに、犬丸に嘘をついて町へぬけだし、競《くら》べ牛を見にいったこともそうだ。いまはそんなことをする立場ではないと、子供なりに理解してはいる。それでもおさえきれない激しい好奇心が、忠範をかりたてたのである。日野家の人びとから見ると言葉をかわすことすらはばかられるような卑《いや》しい男たちにまじって、鴨川べりで仲間のように語りあったこともそうだった。

忠範の心のなかには、学問の師である伯父の宗業《むねなり》や、すぐれた歌人でもある養父の範綱《のりつな》への尊崇の念が深く根づいている。その一方で河原坊《かわらぼう》や、弥七《やしち》や、法螺房《ほうらぼう》たちへの深い親しみの気持ちが逆《さか》らいがたく心に渦巻いているのだ。

異形《いぎょう》の牛飼童《うしかいわらわ》や、乞食《こじき》同然の聖《ひじり》たちや、辻の遊芸人《ゆうげいにん》たちや、無頼《ぶらい》の徒《と》たちの世界にどうしようもなく惹《ひ》かれるのはなぜだろう。

〈やはり放埒の血のせいだろうか〉

八歳の忠範は、真剣に悩んでいた。自分を問いつめ、自分の心の奥にうごめいている得体《えたい》の知れないものをじっと凝視しようとする。

〈人はなぜ父の有範《ありのり》や、母のように苦しんで生きるのだろう〉

そして、

〈自分はなぜ無邪気な童子をよそおって、人びとをあざむきつつ暮らしているのか〉

そのことでどこまでも自分を責めつづけ、答えを求めて自問自答をくり返す日々がつづいてきたのだ。そんな自分が、ときとしてたまらなくうとましくなることもある。

〈しかし、なぜそこまでこだわるのか？〉

ほかの学友たちのように、屈託《くったく》なく快活にすごせばいいではないか。

〈なぜ？　なぜ？　なぜ？〉

心の暗い場所にこだまするその声が、忠範《ただのり》を苦しめていた。だが、一瞬ののちには、なにもかも忘れはてて目の前の出来事に夢中になる自分がいることも事実である。そしてまた一瞬ののちには、ふたたび堂々めぐりの疑問にむきあうのだ。

〈父はなぜ家をでたのか？〉

母を殴《なぐ》る父親と、泣き叫ぶ弟たち。

〈母はなぜあのように暗い顔で生きていたのか？〉

忠範は暗い闇のなかに自分が生きているように感じた。

闇《やみ》に生きる人びと

馬糞《まぐそ》の辻での事件からひと月ほどたったある日、忠範《ただのり》は弟たちを寝かしつけたあと、なんとなく夜の庭へでた。さえわたる月光の下で、秋の草花が輝くようにゆれている。夜目にも白く目にしみるのは萩《はぎ》の花叢《はなむら》だ。人影はなく、遠くから今様《いまよう》をうたう男女の声がかすかにきこえていた。くり返しくり返しうたわれる詞《ことば》が、しだいにはっきりとききとれるようになってくる。

みだのちかいぞたのもしき
じゅうあくごぎゃくのひとなれど
ひとたびみなをとなうれば
らいごういんじょううたがわず

耳から心にしみてくるような哀調《あいちょう》をおびた旋律《せんりつ》である。その歌の言葉を、忠範《ただのり》は口のなかでくり返した。

じゅうあくごぎゃくのひとなれど

じゅうあくごぎゃくのひと、とは、たぶん、

「十悪五逆《じゅうあくごぎゃく》の人」

のことだろう。伯父の宗業《むねなり》から、その言葉を前にきいたことがあった。それは世の中の悪人のうちでも、もっとも非道な極悪人《ごくあくにん》のことだ。

みだのちかいぞたのもしき

というのは、

「弥陀《みだ》の誓《ちか》いぞ頼《たの》もしき」

という文句にちがいない。

忠範は幼いころ、日野《ひの》の法界寺《ほうかいじ》の阿弥陀堂《あみだどう》で、大きな阿弥陀如来《にょらい》の仏像をおがんだ

ときのことを思いだした。その日つれていってくれた母親が、涙ぐみながら手をあわせていた横顔が、いまもまざまざと心によみがえってくる。

ひとたびみなをとなうれば

とうたっているのは、

「ひとたび御名《みな》を称《とな》うれば」

だろうか。そこまではなんとか理解できたが、そのあとの、

らいごういんじょううたがわず

のくだりがわからない。うたがわず、は、疑わず、だ。しかし、らいごういんじょう、とはなんだろう？

なんとなく人恋しいような気分だった。

〈犬丸のところへでもいってみようか〉

月光のなかに銀のようにゆれる尾花《おばな》のあいだをぬけて庭を横切ろうとしたとき、母《おも》屋《や》のほうから、

「忠範《ただのり》は——」

と、いう声がきこえた。早口の甲高《かんだか》い話しかたで、伯母の晶光女《しょうこうじょ》の声だとすぐにわかる。おっとりした大柄な伯父の範綱《のりつな》とは反対に、小柄で痩《や》せぎすの伯母は、すこぶる気のつよい女《ひと》だった。怒ると額《ひたい》に角《つの》のような青筋がたつので、下女たちからも恐れられている。彼女は忠範の両親のことを、以前からよくは思っていなかったようで、ときおりきこえよがしに悪《あ》しざまにいうことがあった。

忠範は、この家の女主人である伯母はどうも苦手だった。彼女のほうでも忠範たち兄弟に対しては態度がきびしい。

伯母の声が、急にはっきりときこえた。

「そもそも、あの子たちの面倒をみる余裕は、この家にはなかったのではございませぬか。源家《げんけ》の出だとかきく忠範たちの母方の縁者もおられるのでしょう？　まして後《ご》白河法皇《しらかわほうおう》さまが追い落とされてからというもの、わが家もこのありさまでございます」

忠範は身動きできずにじっとしていた。庭石をふんで母屋《おもや》の横を通りぬけるとき、

音をたてて気づかれたりしたら、さぞかし間《ま》のわるいことになるだろう。

「しっ。庭先に人の気配《けはい》が――」

と、伯父の声がした。忠範はあわててその場にしゃがみこんだ。しばらくあたりをうかがうような沈黙のあと、

「だれもいないようだ。気のせいであろう」

伯父の心配を嘲《あざけ》るように、伯母の笑い声がひびいた。

「こんな夜中には、六波羅童《ろっぱらわっぱ》も聞き耳たててはおりませぬ。殿もちかごろご心配がすぎるのではございませんか」

伯父の範綱が後白河法皇という偉い人につかえていたことは、忠範も知っている。その法皇さまがいまはどこかへ幽閉されているという。主人が勢力を失えば、つかえていた者たちもみな職をはなれるのが世のならいだ。伯父の範綱が最近めっきりやつれたように見えるのも、たぶんそのせいにちがいない。

盗み聞きをしていることを恥ずかしく思いつつも、忠範はその場を動けないでいた。まるで自分が悪名高き六波羅童になったような気分だった。

忠範は六波羅童が嫌いである。おなじ童《わらわ》の恰好をしていても、牛飼童《うしかいわらわ》は大人の男たちだ。暴れ牛をあつかう無頼《ぶらい》の徒《と》とされてはいるが、一方ではその男らしさが憧《あこが》れの

目で見られてもいた。だから童形《どうぎょう》でも、人びとは彼らをワッパと軽々しくはよばない。牛飼ワラワという。それにくらべて、六波羅《ろっぱら》ワッパという語調には、軽蔑と憎しみの気配がある。

「ロッパラワッパめ」

と、町の人びとは吐きすてるようにいうのがつねだった。

犬丸から聞いた話では、六波羅《ろくはら》という土地は平家《へいけ》一族の集《つど》い住む所であり、清盛《きよもり》公の邸《やしき》を中心にしてできあがった軍事と政治の本当の舞台であるという。だから六波羅殿《どの》といえば平氏一門を意味し、また平清盛公その人をさす言葉でもあった。

その清盛公が、みずから京の町に放《はな》った手の者たちが、六波羅童《わっぱ》である。

すべて十四歳から十六歳までの少年たちである。その全員に赤い直垂《ひたたれ》を着せ、髪を禿《かぶろ》に切りそろえさせ、手に鞭《むち》をもたせた。総勢三百人ほどの数らしい。連中は小猿のように目をきょろつかせながら、市中を徘徊《はいかい》した。どこかに平家《へいけ》を批判する者がいないかと、嗅《か》ぎまわるのである。

六波羅童《ろっぱらわっぱ》たちは、清盛公直属の身分を笠《かさ》にきて、わがもの顔に洛中《らくちゅう》を横行した。そして座興《ざきょう》の噂話であっても、平家に対する悪口を耳にすれば、執拗《しつよう》に探索《たんさく》し、捕らえて制裁をくわえる。さらに大勢でのりこんで、その家までを破却《はきゃく》した。

「六波羅童がくるぞ」

と、だれかがささやけば、人びとは顔をそむけ、貝のように口をとざした。さも馬鹿にしたように六波羅童のことを教えてくれた犬丸自身も、一度ひどい目にあったことがあるという。酒の席での戯《ざ》れ言《ごと》をききつけられて、あやうく捕らえられそうになったのだ。

日野《ひの》家の当主である伯父の範綱《のりつな》が、後白河法皇《ごしらかわほうおう》の失脚後、ことに周囲に気をつかって暮らしているらしいことは、忠範《ただのり》も感じていた。

いまも伯母の言葉が埒《らち》をこえて走りださぬように必死でなだめにかかっているのだろう。伯母の声が高くなった。

「今後、忠範たちをどうなさるおつもりですか」

「どうする、といったところで、のう」

と、ため息まじりの伯父の声がきこえた。忠範は息をつめて、伯父夫妻の会話に耳をすました。

「のう、ではありませぬ」

伯母の額《ひたい》に青筋がたつのが見えるような気がした。

「先日、おとずれた旅商人《たびあきんど》から聞いたのでございますが、西国、九州、奥州《みちのく》の田舎《いなか》では、今年の夏の日照りつづきで、作物《さくもつ》がほとんど実らなかったとか。来年は何百年に一度の大凶作になるだろうと申しておりました。都《みやこ》でも先ごろ白河《しらかわ》のあたりで雹《ひょう》がふり、辻風《つじかぜ》、竜巻《たつまき》が京極の家々を吹き毀《こぼ》つありさま――」

「七条高倉あたりには落雷《らくらい》で焼けた家々もあるそうじゃ。神祇官《じんぎかん》、陰陽師《おんみょうじ》などに占《うらな》わせたところ、天下大乱の前ぶれとでたという。この春、平家討伐《へいけとうばつ》の兵をあげた以仁王《もちひとおう》も、あえなく敗れて亡くなられた。われらが頼《たの》む後白河法皇さまも、いまは幽閉の身。さて、どうすればよいのであろうか、のう」

「わが身はみずから守らねば、いまの世では生きてゆけませぬ。ですから、忠範《ただのり》たちをどうなさるおつもりかと問うておるのでございます」

「道はひとつしかあるまい」

「どこかの寺へ――でございますね」

「出家させて、仏《ほとけ》につかえさせるのじゃ。本人が納得すればの話じゃが」

「それが一番でございましょう。では、明日にでもどこかの寺をさがさせます。本人の納得など気になさることはございません」

「だが――」

と、伯父は言葉をにごした。

「だが、なんでございます？」

「なんといっても、まだ童《わらわ》じゃ。八歳で仏門にはいる身というのも、あわれで、のう」

「いかにあわれとはいえ、放埒人《ほうらつにん》の孫。仏門にはいり僧として生きるのが、本人のためにも一番でございましょう」

「うむ」

伯父たちの言葉がとだえた。忠範は音をたてぬように、慎重に体をおこした。尾花《おばな》や萩《はぎ》をそっとかきわけて、あとずさり、その場をはなれた。

〈こうなることは、わかっていた〉

と、忠範はうなずいた。だが、気持ちは暗くはなかった。彼には或《あ》る、心に秘めた計画があったからである。

忠範は庭からあともどりすると、遠まわりして犬丸の住む建物へむかった。

母屋《おもや》からすこし離れて、この家の使用人たちのための粗末な小屋《こや》が何棟か、肩をよせあうようにして並んでたっている。そのいちばん端の離れが犬丸夫婦の家だった。

犬丸の妻女《さいじょ》のサヨは、かわいらしい名前とは反対に、まるまると肥《こ》えた大柄な女だった。鞠《まり》のような顔に、いまにも肉にうずもれそうな小さな目鼻がついている。外股《そとまた》

で肩をゆすって歩くその姿は、さながら相撲取《すもうと》りのようだ。乳房は赤ん坊の頭ほどもある。日野《ひの》家で働く女たちに睨《にら》みをきかせて、

「サヨ刀自《とじ》」

と、よばれていた。刀自というのは、家事をつかさどる女の召使いたちのあいだでも、年長の人に対する敬称であるらしい。

犬丸夫婦には子供がいなかった。そのせいか、サヨは忠範《ただのり》の幼い弟たちを、わが子のようにかわいがってくれる。弟たちもサヨによくなついて、仕事場までいってはついてまわっていた。

この家の召使いのなかでも、女主人の晶光女《しょうこうじょ》にずけずけものをいえるのは、サヨだけである。癇《かん》のつよい晶光女だが、サヨに対してだけはなぜか遠慮してものをいう気《け》配《はい》があった。

忠範が引き戸をあけると、

「おや、忠範さま」

と、つくろいものをしていた手をとめて、サヨが笑顔をみせた。

「こんな夜分にどうなさいました？」

「犬丸にすこし相談があってきたのだけど」

「犬めは、夜遊びでございます」

と、サヨはたちあがって、忠範に鹿の皮の敷物《しきもの》をすすめた。サヨはいつも、犬、と亭主をよんでいる。

「おなかがおすきではありませんか」

サヨは皿にもった餅《もち》をだしてきて、

「このところ昼、夜と、粥《かゆ》ばかりでございますからね。白湯《さゆ》でもいれましょう」

「かまわないでおくれ。犬丸がいるときにまたくるから」

「すこしサヨの話も聞いてくださいませんか。いつも犬とばかり仲よくなさって。さあ、召《め》しあがれ」

「では、ひとつだけ」

忠範は皿の上の餅に手をのばした。正直いって、喉《のど》から手がでるほど空腹だったのだ。

「犬丸は、夜中にどこへ遊びにいくのだろう」

と、忠範は聞いた。サヨは鳩が鳴くように豊かな胸を波うたせて笑った。

「あの犬めには――」

と、サヨは茶碗に白湯をつぎながらいった。

「二つの顔があるのでございますよ」

「二つの顔？」

そうです、とサヨはうなずく。

「昼の顔、と、夜の顔。昼は愛想のいい日野《ひの》家の召使い。そして夜は、まったくちがった男になるのでございます」

忠範《ただのり》はサヨがついでくれた白湯をひと口すすってうなずき、じっと彼女の顔をみつめた。忠範には幼いころから、自分では気づいていないふしぎな才能があった。人が話をするのを、芯《しん》から興味ぶかそうに目を輝かせ、耳をかたむけて聞く才能である。

ただの聞き上手ではない。あらゆることに心から関心をもつからこそ、やわらかな布のように相手の話を吸いとろうとするのだ。世間のなにもかもが本当におもしろいのである。忠範がうなずきながら耳をかたむけると、ふだん無口な者でも、つい口数が多くなる。目をみはり、口をすこしあけて、自分の話にききいっている忠範の表情に、つい心に秘めたことでも打ちあけたくなってしまうらしい。

その晩のサヨは、いつにもまして口が滑《なめ》らかだった。

「夕餉《ゆうげ》を終えますと、あの犬めはいつもきまったように、すこし腕枕で眠ります。そして人が寝静まった夜中におきあがり、こっそり塀《へい》をこえて外へでるのでございますよ。それも覆面《ふくめん》をして曲がった鼻をかくし、懐《ふところ》によく磨《と》いだ鑿《のみ》をしのばせて、まるで夜盗のように忍びでるのでございます」

忠範はだまってうなずいた。

〈あの腰のひくい、人当たりのいい犬丸が――〉

ふだんは主人の範綱《のりつな》はもちろん、小うるさい晶光女《しょうこうじょ》や、子供の忠範にさえ如才なくふるまう召使いの男である。それが夜ごと覆面姿で、鋭《するど》い鑿を懐にかくして、いったいどこへでかけるのだろう？

「夜遊びと申しましたが、本当は遊びではございません。じつは犬めは大した働き者なのですよ。昼は日野家の召使い犬丸、夜は、一丁鑿《いっちょうのみ》の虎丸《とらまる》、とよばれて、眠るまもなく稼いでいるのでございます」

その晩、サヨが話してくれたことは、子供の忠範には半分も理解できない奇怪《きかい》な内容だった。それにしても、サヨはどうしてそんな夫の秘密を忠範に打ちあける気になったのだろうか。

「もうひとつ、いかが」

と、サヨが餅《もち》の皿を忠範の前にさしだした。

「いや、もうひもじうない。それにしても、この餅はおいしいのう」

「栃《とち》の餅ですよ。米や麦が実らないときでも、山でたくさんとれるので、田舎《いなか》の人たちはなんとかこれで生きのびているのです」

「今年はひどい凶作だとか。来年は大変なことになる、という噂だけど」

「都《みやこ》は急に福原に移されるし、日照りつづきで作物《さくもつ》は育たないし、あちこちで合戦ははじまるし、悪い病気ははやるし、ほんに末法《まっぽう》の世とはこのことでしょう」

サヨは細い目をふせて、ため息をついた。

「うすうすお察しでしょうが、この日野家も、いま、ひどく苦しいのです。虎丸、いえ、あの犬めが夜中にせっせと悪銭《あくせん》をあつめてくるからこそ、なんとかやっていけるのですよ。召使いの働きでお家がささえられてるなんて、聞いたこともありません。いったいどうなってるんでしょうね」

サヨは太い首をふりながら、愚痴《ぐち》っぽく言葉をつづけた。忠範《ただのり》にはサヨの話のなかで、わからないことがたくさんある。たぶん彼女は日ごろのうっぷんをぶちまける相手がほしいのだろう、と忠範は思う。

犬丸はもともと東の市場《いちば》で売られていた下人《げにん》の子だった、と、突然、サヨはいった。

「下人、というのは？」

忠範がたずねると、サヨは肩をすくめて、

「世間の人からいちだん低く見られている者たちを、非人《ひにん》といいます。でも賤《いや》しまれても、彼らは勝手きままに生きていける。しかし下人は、人ではなくて、物《もの》なのです。ですから市場で売り買いされたり、銭《ぜに》や稲《いね》で手に入れることもできる。つまり、物と同じなのですよ」

サヨは自嘲的な口調で、

「下人のことを、奴婢《ぬひ》ともいうのはご存じでしょう」

「ヌヒ――」

「そう。男の下人が奴《ぬ》で、女が婢《ひ》」

どういう字を書くのだろうか、と、忠範は頭のなかでいくつかの漢字を思い浮かべた。

「大きなお寺や、領主たちのところには下人がたくさんおります。その家につかえる下人たちは、土地といっしょに相続される財産なのです。主人が苦しくなると下人を売りにだす。下人の子もそう。あの犬めは、じつは、むかし当家の範綱《のりつな》さまに買われて、この家にきた下人の子なのです」

「人が人を売り買いするのか」

忠範《ただのり》はつぶやいた。下人とか奴婢《ぬひ》とかのことは伯父の宗業《むねなり》からも、これまでいちども教わったことがなかったのだ。

「そうです。牛や、馬のようにね」

サヨは忠範の前の茶碗に白湯《さゆ》をつぐと、

「でも、さいわいこの家のご主人は、思いやりのある立派なかたでした。東の市で売られていた下人の子の犬めを哀《あわ》れと思われて買いとり、他人に身元を明かさずにちゃんと元服《げんぶく》させて、名字《みょうじ》までつけてくださった。葛山《くずやま》犬丸というのが、あの男がいただいた名前です。ですから犬めは、命をかけてもこの日野《ひの》家に奉公しなければなりません。ご恩があるのですから。まして主家が傾いているときには」

サヨの口調には、どこか凜《りん》としたところがあった。

自分にはこの家のために、何ができるのだろう、と、忠範は白湯をひと口のんで思った。自分も恩をうけている身なのだ。

「やはり、わたしは、この家をでていかねばならぬのだろうか」

「存じておりますよ」

と、サヨは忠範の肩に肥《こ》えた手をおいていった。

「晶光女《しょうこうじょ》さまから、サヨにもご相談がありました。いまの日野家には、三人ものお子たちを養う余裕はない、と」

「わたしはいいのだけど」

と、忠範はひとり言のようにつぶやいた。

「寺にいれられようと、田舎《いなか》にやられようと、すこしもかまわない。いつも気がねしながら暮らすより、外へ出されたほうが、どれほど気が楽になるかわからない。だけど、もし、そうなったら、あとに残される二人の弟たちがかわいそうでならぬ」

忠範は思わず涙ぐみそうになって、顔をそむけた。ふだんおとなしい弟たちだが、いつも兄の忠範の様子を陰《かげ》でじっとうかがっているようだった。他家の暮らしが、さぞかし心細いのだろう。そのことを考えると、胸がつまる感じがする。

「忠範さまは、そのお年にしてはたいそう大人びていらっしゃいますね」

と、サヨが両手で忠範の肩を抱くようにしながらいった。なにか甘い、懐かしい匂いがした。

「生前、お母さまはずっとご病気がち、お父さまはわがままなかたでいらっしゃいましたから、忠範さまもなにかとご心労がおおかったのでしょうね。おかわいそうに」

サヨの腕のなかで、忠範はじっと目をとじた。あたたかい乳房のふくらみが頬をくすぐる。

「サヨ――」

と、忠範《ただのり》は甘えるような口調でいった。

「ひとつ、教えてほしいことがあるのだけど」

なんですか、とサヨは忠範の体をやさしく揺《ゆ》するようにしながら、

「サヨにわかることなら、なんでもお教えしますよ」

「ライゴウインジョウ、というのは、どういうことだろう?」

「ライゴウ――、なんですって?」

「ライゴウインジョウ、だ。さっきどこかで今様《いまよう》をうたう声がきこえていた。その歌の文句にでてきた言葉だが、どうしても意味がわからない。サヨは、今様が上手だとみながいっていたけど、その歌、しっているかい」

「ああ、その歌ならうたえますよ。ほら、こういう曲でしょう?」

弥陀《みだ》の誓《ちか》いぞ頼《たの》もしき、と、サヨは子守唄のように小声でうたいだした。高くて艶《つや》のある声だった。彼女は片手で忠範の肩を拍子《ひょうし》をとってたたきながらうたう。

忠範が息をのむような美しい歌声だった。忠範はその声をききながら、体があたたかい腕のなかでとけていくような感じがした。ライゴウインジョウ疑わず、と、うたいおさめると、サヨはおかしそうに笑っていった。

「変ですねえ。子供のころからずっと耳になじんできた文句ですのに、あらためてたずねられると意味がよくわかりません。一所懸命《いっしょけんめい》に仏《ほとけ》さまのお名前をよんでいると、きっと助けにきてくださる、というようなことだと勝手に思いこんでおりましたが」

忠範の頭の奥で、ふとかすかな声がきこえた。それは母親が合掌《がっしょう》して、つぶやくようにとなえている念仏の声だった。ナモアミダブツ、とくり返すその声は、幼いころから忠範の耳にしみこむように刻みこまれた声だった。

「仏さまの名前を、何度よんでも、助けてもらえなかった人もいる――」

と、忠範はいい、サヨの腕のなかからたちあがった。サヨはだまって栃《とち》の餅《もち》ののこりを紙に包んでわたしてくれた。忠範は戸口でふり返っていった。

「もうひとつ、ききたいことがあるのだけど」

「なんでしょう？」

サヨは微笑してたずねた。忠範は口ごもりながら、勇気をだしていった。

「犬丸やサヨたちが、わたしたち兄弟のことをたいそう気にかけてくれるのは、どうして？　この家にとっては厄介者《やっかいもの》のわれらに、とてもやさしいのは、なにかわけでもあるのかと――」

「わけなどありませんよ」

サヨの細い目がいっそう小さくなった。彼女はかすかにうなずいて忠範《ただのり》にいった。

「わたしたちは、あわれな者たちなのですよ。犬丸もわたしも、ずっと世間からは賤《いや》しまれ、殴《なぐ》られ、蹴《け》られながら育ってきました。わたしも下人《げにん》の子の一人なのです」

サヨは言葉をつづけた。

「犬めはいまごろ、牛飼童《うしかいわらわ》や、神人《じにん》、悪僧、盗人《ぬすびと》、放免《ほうめん》、雑色《ぞうしき》、船頭《せんどう》、車借《しゃしゃく》、狩人《かりうど》、武者《むさ》など、不善《ふぜん》の輩《やから》をあつめて、双六博奕《すごろくばくち》を開帳《かいちょう》しているはず。そこで巻きあげる胴《どう》銭《せん》をもって夜明けに帰ってくるのです。あの男は悪人たちから銭《ぜに》をかすめとる極悪《ごくあく》人《にん》。その銭でこの家の台所をまかなっているのですから、おかしな話ですね」

サヨは声をあげて笑った。

「わたしたちは、あわれな者なのです。あわれな者は、おなじあわれな者たちをかわいそうに思うのです。忠範さまご兄弟も、やはりあわれなお子たち。とくにわけがあってお世話しているわけではありません。ただ、あわれに思うて、気にかけているだけなのですよ」

忠範はだまってうなずいた。

「仏《ほとけ》さまも、きっとあわれな者たちを、あわれと思うてくださるのでしょう。あの歌は、そんな気持ちをうたっているのかもしれませんね」

「ありがとう」

と、忠範は栃餅《とちもち》の包みを胸にだいてサヨにうなずいた。サヨも無言でうなずきかえした。

「あ、それから――」

と、帰りかけた忠範をサヨは目でひきとめていった。

「余計なことですが、忠範さまは最近、怪《あや》しげな男たちとときどき会《お》うておられるそうですね。犬めがもらしておりましたが、宗業《むねなり》さまのところでお勉強なさっての帰りに、鴨の河原のほうへ寄り道をなさることが多いとか。いったい何をなさっておられるのでしょう。サヨにだけは教えておいてくださいませんか。きっと内緒《ないしょ》にしておきますから」

サヨは笑いをふくんだ表情で声をひそめた。

「心配することはないのだよ」

と、忠範は正直に説明した。

競《くら》べ牛を見にでかけた際に、危ないところを河原坊浄寛《かわらぼうじょうかん》という侍《さむらい》あがりの聖《ひじり》に助けられたこと、その仲間のツブテの弥七《やしち》と法螺房弁才《ほうらぼうべんさい》という人物と知りあったこと、彼らが忠範を友達のようにあつかってくれたこと、それらのことを彼は手みじかに説明した。

「浄寛《じょうかん》どのは無双《むそう》の力持ちだし、弥七《やしち》はツブテの名手。弁才《べんさい》さんの博覧強記《はくらんきょうき》には、どんな偉いお坊さまや学者もかなうまいね。伯父上のところで習った漢籍《かんせき》とはぜんぜんちがう世間のことを、たくさん教えてもらえる。話を聞いていると胸がわくわくしてくるのだ」

「さようでございましたか」

サヨはうなずいて、

「わたしはとかく申したりはしませんよ。しかし、伯父上さま、伯母上さまには伏せておいたほうがよろしゅうございましょうね。それにしても、忠範《ただのり》さまは変わり者でいらっしゃる。世間では悪党あつかいされる者たちとなにげなく親しくなさるとは」

彼らといっしょにいると、とても心がやすらぐのだ、と忠範はいった。

「あの者たちは、自分たちのことを河原の石ころ、つぶてのような甲斐《かい》なき者と思うておる。このわたしも世の中の厄介者《やっかいもの》。身のおきどころのない者同士、おたがいをあわれと思う気持ちがあるのだろうか」

サヨは無言でじっと忠範の顔をみつめた。

「十悪五逆《じゅうあくごぎゃく》の者もすくわれるというのは、本当のことでございましょうかねえ」

と、遠くを見るような目でサヨはつぶやいた。さびしい声だった。忠範はため息をついて夜のなかにでた。虫の声が降るようにきこえた。

忠範は自分の部屋にもどると、暗いなかで弟たちの様子をうかがった。おだやかな寝息がきこえる。忠範は薄い夜具の上にすわって、サヨの言葉を思いかえした。

〈あわれな者は、おなじあわれな者たちをかわいそうに思うのです〉

犬丸が極悪人《ごくあくにん》なら、その稼ぎにたよって生きている自分もまた悪人の仲間ではないか、と忠範は感じる。

「兄上――」

と、眠っているはずの弟の声がきこえた。

「兄上は、わたしたちをおいて、どこかへいったりはしませんよね」

「心配しなくてもよい」

と、忠範はいった。

六波羅王子《ろっぱらおうじ》の館《やかた》

鴨川の河原に、三人の男たちがたき火をかこんで車座になっている。

「秋じゃのう」

河原坊浄寛《かわらぼうじょうかん》は、茶碗の濁《にご》り酒を一口すすって、東の空をながめた。峰々の紅葉が、夕日をあびて血のように染まって見える。川面《かわも》をわたってくる風がつめたい。

たき火の焔《ほのお》がはぜた。煙にむせながら法螺房弁才《ほうらぼうべんさい》がため息をついた。

「もうすぐ冬がくる。われら道々《みちみち》の者にとっては、つらい季節だの。弥七《やしち》も手がこごえて、ようツブテも打てまい。ところで、どうじゃ、あの天狗《てんぐ》の親方《おやかた》とは？」

ツブテの弥七は片頰《かたほお》で笑《お》って、たき火に手をかざした。

「おう。きのうも会うて都《みやこ》の新しい噂をお聞かせしてきたところや。なんともはや、尊い身分のかたやのに、世間の噂ばなしや、遊び女《め》、白拍子《しらびょうし》、傀儡《くぐつ》などの色事《いろごと》や流行《はや》りの今様《いまよう》などに、なぜあれほど身をのりだして耳をかたむけられるのかのう。わしにはようわからん。天下一の変わり者いうたら、あの後白河法皇《ごしらかわほうおう》さまをおいてほかにはおらんやろ」

「そのとんでもない親方の、耳となり、目となり、手足とまでなって重宝《ちょうほう》されておるのは、弥七、そなた自身ではないか。噂では、都はおろか、伊吹山《いぶきやま》や那智《なち》まで今様《いまよう》の名手をさがしもとめては、法皇さまのところへ連れていくそうじゃの。そうかと思えば、叡山《えいざん》の悪僧や白河《しらかわ》の印地者《いんじもの》をあつめて、京の商人にゆさぶりをかけ、仕事の仲介をしたり献金させたりと、悪のかぎりをつくしておるとか。そんな金があるなら、すこしはわれらにも回してくれればよいのに」

茶碗酒をすすりながら愚痴《ぐち》をこぼす河原坊を弥七は鼻で笑って、

「わしのやっとることは、遊びやないで。平家《へいけ》も源氏《げんじ》も、どっちにしたかて弓矢の者、人殺しの武者《むさ》にかわりはない。法皇さんは、それがお嫌《いや》なんや。本心は刀ではのうて、歌で世の中を治《おさ》めようと考えておられるんやろ」

法螺房が吐きすてるように、

「阿呆《あほう》な話だ。暗愚《あんぐ》の王《きみ》とはきいていたが、歌で刀に張り合おうとは」

「その底抜けに阿呆なところが、わしは好きなんじゃ」

おや、と、そのとき河原坊が顔をあげて、手をかざした。

「むこうから駆けてくる童《わっぱ》は、タダノリではないか。なにやら必死の形相《ぎょうそう》で、息せき切って走ってくるぞ」

土煙をたてて走ってくる童《わらべ》が、突然、ばったりとたおれた。石にでもつまずいたらしく、おきあがると足をひきずりながら大声で叫ぶ。

「浄寛《じょうかん》どの！　浄寛どの！」

弁才《べんさい》が首をかしげて、

「ふだんはおとなしい童《わらべ》じゃが、あの必死の形相はなにごとであろう。弥七《やしち》、みてこい」

「ガキの世話はまっぴらや」

浄寛がのそりとたちあがり、土手にあがっていった。すがりつく忠範《ただのり》の肩を両手でおさえて、

「どうした。なにごとじゃ」

履《は》きものも脱ぎすてて、はだしで駆けてきたのは、よくよくのことだろうと浄寛は思った。

「犬丸がつれていかれた。たたかれて、しばられて、捕らわれたのじゃ」

「イヌがどうした、と？」

「イヌではない。犬丸というわが家の召使いじゃ」

息をはずませて、きれぎれに説明する忠範のところへ、弥七と弁才もやってきた。

「犬丸が何者に捕らわれたと？」

「六波羅童《ろっぱらわっぱ》めに」

「なにゆえ？」

と、弁才がきく。

「わかりません。やつらの話では夜中に人をあつめて、禁じられている博奕場《ばくちば》をひらいていたとか。本人を取り調べて、罪があきらかになったら、主人の家も破却《はきやく》するといい残して彼らは去りました。そうなったら――」

「その犬とやらは、覆面《ふくめん》の下に曲がった鼻をかくした男か」

と、弥七が腕組みしてきいた。忠範はだまってうなずいた。

「わかった。あの男やな。一丁鑿《いっちょうのみ》の虎丸《とらまる》とかいう博奕の胴元《どうもと》や。あいつ、おぬしの家の者やったんか」

「わたしたち兄弟を、兄者《あにじゃ》のように面倒をみてくれている男です。犬丸がもし罪にとわれて遠流《おんる》にでもなったなら、われら兄弟はもちろん、伯父の一家も破滅です。なんとか助けてやってください」

忠範《ただのり》は地面にひざまずいて手を合わせた。

「それで、どこへつれていかれた？」

「六波羅王子《ろっぱらおうじ》のところへ、とか」

「六波羅王子――」

浄寛《じょうかん》たち三人は顔を見あわせた。弥七《やしち》が舌打ちして首をふった。

「六波羅王子のところへか。うーむ」

河原坊《かわらぼう》は腕組みしてつぶやいた。

「弥七、弁才《べんさい》どの。ちと困ったことになったのう。童《わっぱ》どもは屁《へ》でもないが、例の王子がからんでいるとなると――」

弥七と法螺房《ほうらぼう》も、顔を見あわせてうなずきあった。

六波羅王子とは、その名をきけば泣く子もだまるという六波羅童《ろっぱらわっぱ》の頭目《とうもく》である。河原坊浄寛の知るところでは、たしか本名を伏見平四郎《ふしみへいしろう》といったはずだ。

絵から抜けでてきたような美しい若者であるという。にもかかわらず、十七歳ですでに少年三百余人をたばねて、絶対の権力をほこっているらしい。色白で痩身《そうしん》、朱のような唇から氷のような言葉が吐かれるとき、かならず人が死ぬという。命しらずの強盗や歴戦の武者《むさ》でさえも、王子にみつめられると体が震《ふる》えると噂されていた。なによりも人びとをおそれさせていたのは、彼が残虐な取り調べを好み、それを楽しむ性《せい》癖《へき》の持ち主だったことだ。これと目星をつけた人間を捕まえては、さまざまな拷問《ごうもん》をくり返す。そして自白させたのちに、都《みやこ》の治安をつかさどる検非違使《けびいし》に引きわたすのが、王子のやりかただった。

浄寛が耳にした噂では、その経歴は不明だが、清盛《きよもり》公が津の船宿の遊女に産ませた子であるともいう。六波羅童《ろっぱらわっぱ》の設立をみずから清盛公に提案し、すぐさま許しをえて首領となったいきさつからでた噂だろうと浄寛は思っている。

いずれにせよ、容易な相手ではない。自分の息子のように可愛がっている忠範のためのみでも、そう気やすく助太刀《すけだち》するわけにはいかないだろう。

「やるしかないやろ」

と、突然、弥七がいった。

「この話、どうもただの博奕《ばくち》の取り締まりではなさそうや。なにか匂うぞ。そうでなくともあの六波羅王子めには、これまで数々の遺恨があるんや。ここらで一丁《いっちょう》、がつんとやっておく必要がありそうやな」

「おもしろい」

法螺房がうなずいて、

「よし。相手になってやるか。合戦の法螺《ほら》を吹きならすのは、ひさしぶりじゃ。それぞれ手はずをととのえて、日暮れののち、この河原にあつまろうではないか」

法螺房弁才《ほうらぼうべんさい》がそそくさと去っていったあと、浄寛《じょうかん》は忠範《ただのり》に、安心せよ、といった。

「その犬丸とやらは、わしらがかならず取りもどしてやる。心配するな。弁才どのと弥七《やしち》が加勢してくれれば、こわいものはないぞ。こう見えても、わしも坂東武者《ばんどうむしゃ》のはしくれじゃ」

「タダノリ」

と、弥七がめずらしく名前をよんだ。いつもは、ワッパとか、小僧《こぞう》としかいわないのだ。

「おまえの伯父貴とやらは、以前は後白河《ごしらかわ》さまに目をかけてもろうていたそうやな」

「はい。上の伯父は近臣として法皇《ほうおう》さまのおそばにおつかえしておりました。また下の伯父の日野宗業《ひののむねなり》は、ひところ以仁王《もちひとおう》の学問のお手伝いを――」

「なるほど。平家《へいけ》にしてみたら気に入らん一家やな」

弥七は長い指先でとがった顎《あご》をなでた。

「その家の召使いの犬丸が、夜中に京《きょう》一番の大博奕場《おおばくちば》の胴元《どうもと》をつとめる、虎丸《とらまる》とはのう。じつは、わしもその場所にはちょくちょく顔をだしとるんや」

忠範はびっくりしたように弥七の顔をみつめている。

「稼ぎのええこのわしが、年中、懐《ふところ》が寒いのは、その賭場《とば》で負けつづけのせいや。賽子《さいころ》の目は思うにまかせぬもの、とは、あるおかたの本音《ほんね》やで。言葉の上の遊びやない。ひとつ、今夜は、これまでの借りをまとめて取りもどさせてもらうとするか」

弥七はうっすらと笑った。浄寛はその横顔をながめながら、変わった男だわい、と思う。以前に本人がもらしたところでは、弥七はかつて白河《しらかわ》の印地《いんじ》の党をひきいて、後白河法皇の親衛隊のような役割をはたしていたらしい。

武者《むさ》のあつまりである平家一門が、しだいに貴族として成りあがり、いまは思うままにふるまっているのも、武力をもっているからだ。後白河法皇は、清盛《きよもり》公と組み、平氏《へいし》の武力を味方に取りこむことで、これまでなんとか権力の均衡《きんこう》をたもってきたのである。朝廷の権威と、平家の武力。そのあやうい綱渡りが、いま崩れかけている。清盛公は実力で法皇を追いはらい、幽閉しているのだ。

だが、いま後白河法皇が、ひそかに頼《たの》みとしているのは反平家の源氏《げんじ》の武者たちではない。

〈そこがわからぬ〉

と、浄寛は思う。

そのとき、山彦《やまびこ》のように遠くから法螺《ほら》の音がひびいてきた。

比叡《ひえい》の山なみが黒い影絵のように夜のなかに沈んでいる。

どこかで犬の遠ぼえが尾をひいてきこえた。鴨の河原に、水の音と虫の声が声明《しょうみょう》の余韻《よいん》のようにながれている。

河原坊浄寛《かわらぼうじょうかん》は、かたわらの忠範《ただのり》の肩をつかんでひきよせた。

「わしから離れるな。よいか。つねにわしのいうとおりにふるまえ。そう誓《ちか》うなら、いっしょにつれていってもよい」

「そうする」

と、忠範が声をひそめていう。いつのまにか、友達のような言葉づかいになっているのが可愛い。

浄寛は忠範の肩を抱くようにして、あれこれ思索にふけった。どれくらいの時間がたっただろうか。やがて足音がきこえた。

「きたな」

浄寛は爪先《つまさき》だって土手のほうに目をこらした。夜のなかをひとかたまりの黒い影がこちらへむけてやってくる。白く光るのは長刀《なぎなた》だろうか。

「おう、これは、これは」

長刀を手に先頭にたつ黒い影は、腰にさげた法螺貝《ほらがい》から法螺房弁才《ほうらぼうべんさい》と見てとれた。全員が覆面《ふくめん》をし、手に手に太刀《たち》や長刀、太い棍棒《こんぼう》などをたずさえている。

五十人はいるだろうか。浄寛はおどろきをかくせなかった。あの弁才が法螺貝を吹きならしたところで、たぶん比叡山延暦寺《えんりやくじ》の僧兵十人ほどをつれてくるぐらいだろうと、たかをくくっていたのだ。黒い覆面姿の男たちは、朝廷や平家の武士たちすら扱《あつか》いかねているという、武装したお山の堂衆《どうしゅう》たちにちがいない。

黒い集団は、あとからあとから闇のなかからわきでるようにその数をましていた。

〈五十人どころか、百人はいるぞ〉

浄寛は思わず身ぶるいした。ふだん弁舌の達人として尊敬していた法螺房に、これほどの組織力があったとは。

〈それにくらべて、わしは一人だ〉

先頭の法螺房が手で合図をした。覆面の男たちは無言で土手にしゃがみこんだ。法螺房がちかづいてきて、おし殺した声でたずねた。

「弥七《やしち》の手の者は？」

「まだ見えぬ」

そのとき、長身の男の影が足もとの草の陰《かげ》から音もなく浮かびあがった。

「わしらはとっくにきとるで」

突然、河原のあちこちから、白い覆面《ふくめん》姿の影が 幻《まぼろし》 のようにたちあがった。

「白河印地《しらかわいんじ》の党、せいぞろいや」

「弥七《やしち》だな。そっちは何人だ」

法螺房《ほうらぼう》がきいた。

「三十人や」

「三十人だと？　わしのほうは選《え》りすぐった悪兵《あくひょう》百人をつれてきたぞ。ふん、三十人か」

弥七が法螺房の長刀《なぎなた》をつかんで、

「これを、ちと拝借」

弥七は長刀を両手で高く夜空にずいとかかげ持った。反《そ》った刃先が白く光る。弥七がふり返っていった。

「小頭《こがしら》、これを打ってみろや」

草陰にたつ白覆面の一人が、弥七の声が終わらぬうちに、空を斬《き》るようにすばやく右手をふった。一瞬、白い線が空を斬り、頭にひびくような音とともに長刀の刃が空にはねた。折れた刀身が音をたてて河原の石の上におちるのを、浄寛《じょうかん》は信じられぬ思いで見た。黒覆面の男たちが、さわいでたちあがった。

「なにをする！」

気色《けしき》ばむ僧兵たちに弥七が笑って、

「これが印地の挨拶《あいさつ》がわりや。三十人ゆうても一打当千《いちだとうせん》の腕ききをあつめた。なんなら相手になってやってもええぞ」

河原坊《かわらぼう》浄寛が両手をひろげて、僧兵たちをなだめにかかる。法螺房は、弥七にうなずいて、

「白河印地の腕前、いささか拝見つかまつったぞ。あとで存分に見せてもらおうか」

河原坊は忠範《ただのり》を軽々と片手でかかえあげ、肩車にのせて歩きだした。

「法螺房どのと僧兵がたが先にたたれよ。わしがあいだにはさまって、うしろに弥七らがつづく」

浄寛には数々の合戦の体験がある。なんとはなしに全体の指揮をとることが、ごく自然に身についていた。

人気《ひとけ》のない鴨川べりを、無言の列が五条の六波羅王子《ろっぱらおうじ》の館《やかた》へむかってうごいていく。夜の町には、塀《へい》の下にうずくまる病者《びょうしゃ》たちの影と、野犬の姿しかない。

やがてめざす館の影が浮かびあがってきた。周囲に篝火《かがりび》をたき、警固の童《わっぱ》たちが手

に鞭《むち》をもって見回っているのが見える。

清盛《きよもり》公直々《じきじき》のお声がかりでできあがった六波羅童《ろっぱらわっぱ》の城だ。実際にはそこへちかづく者すらいないのだろう。夜のなかにそびえたつその館《やかた》には、なにかおそろしげな気配《けはい》がただよっていた。多くの人びとの血を吸った恐るべき建物なのだ。忠範《ただのり》が肩の上でびくっと震《ふる》えるのを浄寛《じょうかん》は感じた。

「こわいか、タダノリ」

と、河原坊《かわらぼう》は肩にのせた忠範の膝頭《ひざがしら》を、軽く手でたたいていった。

「これが六波羅王子《ろっぱらおうじ》の館だ。館というより、これは城じゃな。石垣の塀《へい》に鉄の門とは、見たこともない異様な構え。さて、どうするか——」

法螺房《ほうらぼう》がやってきた。気がつくと弥七《やしち》もそばにきている。いつもながら足音をたてずに風のように動く男だわい、と河原坊は思った。

「あの塀をのりこえるのは容易ではなかろう」

と、法螺房のくぐもった声が覆面《ふくめん》の下からきこえた。弥七がうなずいて、

「門を打ち破るのも無理やろな」

法螺房は黒々とそびえる館をふり返って、ひとり言のようにつぶやく。

「かつて慈覚大師円仁《じかくだいしえんにん》さまが目になさったという残虐《ざんぎゃく》の館、唐の纐纈城《こうけつじょう》とはこのこと

だ。いや、纐血《こうけつ》の城というべきか。しかも、あの鉄の門扉《もんぴ》に彫られた印形《いんぎょう》は、まさしく金剛杵《こんごうしょ》。門を破って突入すれば、たちまち胎蔵界《たいぞうかい》にとじこめられてしまうこと必定《ひつじょう》。おそるべき計《はか》りをめぐらせた魔界の館じゃ」

「なにをぶつぶついうとるんや」

弥七が舌打ちして、

「要するに、力ずくで一気に攻めこむわけにはいかんということやな」

河原坊はうなずいた。

「そうじゃ。見張りに気づかれぬよう、みなの者を物陰にひそませよ。わしが正面からのりこむことにするから、ここで待て」

「なんやて？　ひとりでいくゆうんか」

おどろく弥七に河原坊は笑っていった。

「この小坊主と二人でいく。心配はいらぬ」

河原坊は覚悟していた。そして確信していた。六波羅王子は待っているのだ。この館の奥で、はたして何者がやってくるのかと、期待に心を震《ふる》わせながら。

僧兵と印地《いんじ》たちが物陰に身をひそめるのを見届けると、河原坊は肩をひとゆすりして、真正面から館の門にむかってあるきだした。

「待て！」

その姿を見とがめた見回りの童《わっぱ》の一人が、甲高《かんだか》い声で叫ぶ。

「何者だ！　この館《やかた》にちかづくことはならぬ。すぐにたちされ！」

河原坊《かわらぼう》が大音声《だいおんじょう》で答える。

「われは河原坊浄寛《じょうかん》。六波羅《ろっぱら》王子《おうじ》に会いにまいった。すぐに取りつぐがよい」

堂々とした河原坊の態度に、一瞬、見回りの童が絶句《ぜっく》して目をみはった。見回りの童は、大声で仲間をよんだ。

「なにごとじゃ」

やや年長の童がちかづいてきた。けげんそうに眉をひそめて、河原坊を上から下までじろじろ眺めまわす。

「この男が、われらの頭領《とうりょう》さまに会わせろと、たわけたことを申しております」

新入りの報告をうけて、見回りの責任者らしい童は、呆《あき》れ顔ですっ頓狂《とんきょう》な声をあげた。

「なに？　こやつ、気でも狂うたか。いったいここをどこだと思うておる！」

「六波羅王子こと、伏見《ふしみ》平四郎《へいしろう》どのの館と心得《こころえ》る。わしらはここに捕らわれておる日《ひ》野《の》家の召使い、犬丸をとり返しにきた者じゃ。つべこべいわずに主人にそう取りつぐがよい」

　あまりに平然とした河原坊の口調に、童たちは顔を見あわせてとまどう様子である。

「なにをしておる。さっさと知らせにいくがよい。さもないと、のちほど王子からどんな罰をうけるかわからんぞ」

　半信半疑の表情のまま、年長の童が小走りに正門の脇《わき》の扉をぬけて姿をけした。

「そのまま、動くでない」

　残った童が鞭《むち》をつきつけていう。声が震《ふる》えているのは、これから何がおこるか予想がつかないせいだろう。

「尿《しと》がしとうなった」

　と、突然、肩にまたがった忠範《ただのり》が小声でいう。首の上で小便をもらされてはたまらない。河原坊はあわてて忠範を下におろした。

「あの辺でしてこい。連中と口をきくでないぞ」

　河原坊はちらと背後をふり返った。塀《へい》の陰《かげ》や、廃屋の庭などの暗がりに、物の怪《もののけ》のように黒い影が身をひそめているのが見てとれる。河原坊には彼なりの計算があった。それはかつて関東の野山を駆けて合戦や城攻めをくり返した経験から身につけた武者《むさ》の感覚である。

〈この館を正面から攻めても無駄だ〉

彼はすでにそう見切っていた。比叡山《ひえいざん》の強者《つわもの》百人と白河印地《しらかわいんじ》の党三十人は、ふつうの武者数百騎にまさる戦力だ。十代なかばの柔弱《にゅうじゃく》な童《わっぱ》たちを蹴《け》ちらすのは、赤子《あかご》の手をひねるより簡単だろう。しかし、と河原坊は思う。

〈王子はそれを計算にいれている〉

わざわざ忠範《ただのり》をつれてのりこんだことには、彼なりのひそかな思《おも》わくがあった。

古来、この国では、年少の童子《どうじ》に神意が宿るとする習俗がある。童《わっぱ》どもの城に、八歳の童《わらべ》をともなって訪れれば、むげに拒絶するわけにはいくまい、と考えたのだった。

十悪五逆《じゅうあくごぎゃく》の魂《たましい》

燭台《しょくだい》の灯が、呼吸するようにゆらりとまたたいた。伏見平四郎《ふしみへいしろう》は、錫《すず》をはった金属の鏡を前にじっとすわっていた。土蔵《どぞう》のなかの空気は生温《なまあたた》かく、かすかな血の匂いがする。それは平四郎がなによりも好む匂いだ。

六波羅童《ろっぱらわっぱ》の館《やかた》の西の奥に、その土蔵はあった。厚い土壁のせいで、なかの物音はいっさい外へはもれない。太い木の柱と梁《はり》は、大地震にも耐えるよう頑丈につくられていた。二つの小さな高窓には、堅牢《けんろう》な鉄の扉が取りつけてある。

〈おれがこの館の王《ぬし》だ〉

彼は鏡にうつる自分の顔をみつめた。われながらなんと美しい相貌《そうぼう》だろうと、うぬぼれでなくそう思う。禿《かむろ》に切りそろえた黒髪は艶《つや》やかに白い頬にかかり、切れ長の目をいっそう際立《きわだ》たせている。ひいでた鼻と、朱をはいたような唇。口紅を施《ほどこ》したわけでもないのに唇が鮮やかに赤いのを、幼いころよくふしぎがられたものだった。

「水もしたたるいい男でござる」

と、だれかが噂話でいったとき、それを耳にした後白河法皇《ごしらかわほうおう》が、

「生《い》き血もしたたる——のまちがいではないか」

と、皮肉をいったという。

それをきいて、あの男だけは絶対に許すまい、と心に誓《ちか》ったものだった。帝《みかど》であれ、上皇《じょうこう》であれ、おれを嘲笑《あざわら》う者は決して許さない、と平四郎《へいしろう》は決めている。

〈たとえ親であれ、神仏であれ、許さない〉

まして凡下《ぼんげ》の雑民《ぞうみん》ばらは、と平四郎はうなずきながらゆるりと視線をうつした。

土蔵の土間に「針木馬《はりもくば》」がおかれている。馬の鞍《くら》のかたちをした木製の器具だ。左右に取手《とって》がついており、それを動かすと木の鞍を前後にゆらすことができる仕掛けである。その上に蓬髪《ほうはつ》の男が一人のせられて、ぼろ布のようにつっぷしていた。左右の足首は鉄の足枷《あしかせ》で固定され、両手は「針木馬」の首に鎖《くさり》でつながれている。鞍の上からはおびただしい鮮血が床にしたたりおちて、赤黒い血だまりをつくっていた。

「針木馬」のすぐ横手に、両手を背後にしばりあげられたもう一人の男が、両目をとじてすわっていた。その男に平四郎は微笑しながらいう。

「犬丸、とやら」

平四郎は鏡の前からたちあがった。

「この針木馬は、拷訊《ごうじん》の名器だ。これまでこの上にのせられて耐えた者は、ただの一人もおらぬ。ほれ、このように取手をゆすると――」

平四郎が木の取手を前後にゆすった。「針木馬」の鞍部《あんぶ》が大きくゆれた。それまで死んだようにつっぷしていた男が、突然、全身を痙攣《けいれん》させて叫び声をあげた。

「見よ、犬丸。この鞍の下には百本の針がうめこまれているのだ。その上にまたがると、針は肉を突き刺《さ》し、尻の穴からふぐりまでをつらぬく。さらにこうして取手をゆすると、ほれ、このように――」

木の鞍がはげしく前後にゆれる。百本の針が百足《むかで》の脚《あし》のように動いて肉をえぐるのだ。鋭《するど》い悲鳴が獣《けもの》のようなうめき声にかわった。「針木馬」の上で身をよじって叫ぶ姿は、この世のものとは思えないすざまじさだ。

平四郎は脇《わき》で無言のまま目をとじている犬丸に、赤い唇をかすかにゆがめて笑いかけた。

「目をあけるがいい、犬丸。この叫び声をきくと、おれはぞくぞくするのだ。なんともいえないよい気持ちなのだ。おまえも叫びたいか。その曲がった鼻の穴から、真っ赤な血をふきだしながら針の上でゆすられたいか。どうだ、犬丸」

「わしに何をいわせたいのか」

と、犬丸がかすれた声できいた。その声は平静をよそおってはいても、心細げに震《ふる》えている。

「されば、さきほどから何度もたずねておるではないか。おまえの博奕《ばくち》の場所に、ときどきあの男もきていた、とひとことといえばよいのだ。そのことを書面にしたためて認めれば、あとのことはすべて咎《とが》めぬこととする。どうだ、法皇《ほうおう》とよばれる大天狗《おおてんぐ》、あの男は、おまえの賭場《とば》へ顔をだすことがあったのだろう？」

「わしの博奕場《ばくちば》へ手慰《てなぐさ》みにこられる身分の高いかたは、みな覆面《ふくめん》で顔をかくしておこしになる。だから身元はわからない。たずねもせぬし、いいもせぬ。それが賭場の掟《おきて》じゃ。童《わっぱ》は知るまいがな」

「そうか。あくまで吐かぬとあれば、いたしかたない。おれはおまえを針木馬にのせるのを、楽しみにしていたのだから」

平四郎《へいしろう》は木の取手を、ふたたび大きくゆすった。「針木馬」の鞍が前後にゆれると、魂《たましい》の底にまでひびくような悲鳴があがった。犬丸の頬が引きつるのを平四郎は心地よくながめた。

そのとき蔵の扉のひらく音がした。見回りの童《わらわ》の一人が腰をかがめて、

「頭領《とうりよう》さま」

「きたのだな、やはり」

と、平四郎は唇をゆがめて笑った。

「そろそろくるころだと思うておったのだ。で、いったいどんな相手があらわれた？」

「それが――」

と、知らせにきた童は口ごもりながら、

「まことに妙な法師《ほうし》でございます。しかも十歳にもみたぬと思われる男《お》の子をつれまして」

「子づれの法師だと？」

平四郎は眉をひそめた。ちがう。自分が予想して待ちかまえていたのは、もっと大物だ。天狗自身がやってくるのではないかと予想していたのに。

「名は？」

「河原坊浄寛《かわらぼうじようかん》、とか名のりました」

聞いたことのない名前である。

「で、手の者はどれほど引きつれてきた？」

「童《わらべ》を肩にのせただけで、ほかに仲間は見あたりませぬ。ただ、この館《やかた》に捕らわれている犬丸を取りもどしにきたと伝えよ、とさも偉そうな物のいいようで」

〈何者であろうか〉

平四郎《へいしろう》は犬丸のほうをちらと見やると、

「よし、いこう。そちはこの針木馬《はりもくば》の汚い荷をおろして、あちらの男をのせる準備をしておけ」

「かしこまりました」

見張りの童《わらわ》にうなずくと、平四郎は土蔵《どぞう》をでた。さわやかな夜気が頬につめたい。だが、自分には土蔵にこもる血の匂いのほうが、はるかに性《しよう》にあっている、と、あらためて思う。幾棟もの建物をつなぐ暗い渡り廊下を、風を切るようにして歩きながら、おれもよくよく業《ごう》のふかい身であることよ、と苦笑《にがわら》いがこみあげてきた。

平四郎は船の上でうまれた。水上で春をひさぐ津の家船《えぶね》遊女の子として育った。客がくると船の艫《とも》にかくれる。菰《こも》をかぶって母親の仕事がすむのを待つ。物心《ものごころ》ついたときからずっとそうしてきたのだ。客に応じるとき、自分に物をいうときの荒っぽい口調とは似ても似つかぬ艶《あで》やかな嬌声《きようせい》を母親は発した。夜の海と、うたうような母親の声と、空にかかる月を友として、彼は十歳までを船ですごした。

〈わたしは若いころ、今様《いまよう》をうたわせたらこの港一番の歌い手だったんだよ〉

と、客のつかない晩、母親はいつも彼にいう。

〈あれは十五のときだった。その歌をききたいと、旅の途中のあのかたに召されて、その夜おまえを身ごもったのさ〉

十歳の夏の夜、平四郎は母親を殺して陸《おか》にあがった。それから七年の歳月がすぎている。母親のことを思いだしても、すこしも心がいたむことはない。

母を殺した夜のことは、はっきりおぼえている。母親を刃物《はもの》で刺《さ》して海に投じたとき、海水が血で赤くそまったことや、腹の白い小さな魚がそこにたくさんあつまってきたことなども、ありありと思い浮かべることができる。

平四郎は母親を殺したことで、覚悟がさだまった。あとはだれを殺しても同じことだ。彼は死とか、人の苦痛とかをまったく気にしない少年になった。平然と人を殺すことのできる者はすくない。それは強い武器ともなる。平四郎はその強い才能によって、京　童《きょうわらべ》の頭《かしら》となり、やがて六波羅童《ろっぱらわらわ》三百余名をひきいることとなったのだ。

そのことで彼は母親に感謝しているくらいだった。彼女を殺すことで、ふんぎりがついたのである。実の母親を殺した身に、あとは何をおそれる理由があろうか。母親はこの自分の生みの親であると同時に、育ての親でもある。彼女の死から自分は第一歩をふみだしたのだ。そして六波羅王子《ろっぱらおうじ》として、この館《やかた》の王《ぬし》となった。

清盛《きよもり》公は、その彼の才能をひと目で見ぬき、六波羅童《ろっぱらわらわ》の頭領《とうりょう》として任じてくれた。人はそれを、さまざまに噂しあう。平四郎《へいしろう》は清盛公が津の遊女に産ませた子であるなどという者もいる。

それが便利な噂であるかぎり、否定することもない。むしろ、自分からそれを匂わせるような話をしたこともある。

〈しかし、おれの本当の父親、あのかたと母親がいっていたのは、別な男だ〉

その男をつきとめて、母親と同じように、この手で殺す。それが平四郎の夢だった。

〈そうすることが、母親への供養《くよう》であろう〉

いま、彼はその男の影をつかまえたと思っている。まだ影にすぎないが、たしかな手ごたえは感じている。あの男を捕らえて、「針木馬《はりもくば》」にのせたら、どんなにいい気分だろう。そして、一夜の旅先の戯《たわむ》れの記憶を思いおこさせるまで、存分に「針木馬」を前後にゆすってやる。毎日、息絶えるまでゆさぶりつづける。そのときにいう言葉も、すでに用意してある。

「船の上で母とまぐわったとき、あのときも波で船が大きくゆれていたのをおぼえているかね」

平四郎は、広場に面した館の正面にでた。広場には白砂がしきつめてあり、数十の篝火《かがりび》の焔《ほのお》があかあかと周囲を照らしている。石積《いしづ》みの塀《へい》にかこまれた広場は、馬場《ばば》のように広大だ。

平四郎の姿を見て、すぐに数人の童《わらわ》が駆けよってきた。いずれも十五、六歳の少年たちである。それぞれ手には小ぶりの弓をもち、赤い直垂《ひたたれ》の背に矢をおっている姿が異様だった。

「開門せよ」

と、平四郎は命《めい》じた。

「河原坊《かわらぼう》とやらをここへ」

重いきしみ音をたてて鉄の門がひらく。見張りの童にみちびかれて、二つの影が門をくぐってやってきた。一人は屈強《くつきよう》な大男である。その男に手をひかれて、十歳にもみたぬと思われる童《わらべ》が、心細げについてくる。背後で門がしまった。

平四郎は階段の上の床《ゆか》に立って、上から奇妙な二人を見おろした。男が軽く会釈《えしやく》していう。

「河原坊浄寛《じようかん》と申す。こちらの童は日野《ひの》忠範《ただのり》。この子の家の召使いである犬丸という男をつれもどしに参上つかまつった」

「おれを知っているのか」

男はうなずいた。十人の武者《むさ》でも片手で投げとばしそうな力が体軀《たいく》にみちあふれている法師《ほうし》である。

「返さぬといったらどうする」

「この館を攻《せ》める」

平四郎《へいしろう》はかすかに笑った。

「門外に手勢《てぜい》をひそませておるのだな。しかし、どのようにしてここにはいるつもりじゃ。門は鉄、塀《へい》は石積《いしづ》みだぞ」

「われらにとっては、わけもないこと。童《わっぱ》の遊びではない。ご覧になりたければ――」

「見よう」

と、平四郎はいった。

「あの男は返さぬ。こちらも遊びではない」

河原坊《かわらぼう》と名乗った男はうなずくと、指を口にくわえた。ヒューッと鋭《するど》い指笛の音が夜のなかに鳴った。一瞬、間をおいて空気が震《ふる》えるような奇妙な音が、塀のむこうからきこえてきた。

〈なんの音だ？〉

平四郎が眉をひそめて周囲をうかがったとき、石塀《いしべい》の外から白い帯のようなものが何本か、ふわりと空中に浮かんだ。いったん夜空に高くあがった白い帯は、塀をこえると、どすんと重い音をたてて地面に落ち、塀の内側の松の植木にからみつく。

「ふむ。白河《しらかわ》の印地《いんじ》どもか」

平四郎は表情もかえずにつぶやいた。

赤子《あかご》の頭ほどもある重い石を、鉄鉤《てつかぎ》のついた長い布の先端にくるみ、それを独楽《こま》のように振り回して勢《いきお》いをつけ、一気に空中に放り投げる。高く塀をこえた石が落下して、鉤《かぎ》が周囲の植木や柱にからみつく。印地の輩《やから》が得意とする「布梯子《ぬのばしご》」という戦法にちがいない。

たちまち夜のなかから湧いた蛾《が》のように、白い覆面《ふくめん》姿の男たちが布をたぐって塀をこえ、広場にとびおりてきた。

「猿どもが」

平四郎が唇をゆがめて冷笑した。侵入した印地の男たちは音もなく飛礫《つぶて》をとばして、門を守る童《わらわ》たちを倒し、鉄の門を内側からこじあけた。

法螺貝《ほらがい》の音がひびくと、黒覆面の男たちが静かに広場にはいってきた。長刀《なぎなた》の刃《やいば》がて不気味《ぶきみ》である。

篝火《かがりび》に光る。気勢をあげるでなく、駆けるでなく、黙々と接近してくる姿が、かえっ

〈僧兵どもがおよそ百人。印地《いんじ》どもが二、三十人か〉

河原坊《かわらぼう》の野太《のぶと》い声がひびいた。

「犬丸を返せば、おとなしく引きあげる。だが、そちらにもそれなりの準備《そなえ》があると見た。合戦なら望むところだ。犬丸を力ずくでうばって、館《やかた》に火を放《はな》てば、世間がさぞ明るくなることじゃろう」

平四郎《へいしろう》は嘲《あざけ》るようにこたえた。

「おれたちを童《わらべ》とあなどるのは、まちがいだぞ。犬丸とやらは餌《えさ》にすぎぬ。だれが奴《やつ》を取りもどしにくるか、それを知りたかったのだ。そちらが察したとおり、こちらもすでに迎える用意はできている。ほれ、このとおり」

平四郎がトンと音をたてて床《ゆか》を踏む。

と、階段の左右の床下からぞろりぞろりと黒い虫のように這《は》いだしてくる男たちの影が、印地と僧兵たちの前にあらわれた。総勢三百、というのが、今夜、平四郎の雇《やと》いいれた武者《むさ》の数である。手に手に太刀《たち》や長刀をたずさえて、無言のまま平四郎の指図《さしず》をまっている。

平四郎が背後に声をかけた。階段の上の板戸が音をたててひらく。篝火の光のなかに、赤い直垂《ひたたれ》に弓矢をたずさえた六波羅童《ろっぱらわらわ》たちの姿が幻《まぼろし》のように浮かびあがった。

「六波羅童二百、武者三百。手ぐすね引いてまっていたのだ。われらの耳にはいらぬ企《くわだ》ては京にはない。さて、この広場が血の池になるのを楽しむとしようか」

伏見《ふしみ》平四郎は体の奥に、いつもよりはるかに熱い嗜虐《しぎゃく》の血がわき返ってくるのを感じた。夜気の冷たさが頬にここちよい。凍《こお》りついたように身構える覆面勢《ふくめんぜい》を見おろして、どこか湿《しめ》った声でいう。

「あれを見ろ。われら六波羅童がつかう弓は、宋船《そうせん》で運ばれてきた胡族《こぞく》の弓。小ぶりだがよくしない、強い矢を放《はな》つ。また武者どもはこの夏、以仁王《もちひとおう》を宇治《うじ》に討った強兵《つわもの》たちだ。降参せよとはいわぬ。一人残らず殺してやる。だが――」

平四郎は、河原坊にすがるように身をよせている童《わらべ》に目をやった。

「どうだ、タダノリとやら。そなた、われらが六波羅勢の仲間にくわわるか。そうすれば命は助けてやるぞ」

「いやだ」

と、その子は震《ふる》える声でいった。

「ほう」

平四郎《へいしろう》は童《わらべ》の顔をみつめた。血の気のひいた表情で、あえぐように肩で息をしている。しかし、その目にはつよい怒りの色があった。

「体に矢が突き刺《さ》さり、刃《やいば》で肉も骨も斬《き》りきざまれるのだぞ。それでも、いやというのか」

「いやだ。犬丸を返せ」

気性の激しい子だ、と平四郎は思った。自分もかつて同じような場面で、同じような返事をしたことがある。

「たしか日野《ひの》家の子とか」

童は無言でうなずいた。

「そなたの父親は？」

「日野有範《ありのり》、じゃ」

「ほう。では、この春、以仁王《もちひとおう》の軍にくわわって平家《へいけ》に弓を引いたとかいう、あの酔《すい》狂《きょう》な男の息子か。ということは、そなたの祖父は、たしか日野経尹《つねまさ》――」

平四郎は顎《あご》に手をあててうなずいた。なにか不埒《ふらち》なことをしでかして、貴族社会から放埒《ほうらつ》にあった経尹という人物のことは、噂できいたことがある。とんでもない男だが、今様《いまよう》の名手として妙な人気があったという。平四郎は、童にいった。

「そなたの祖父は、たしか今様の名手であったそうだな。その血をひくなら、さぞかしよい声だろう。ひと節《ふし》ここで歌《うと》うてみよ。見事にうたえば、殺さずに全員を追い返すだけにしてもよい。どうだ」

平四郎には、もちろんその気はない。この血の宴《うたげ》をさらにたっぷりと楽しむために、芝居がかったやりとりで美しく飾りたかっただけだ。

唇をむすんでうつむいた童が、顔をあげていった。かすれた声だった。

「一つだけ、知っている歌がある。それでよければ」

「おもしろい。聞こう」

篝火《かがりび》のはぜる音が夜のなかにひびく。

平四郎はゆっくりと頭上に右手をかざすと、鋭《するど》い声で部下たちに命《めい》じた。

「歌が気に入らなかったら、この手をふりおろす。それが合図だ。いっせいに二百の矢を放《はな》て。武者《むさ》は襲《おそ》いかかれ。よいか」

おう、とこたえる声が津波のように夜の広場にこだました。僧兵たちはじりじりと円陣を組み、印地《いんじ》の仲間たちを内側に囲むようにして身構える。

平四郎をみつめる童の目に、奇妙な光がやどった。ぎこちない動きで、一歩前へすすみでる。大きく息を吸うと、最初はかすかな声で、やがて澄んだ高い声でうたいだした。

みだのちかいぞたのもしき

〈おや？〉

と、平四郎《へいしろう》は眉をひそめた。童《わらべ》の歌声が、しんと静まり返った夜の広場にながれていく。

〈そうだ〉

と、平四郎は思った。

〈この歌は、どこかで聞いたことがある〉

あとにつづく歌の文句を、彼は無意識に口のなかでつぶやく。

〈十悪五逆《じゅうあくごぎゃく》の人なれど——だったか〉

童の澄んだ声が、平四郎の封印された記憶を刃物《はもの》で切り裂くように追いかけてくる。

平四郎は首をふった。

〈聞きたくない！〉

彼の皮膚の下から地虫のように這《は》いでてくる古い記憶がある。これまで一度も思いだしたことのない幼いころの記憶だ。客のこない晩に、ゆれる船の上であの女がいつも口ずさんでいたこの歌。ひとたびみなをとなうれば、と母親の声がきこえた。

「やめろ！」

と、平四郎は叫んだ。

「もうよい！　その歌は聞きたくない！」

平四郎は、さっと手をふりおろそうとした。だが、どうしたことか、肩がこわばったように硬直して動かない。広場の全員が、彼の手の動きを息をつめて凝視している。

ふたたび平四郎は、その硬直した腕を引きおろそうとするが、どうしても動かない。

あのときもそうだった。母親の心《しん》の臓《ぞう》をひと突きして、さらにとどめを刺《さ》そうと刃物をふりあげたとき、突然、腕が固まってしまって動かなくなったのだ。そのとき体を大きくそらせた母親は、自分から海へ落ち、水を赤く染めて見えなくなったのだった。平四郎は肩で大きく息をした。突然、母親の顔が消えた。歌をやめた童が、おびえた顔でこちらをみつめている。

〈よし。いまだ〉

平四郎《へいしろう》がこわばった手をふりおろそうとした瞬間、地をゆるがすような蹄《ひづめ》の音とともに地面がゆれた。二頭の巨大な牛が幻《まぼろし》のように出現した。まるで小山のようなその二頭の牛が静止すると、背後にいくつかの人影がうかびあがった。

「牛飼童《うしかいわらわ》どもめが！」

平四郎がうめいた。六波羅童《ろっぱらわらわ》も、僧兵たちも、広場の者はみな唖然《あぜん》として巨大な二頭の怪物の姿を凝視している。

先頭にたつ牛飼童の声がひびいた。

「よく見ろ。これが逸物《いつぶつ》、黒頭巾《くろずきん》。そしてもう一頭こそ世に知られた希代《きだい》の悪牛、牛《ご》頭《ず》王丸《おうまる》じゃ。矢も射《い》かけろ。長刀《なぎなた》もふるえ。この二頭がどれほどの化けものかを六波羅の小童《こわっぱ》どもにわからせてやろうぞ」

牛飼童が刀の背で牛頭王丸の尻を発止《はっし》と打った。その瞬間、牛頭王丸がはじかれたように跳躍した。黒頭巾も同時に疾走する。二頭の猛牛は居並《いなら》ぶ武者《むさ》たちの列へ猛然と突っこんでいく。僧兵と印地《いんじ》たちは、地面に転がって逃げまどった。空気が鳴って、驟雨《しゅうう》のように矢が降りそそいだ。しかし黒頭巾も牛頭王丸も、まるで針をたてたように背中に矢を受けながら、まったく勢《いきお》いを失わずに平然と平四郎のほうへ突進してくる。

　武具に身を固めた武者たちも、総崩れになって床下《ゆかした》へあとずさった。数人の武者が牛の角《つの》で空中に跳ねあげられ、落下する。二頭の牛は、さえぎる者を蹴《け》ちらしながら化けもののように荒れ狂う。全身が血で真っ赤だ。

〈これが牛頭王丸と黒頭巾か〉

　平四郎ははじめて目にする死神のような黒い牛の影に、なにかふしぎな美しさを感じた。そのとき、牛の鼻息が目の前で鳴った。

　忠範《ただのり》は全身を地面に押しつけられ、呼吸ができなかった。背中に河原坊《かわらぼう》のぶあつい体がのしかかっている。蹄の音と、叫び声と、鋭《するど》い矢風とがきこえた。広場で大混乱がおきているのだ。

「いまだ！」

　河原坊の腕が忠範を一気に引きおこした。大声で、法螺房《ほうらぼう》どの！　と叫ぶ。

「おう」

　その声に応じて法螺貝《ほらがい》をもった覆面《ふくめん》姿の男がすばやく駆けよってきた。

「この子をつれて河原へ！　犬丸はわしと弥七《やしち》がさがしだす」

　河原坊の言葉に、法螺房《ほうらぼう》はうなずくより早く忠範の手を引いて走りだした。

「退《ひ》け！　退け！」

法螺房《ほうらぼう》が大声でよばわると、僧兵も印地《いんじ》たちもいっせいに門外へと脱出する。門をくぐるとき、忠範は一瞬、足をとめて背後を見た。二頭の牛は血で真っ赤に体を染めて、鬼神のように荒れ狂っていた。おびただしい矢を全身に受けながら、その力は少しもおとろえてはいない。刀も長刀《なぎなた》も矢も、まったく意に介さないかのように、たちむかう武者《むさ》を突き倒し、蹄《ひづめ》にかけ、角《つの》で宙に投げあげ、逃げまどう武者たちをおどろくほどの敏捷《びんしょう》さで追走《ついそう》し、ふみにじる。

平四郎《へいしろう》は階段の上の板床《いたゆか》にたって、目下にくりひろげられる修羅場を魅《み》せられたように眺めている。牛頭王丸《ごずおうまる》が勢《いきお》いよく階段を駆けあがった。なぜか平四郎は逃げない。身じろぎもせず、迫《せま》る牛にむきあう。

忠範は、平四郎の前で角を誇示《こじ》するように身構える牛頭王丸を見た。血まみれの赤い全身からもうもうと湯気がたちのぼっている。牛頭王丸は、さらに頭をさげる。

そのとき意外な出来事がおこった。平四郎が、恍惚《こうこつ》とした表情で両手をひろげたのだ。まるで牛頭王丸の頭を抱きよせるかのようなしぐさだった。周囲から悲鳴があがった。

「あぶない！」

「逃げてくだされ、平四郎さま！」

一瞬、牛頭王丸の角が、平四郎の腹に吸いこまれるように突き刺《さ》さった。牛頭王丸がつよく頸《くび》をふると、平四郎の体は空中に浮き、どさりと音をたてて広場に落下した。

「なにをしておる！　いくぞ！」

法螺房に手を引かれて、忠範は走った。あたりには、野犬の姿も見えない。夢のなかにいるような気分で、忠範は夜の町を走りつづけた。

法螺房《ほうらぼう》に手を引かれて河原までくると、忠範《ただのり》は思わずその場にへたりこんだ。なにか自分の家にたどりついたかのような安堵感《あんどかん》をおぼえたのだった。助かった、と思う。夜のなかに水音と虫の声がきこえる。

「犬丸は、大丈夫でしょうか」

忠範がきくと、法螺房は笑っていった。

「河原坊《かわらぼう》と弥七《やしち》の力を、かるく見るな。あの二人が組んでできないことはないのじゃ」

「でも、牛飼童《うしかいわらわ》たちが駆けつけてくれなければ、いまごろはみんな死んでいたかも――」

法螺房は首をふった。

「平四郎《へいしろう》に命を狙《ねら》われていたおかたが、ちゃんと手はずをととのえておいてくださったのだ。石塀《いしべい》の上から広場の様子をうかがっていた物見《ものみ》の合図で、牛を追いこむ手配はできておったのよ」

「平四郎に命を狙われていたおかた、とは？」

「いまは、なにも知らぬほうがよい」

法螺房はかるく忠範の疑問をかわして、

「一夜《いちや》明ければ、なにごともなかったように静かになる。あとは陰《かげ》での取引じゃ。世間とはそういうものよ」

法螺房は言葉をつづけて、あの黒頭巾《くろずきん》と牛頭王丸《ごずおうまる》も、本当の持ち主は二頭ともあのおかたなのだ、と、ふしぎなことをいった。

〈世の中は、わからないことばかりだ〉

忠範は首をひねった。法螺房が、じっと忠範の顔をみつめて、

「タダノリ、おぬしはこれからどう生きる。生きて、なにをしたいのだ」

「事情があって、いまの家をでなければなりませぬ。どこかの寺へいくことになりそうです」

寺か、と法螺房はうなずいていった。

「タダノリ、いっそお山へいくか？」

え？　と、忠範は目をみはった。

「お山、とは?」

「あの山じゃ。比叡《ひえい》の山よ」

法螺房《ほうらぼう》は東の夜空に顎《あご》をしゃくると、

「タダノリ、どこで習《なろ》うたかは知らぬが、おぬしの今夜の歌は、じつに見事なものじゃった。この法螺房の腹にも深くひびいたが、十悪五逆《じゅうあくごぎゃく》の悪人、あの平四郎《へいしろう》の心まで揺《ゆ》るがすとはのう。いや、さすがに今様《いまよう》の名手といわれた経尹《つねまさ》どのの孫ではあるわい」

「今様を習ったことはありませぬ。いちど夜中に遠くで人がうたう声をきいただけです。それが妙に心に残っていて——」

「ほう。習った歌ではないのか。いちど耳にしただけで、あのように胸にしみる歌をうたうとはのう。歌の才だけではない。おぬしには、なにかがあるのじゃ」

身分の高い人びとが尊《たっと》ぶのが和歌。今様はそれとちがって、卑《いや》しきわれらの好む巷《ちまた》の流行《はや》り歌だ、と、法螺房はいった。

「世態人情《せたいにんじょう》、男女《おのこおみな》の妖《あや》しき思いをうたうのが今様の本領《ほんりょう》じゃ。しかし、なかにはみ仏《ほとけ》の深い心を讃嘆《さんだん》する歌もある。今夜おぬしがうとうたのも、そのひとつ。十悪五逆の悪人さえも、ひとたび弥陀《みだ》の名を呼べば必ず救われるというのはおどろくべき外道《げどう》の説のようじゃが、決してふしぎではない。そもそも無量寿経《むりようじゆきよう》の四十八願中の第十八の願は、わが名をよぶ衆生《しゆじよう》すべてを済度《さいど》せんという、至心信楽《しししんしんぎよう》の王本願《おうほんがん》。最近はそれを説く者もでてきたらしい。うーむ」

考えこんだ法螺房が忠範《ただのり》にきいた。

「どうだ、タダノリ、十悪五逆の極悪人《ごくあくにん》、あの平四郎でも弥陀の名をよべば地獄へおちずともすむのか。どう思う？」

忠範はしばらく黙っていた。そして頭のなかで、その今様の最後の文句を何度も思い浮かべた。そしてたずねた。

「らいごういんじょう、とは、なんのことでしょう」

忠範の問いに、法螺房はたちどころに答える。

「らいごういんじょう、とは、来迎引接《らいごういんじよう》のこと。臨終のとき仏がみずからやってこられて、衆生を極楽浄土《ごくらくじようど》に導いてくださる、という意味じゃ」

忠範は真剣に考えこんだ。本当にそんなことがあるのだろうか。嘘をつくと地獄の閻魔大王《えんまだいおう》に釘抜きで舌を抜かれますよ、と、サヨはいつもいっていたではないか。嘘をついたぐらいで地獄におちるのなら、十悪五逆の極悪人が救われるわけがない。しかし——。

「わかりませぬ」

と、忠範《ただのり》はいった。法螺房《ほうらぼう》はうなずいて、夜の河原をながめた。水の流れる音のように、法螺房の声がつづく。

「わしにもわからぬ。だが、これは大事なことだぞ、タダノリ。わしがさまざまな修行をつんで、なおわからぬことを、ひょっとするとおぬしがわかるかもしれぬ。そういう気がするのじゃ。わしも、あの弥七《やしち》も、河原坊《かわらぼう》も、みんな悪人よ。犬丸もそうじゃ。どうみても徳をつんだ善人ではない。十悪五逆とはいかずとも、われらはみな、人をたぶらかし、世を騙《かた》る悪人。だが、それしか生きるすべはない。そのようなわれらでも、地獄へはいきとうないのだ。救われるものなら救われたい。みなが心のなかでそう願《ねご》うておるのじゃ。だから、その思いを今様に托《たく》してうたっておる。あの歌はそのような卑しきわれらの念仏かもしれぬ。どうじゃ。ちがうか」

「わかりませぬ」

「その答えをみいだしたいと思うか」

「はい」

「ならば、いくしかない、あの山へのう」

そんなことができるのだろうか、と忠範はため息をついた。自分はまもなく、どこかの貧しい寺へ小僧として送られることになるだろう。すでにそのことは覚悟していた。比叡山《ひえいざん》は近く見えても遠い。あの山は身分の高い家の子弟や、全国各地の秀才があつまる山だ。

いちど法会《ほうえ》に参加するために、比叡山から町へおりてきた僧たちの行列を見たことがあった。美しく着飾った童《わらべ》をしたがえ、従者や僧兵をひきつれた高僧たちの列は、高位の貴族たちよりもさらに華麗で堂々たるものだった。

〈自分には縁のない世界だ〉

そう思いつつも、なにか熱いものが胸の奥にわきあがってくるのを忠範は感じた。

忠範は目をこらして夜のなかの山嶺《さんれい》をみつめた。視界に静かにせりあがってくる山の影がある。そこには自分の知らない世界がある。この世間とはちがうなにかがある。

〈いきたい〉

と、忠範は思った。どうせ寺へやられるのなら、自分が選んだ場所へいきたい。この法螺房がかつてそこで学び、河原坊が修行したというあの山へ。

そのとき闇のなかから、数人の足音がきこえた。

「おう、おそかったではないか。気遣《きづこ》うておったぞ、河原坊」

弥七《やしち》と、河原坊《かわらぼう》と、そして犬丸の姿を見て、忠範《ただのり》は思わず喜びの声をあげた。

忠範にとって、その晩の出来事は生涯わすれることのできない記憶として心に刻みこまれた。憔悴《しょうすい》しきった犬丸を、河原坊は太い腕でささえて日野《ひの》家の裏門まで送ってきてくれたのだ。

「浄寛《じょうかん》さまは、このあとどうなさるおつもりですか」

と、忠範は改まった口調できいた。河原坊は顎《あご》に手をあてて夜空を見あげた。

「うむ。これだけの騒ぎをおこしておいて、安穏《あんのん》とこの町にとどまるわけにもいくまい。わしはやはり関東へもどろうと思う。よい潮時《しおどき》かもしれぬ。急に故郷《ふるさと》が恋しゅうなったのじゃ。弁才《べんさい》どのは西国《さいごく》へいかれるという。弥七もしばらくはどこかへ身を隠すらしい。タダノリ、さびしゅうなるが我慢するのだぞ。人の世に別れはつきもの。いつか大人になったおぬしと再会する日が楽しみじゃ」

「関東へ――」

忠範は思わず河原坊の体にすがりついた。

「別れるのはいやじゃ。いっしょにつれていっておくれ」

河原坊は腰をおとして忠範の肩を両手でつかんだ。そして忠範の目をのぞきこんでいった。

「よいか、タダノリ。そなたは、もう子供ではない。童《わらわ》の姿をしていても、心は一人前の大人。そして、われら、石つぶてのごとき者たちの兄弟じゃ。わしがいなくなっても、世間には仲間がたくさんいることを忘れるな。そなた、名はタダノリでも、タダモノではない。笑わぬか。これがわしの最後の駄洒落《だじやれ》じゃでのう」

忠範は笑った。笑いながら泣きじゃくった。

「さあ、忠範さま」

と、犬丸が裏木戸をそっとあけながらふり返った。木戸のすきまから、サヨの白い顔がちらと見えた。

「この恩は忘れぬ、浄寛どの」

犬丸は河原坊にうなずくと、忠範の手を引いて木戸をくぐった。サヨのあたたかい胸が忠範をつつみこんだ。背後で河原坊の声がきこえた。

「さらば、じゃ」

なにかが変わった、と、そのとき忠範は感じた。自分は一人ではない。不遇な貴族の家の子でもなく、埒《らち》の外に放《ほう》りだされた童《わらべ》でもない。今様《いまよう》に切《せつ》なる思いを托《たく》して、石ころ、つぶてのごとく生きている無数の人びとの兄弟であり、家族なのだ。そう思うと急に気持ちが明るくなった。

町にはさまざまな噂がささやかれていた。

この数日、これまでわがもの顔に横行していた六波羅童《ろっぱらわっぱ》たちの姿が見えない。市でも、辻でも、それまでになく誰もが、のびのびと大声でしゃべっている。

「あの六波羅《ろっぱら》王子《おうじ》が、暴れ牛に殺されたそうな」

「いや、死んでへん。牛頭王丸《ごずおうまる》に角《つの》ではねとばされて、倒れたところを黒頭巾《くろずきん》の蹄《ひづめ》でめちゃめちゃに踏みつけられたんや。あの綺麗《きれい》な顔が、ふた目と見られんザクロのような人相に変わったとか」

無数の矢をうけた血まみれの二頭の牛を、牛飼童《うしかいわらわ》や車借《しゃしゃく》たちが、荷車にのせて駆けていくのを見た、という者もいた。

「いったい何事があったんやろ」

「わからん。館《やかた》の門は、まだ閉まったままや」

「なんか、胸がすっとした気分やなあ」

日野《ひの》家にも、別段これという厄介事《やっかいごと》もおきなかった。伯父も、口うるさい伯母も、こんどの件については何もいわない。

しかし、忠範《ただのり》はひどく元気をなくしていた。弟たちにいろいろたずねられても、だまって首をふるだけだった。河原坊《かわらぼう》どのは関東へ帰ってしまわれたのだ、と、忠範はそのことばかりを思い返した。法螺房弁才《ほうらぼうべんさい》、ツブテの弥七《やしち》、みんないなくなってしまった。なんともいえずさびしい。

寺へやられると知ったとき、忠範には一つの計画があったのだ。それは日野家をとびだして、ひそかに河原坊たちの仲間に加えてもらおうという無謀《むぼう》な計画だった。その世界は世間一般の人びとから一段低く見られながら、ある意味では畏《おそ》れや憧《あこが》れさえいだかせる垣根《かきね》の外の世界だ。乞食《こつじき》の聖《ひじり》、遊芸人《ゆうげいにん》、印地《いんじ》打ち、牛や馬をあつかう童《わらわ》、車借、馬借《ばしやく》とよばれる輸送交易の民、神人《じにん》、僧兵、漁師、狩人《かりうど》、博徒、そして盗賊や遊び女《め》や、その他もろもろの雑民《ぞうみん》たちが、世間の底をけもののようにうごめき流れている。その地熱のような活力に、忠範は心惹《ひ》かれずにはいられない。みずからを、石ころ、つぶてのごとき悪人とし、この世も地獄、あの世も地獄と覚悟した者たちの世界に、彼も憧《あこが》れをおぼえるのだった。

しかし、いまはもうその門は閉ざされてしまった。ただ、残された夢が、一つだけある。それは、「お山へいく」という、大それた望みである。「お山」とは、もちろん、比叡山《ひえいざん》のことだ。あの晩、鴨の河原で法螺房は忠範の目をじっとのぞきこむようにしていった。

〈われら悪人でも、地獄へはいきとうない。救われるものなら救われたい。みなが心のなかでそう願《ねご》うておるのじゃ〉

そして、こうもいった。

〈十悪五逆《じゆうあくごぎやく》の極悪人《ごくあくにん》、あの平四郎《へいしろう》のごとき奴《やつ》でさえ、ひとたび弥陀《みだ》の名をよべば、本当に救われると思うか〉

わかりませぬ、とそのとき忠範《ただのり》は答えた。頭のなかが混乱して、どう考えていいかわからなかったのだ。これは大事なことだぞ、と法螺房《ほうらぼう》は念をおすようにいった。

〈その答えを本気でみいだしたいと思うか〉

はい、と忠範はきっぱりうなずいたのだ。すると法螺房はいった。

〈ならば、いくしかない、あの山へ——〉

あの山へ、という言葉が、木魂《こだま》のようにずっと忠範の体の奥で反響しつづけている。あの山へ。あの山へ。あの山へ——。

忠範には生来、いちど決断したことは一筋《ひとすじ》につきすすんでやまない、かたくななところがあった。迷いに迷った末に、どこからかきこえてくる遠い声にじっと耳をすます。その運命的な声がきこえてこないときには、なにもしない。だが、まれにではあるが、その声がはっきりときこえるときがある。そんなとき忠範は一切《いつさい》、迷わない。

〈ならば、いくしかない、あの山へ〉

その声は法螺房の言葉としてではなく、自分の体の奥からひびきあう運命の声として忠範には感じられた。

〈はじめから自分はそうきめていたのだ〉

きめていたのか、それともきめられていたのか、それはわからない。それがとんでもないことだと、子供なりにわかっている。比叡《ひえい》の山は、選ばれた者だけがのぼることのできる最高の場所だという。だが、しかし、忠範は疑わなかった。瞼《まぶた》の裏に、あの馬糞《まぐそ》の辻へ急いだ日、八角九重塔《はっかくくじゅうのとう》のかなたに見えた比叡の山嶺《さんれい》がくっきりと浮かびあがった。あの山が自分をよんでいるのだ、と忠範は思った。

サヨが呼びにきたとき、忠範は庭で弟たちと竹馬《たけうま》にのって遊んでいた。

「殿がお話があるそうです」

と、サヨはいった。そして忠範をつれて母屋《おもや》の座敷の前までいくと、ちょっとため息をついて忠範の肩をおした。伯父の横に伯母がいるのを見て、忠範はすこし緊張した。彼がかしこまってすわると、伯母の晶光女《しょうこうじょ》が命令する口調でいった。

「そなたを、寺にやることにしました。近江《おうみ》の万経寺《まんぎょうじ》という寺です。二、三日うちに犬丸がつれていきます。この家の事情は、そなたにもうすうすわかっておるはず。小僧としてまめに勤《つと》めれば、先ざきは、りっぱなお坊さまにもなれましょう。いいですね」

忠範《ただのり》はだまっていた。横から伯父の範綱《のりつな》がとりなすように笑顔でいう。

「忠範、寺へいくのはいやか」

「いやではありませぬ」

「では、よろしいですね」

念をおすように伯母がいった。忠範は伯父の顔をみつめて、首をふった。

「よくは、ありませぬ」

「なんと――」

伯母の額《ひたい》に青い筋がたつのを忠範は見た。思わず声が震《ふる》えた。

「わたくしは、お山へいきたいのです」

「お山、だと?」

伯父があっけにとられたように目をみはった。

「はい。わたくしは、比叡《ひえい》のお山へいく、と、きめました」

忠範、と伯父が教えさとすように声をひくめていう。

「よいか。そなたはまだ幼いゆえわからぬであろうが、比叡山というのは、そうたやすく入山《にゅうざん》できるところではないのじゃ。高位高官の子弟さえあこがれてやまぬ天下の法城《ほうじょう》ぞ。とうていいまの日野《ひの》家の手のとどくところではない。しばらく近江の寺で修行をつんで、それから先を考えてもおそくはない。ここはこの女《ひと》の配慮をありがたく受けとることじゃ。のう、忠範」

「いいえ」

忠範はきっぱりといった。

「わたくしは、なんとしてでも比叡のお山にいきとうございます」

伯母の額の青筋がぴくぴくと動いた。そのとき犬丸の声がした。

「ご免くださりませ」

と、犬丸は曲がった鼻を手でかくすようにしながら忠範の隣《となり》にすわった。

「僭越《せんえつ》ながら申しあげます。忠範さまの願いを、どうかおききとどけくださいませぬか」

あっけにとられている伯父夫婦に、犬丸は言葉だけは丁寧《ていねい》だが、かなり強引な口調でいった。

「すべて承知のうえでございますゆえ、どうぞわたくしめに忠範さまをおあずけくださいませ。近江の寺のほうには、こちらのほうでちゃんと挨拶《あいさつ》をしておきます。万事この胸にのみこんだうえでのお願いでございます。この犬丸のふだんの働きに免じて、なにとぞ」

平伏した犬丸は、答えもきかずに、さっさと忠範《ただのり》の手を引いて部屋をでた。忠範兄弟の寝おきしている小屋のあがり框《かまち》に腰をおろすと、おどろかれましたか、と犬丸はいった。

「お山にいけるよう、この犬丸が取り計《はか》らいます。ご心配にはおよびません」

忠範はびっくりして犬丸の顔を見あげた。犬丸はうなずいて微笑した。

「忠範さまには、あぶないところを助けていただきました。あの河原坊《かわらぼう》たちのところへ、すぐに駆けつけて知らせてくださったそうですね。こう見えても、犬丸は恩義を忘れぬ男です。大丈夫。かならず比叡《ひえい》のお山に忠範さまを送りこんでみせますから」

なぜか本当にそうなりそうな気がした。うなずく忠範に、犬丸は、内緒《ないしょ》ですよ、と念をおすと、声をひくめて話しだした。

「サヨからお聞きになったと思いますが、この犬丸はただの召使《めしつか》いではございません。じつは人の寝静まった夜中に、無頼《ぶらい》の悪人どもをあつめて博奕場《ばくちば》を開いております。そこにときどき不思議なおかたが顔をだされておりました。博奕が好きというより、そんな悪人ばらの勝手気ままな暮らしぶりや気風がおもしろくてしかたがない、そんな感じのおかたでした。いつも覆面《ふくめん》をなさっているので顔はわかりません。でも、なんともいえない七色《なないろ》の目をしておられました」

「七色の目――」

「そう。ときにはやさしく、またときにはずる賢《がしこ》く、ときには凄《すご》みをおびて、そうかと思えば童《わらべ》のように無邪気で、しかも好色で、残酷で、悲しげな、ああ、なんといえばよいのでありましょう。そしてこの犬丸めは、その目に魅《み》いられてしまったのです」

犬丸の話は、忠範には漠然《ばくぜん》としか理解できない。だが、犬丸はそんな忠範の表情にはおかまいなく、大人を相手にしゃべっているような口調で話しつづけた。

「そう、なんといえばいいのでしょう。みずからは高貴な身でありながら、下賤《げせん》な世界への興味をおさえることができない、そんなおかたなのです。ご本人は、正直いって博奕は下手でした。でも、人の心をあやつることにかけては無双《むそう》の名人。まるで手《て》妻師《づまし》のように人の心を手玉にとられるのですよ。この犬丸も最初にお目にかかった晩から、たちまちそのおかたの手下になってしまったのです」

「いったい、そのおかたとは？」

犬丸は鼻に手を当てて、周囲に目をやった。そして忠範《ただのり》の耳に口をちかづけると、ささやくようにいった。

「法皇《ほうおう》さま、です」

「え？」

「前にお話しましたでしょう。あのおかたですよ。暗愚《あんぐ》の王《きみ》などと人によばれながら、それでも相国入道清盛《しょうこくにゅうどうきよもり》公さえ一目《いちもく》おかざるをえない後白河《ごしらかわ》法皇です。その法皇さまがお忍びで夜中に博奕場《ばくちば》に出入りなさる。とんでもない話ですが、なにしろ破天荒《はてんこう》なおかたですからね。わたしも最初は肝《きも》をつぶしました」

忠範には犬丸がお伽話《とぎばなし》をしているとしか思えなかった。法皇さまといえば、治天の王《きみ》、雲の上のおかたである。そのおかたが牛飼童《うしかいわらわ》や、車借《しゃしゃく》、馬借《ばしゃく》、盗人《ぬすびと》、悪僧などにまじって博奕場がよいをなさるとは。

「信じられない」

「わたしも信じられませんでした。しかし、本当の話です。法皇さまは若いころから今様《いまよう》に夢中で、白拍子《しらびょうし》や遊び女《め》などとも平気でうたい明かすおかたですからね。しかし、わざわざ犬丸の博奕場へおこしになったのは、ある策略がおありだったからでした」

犬丸の話では、武者《むさ》の多きを誇《ほこ》る平家《へいけ》に対して、法皇の側では弓矢ではなく勝負しようと考えておられるのだという。牛飼童をはじめ、下賤《げせん》な者とされている輩《やから》は、主人につかえたり、商売をしたり、世間の表裏《ひょうり》に通じている者ばかりである。その耳と目をすべてあつめて、四方八方の噂をふるいにかければ、下世話な色事《いろごと》から戦《いくさ》のゆくえまで、あらゆる世の中のことが手にとるように見とおすことができる。これを飛耳《ひじ》長目《ちょうもく》の策という。

「その、噂をふるいにかける役を、あのおかたはこの犬丸にお命《めい》じになったのです」

犬丸はさらに額《ひたい》をちかづけて、語りつづけた。

「あのおかたの策は見事なものでした。かしこき朝廷の事情から六波羅《ろくはら》方《がた》の内幕、諸国の武者たちの動きや叡山《えいざん》の気配《けはい》まで、すべてが手にとるように仔細《しさい》に伝わるのです。この犬丸はその大きな網の一部にすぎません。あの晩に聞いたところでは、ツブテの弥七《やしち》や法螺房《ほうらぼう》たちも、それぞれ法皇さまの目と耳の役をつとめていたとか。関東や木曾《きそ》の源家《げんけ》の様子、また公卿《くぎょう》たちの色事、地方の受領《ずりょう》、商人たちの懐《ふところ》具合《ぐあい》、なにもかもぜんぶ法皇さまには筒抜けなのですよ。あのかたはそんな天下の裏事情を、ひとつずつ秤《はかり》にかけながら、夜中にじーっと謀《はかりごと》をめぐらせておられました。平家や源家は弓矢で天下をとろうとする。朝廷の貴族がたは権威と格式でまもろうとする。南《なん》都《と》や叡山《えいざん》のほうは僧兵と神輿《みこし》でわりこもうとする。そんな三つ巴《みどもえ》の争いのなかで、法《ほう》皇《おう》さまが頼《たの》みとされたのが、なんと、非人《ひにん》、下人《げにん》、道々《みちみち》の者などと、卑《いや》しまれさげすまれたわれら悪人ばらなのです。白河《しらかわ》の印地《いんじ》たちも、牛飼童《うしかいわらわ》たちも、遊行《ゆぎょう》の聖《ひじり》たちも、乞食《こじき》坊主、病者《びょうしゃ》、盗人《ぬすびと》たちも、遊び女《め》、傀儡《くぐつ》たちまでが、じつはみーんなあのおかたを親のようにお慕《した》いしているのです。あのおかたは、いまの世の中に、じつは目に見えない大軍勢《だいぐんぜい》をひきいておられるのですよ。六波羅王子《ろっぱらおうじ》は鋭《するど》くそこをかぎつけた。ですから、わたしを餌《えさ》にしてその見えない軍勢が姿をあらわすのを待っていたのです。その縄《なわ》の端をたぐっていけば、まちがいなくあのおかたが姿をあらわすだろうと。法皇さまはその平四郎《へいしろう》の企《くわだ》てを見抜いたうえで、黒頭巾《くろずきん》と牛頭王丸《ごずおうまる》をさしむけられたのでした」

この世の中はいやなものだ、と、犬丸の話を聞きながら忠範《ただのり》は思った。

〈人はなぜ苦しんで生きるのか?〉

という、いつも心をはなれない問いにくわえて、さらにとけない謎が頭をもたげてくる。

〈人はなぜ争って生きるのか?〉

忠範にとっては、犬丸が心酔しているらしい後白河《ごしらかわ》法皇のことも、傀儡師《くぐつし》にあやつられている奇妙な人形のようにしか感じられないのだ。

その謎をとくためには、もっとたくさんの学問もしなければならぬ。苦しい修行も必要だろう。すぐれた師や朋友《ほうゆう》たちにめぐりあわなければならぬ。そのためには――。

「本気でお山にいきたいのですね」

と、犬丸は忠範の両肩をつかんでいった。忠範はうなずいた。犬丸はたちあがっていった。

「わたしが、あのおかたにお頼《たの》みしましょう」

必ず内緒《ないしょ》にしておいてください、と犬丸はいつものように念をおして小屋をでていった。

忠範はそのうしろ姿を見送ると、ごろりと横になって大きなため息をついた。すべては馬糞《まぐそ》の辻へ急いだあの日からはじまったのだ。目をとじれば、さまざまな光景が、夢の破片のように瞼《まぶた》の裏にうかんでは消え、消えてはまたうかぶ。

逸物《いつぶつ》黒頭巾と、怪牛《かいぎゅう》牛頭王丸の競《くら》べ牛を見にいって、河原坊浄寛《かわらぼうじょうかん》と知りあい、弥七《やしち》や法螺房《ほうらぼう》と親しくなったこと。

犬丸を取りもどすために、六波羅王子の本拠へのりこんだ夜のこと。

伏見平四郎《ふしみへいしろう》の、見ていると震《ふる》えがきそうな美しい顔。

その平四郎《へいしろう》に、うたえ、と命《めい》じられてうたった今様《いまよう》の文句。

法螺房《ほうらぼう》の声が、ふと、耳の奥によみがえってくる。

〈ならば、いくしかない、あの山へ〉

そして、別れのときに河原坊《かわらぼう》が嚙んでふくめるようにいい残した言葉。

〈よいか、タダノリ。そなたは、もう子供ではない。そして、われら、石つぶてのごとき者たちの兄弟じゃ――〉

犬丸は、あのおかたに頼んで忠範《ただのり》の大それた望みをかなえてやる、といったのだ。

〈本当にそんなことが、できるのだろうか?〉

しかし、こうなれば幼い自分がじたばたしたところで、はじまらない。大きな運命の力とでもいうようなものに、忠範は身をまかせる気持ちになっていた。

「兄上――」

上の弟の声だった。体をおこすと、竹馬《たけうま》を手にした弟二人が土間にたってじっと忠範をみつめている。

「兄上は、どこかへいくの?」

幼い瞳に、すでに涙がうかんでいるのを見て、忠範は思わず二人を抱きよせた。

「心配せずともよい。わたしがいなくなっても犬丸とサヨがいるではないか」

「いっしょにいく」

と、下の弟がいった。

「おいていかないで」

と、上の弟も泣き声をだした。忠範はしっかりと二人の体を抱きしめた。思わず胸がつまった。熱いものがこみあげてくる。

〈それでも、わたしはいくのだ、あの山へ。二人の弟たちを見すてて――〉

自分は悪人だ、と忠範は思った。


冬になった。

京の町が、ふたたび都《みやこ》となったという。わずかな間だけ、都は福原に移されていたのである。

地方での飢饉《ききん》は、都にもはっきりと押しよせてきた。路上に倒れ、うちすてられた者たちの姿があちこちに見られた。夜中に、死んだ女の髪の毛を抜いてあつめてまわる者もいるという。異国で使われる髢《かもじ》の材料として、宋船《そうせん》に高く売れるという噂だった。痩《や》せおとろえた赤子《あかご》をかかえて、食を乞《こ》う母親たちが、日野《ひの》家のような不如意《ふにょい》な家にも絶えずやってきた。あのふっくらとしたサヨまでがやつれて、くぼんだ目になった。

忠範《ただのり》はそれまでよりいっそう熱心に下の伯父の宗業《むねなり》のところにかよって、勉学にはげんだ。

四書五経《ししょごきょう》をはじめ、『千字文《せんじもん》』『蒙求《もうぎゅう》』『世俗諺文《せぞくげんもん》』など、さまざまな典籍《てんせき》を習う。どんなにひもじくても、学んでいるあいだは飢えを忘れることができた。忠範には人なみすぐれた集中力と、異常な記憶力がそなわっていた。腹がすけばすくほど、宗業の教えが、体にしみこむようにするするとはいってくるのだ。

書物を読みとくだけでなく、書もならった。伯父の宗業は、名筆《めいひつ》として知られている。ただ、どんなに見事な字を書いても、出世の役にはたたない荒《すさ》んだ時代に出会ったのが不運だった。

「忠範、そちの字は、すこし鋭《するど》すぎるようじゃの」

と、ある日、宗業がいった。

「一途《いちず》すぎる、というか、激しすぎる、というか。筆ハコレ人ナリ、とある。そちはふだんおとなしい童《わらべ》のようじゃが、かなり我慢しておるのであろう。わしも我慢して生きておる。だが、その我慢がそのまま字にでてしまっては書ではない。肩の力をぬいて、遊ぶような心もちになることじゃ」

わたしは遊んではいられないのです、と、忠範は思ったが、素直にうなずいただけだった。

その年がすぎ、あたらしい年をむかえると、日野《ひの》家にもすこし明るさがもどってきた。どうやら幽閉されていた後白河法皇《ごしらかわほうおう》が、ふたたび治天の王《きみ》として返り咲かれたらしい。

犬丸の話では、平家《へいけ》の権勢にもはっきりとかげりが見えてきたという。清盛《きよもり》公と法皇との綱引きは、弓矢にたよらぬ力をたくわえた法皇のほうに軍配があがったのだぞうだ。

「そろそろ、です。どうやらこの家をでる時がちかづいてきましたね」

と、犬丸はいった。

新しい旅立ち

京の町に雪がふった。

鴨の河原にうちすてられた屍《かばね》の上にも、忠範《ただのり》兄弟のすむ小屋の屋根にも、比叡《ひえい》の山の頂《いただ》きにも、音もなく白い雪がふりつんだ。

一月なかばに、高倉《たかくら》上皇さまが亡くなられた。それにつづいて、突然、清盛《きよもり》公が世を去った。武士としてはじめて太政大臣《だいじょうだいじん》にまでのぼりつめ、相国《しょうこく》入道《にゅうどう》として君臨した平家《へいけ》の領袖《りょうしゅう》である。犬丸の話では、原因不明のはげしい熱病にかかり、のたうちまわって死んだという。

「ふたたびあのおかた、いかたの御代《みよ》となりました。ちかぢか押しこめられていた鳥羽《とば》の離宮《りきゅう》から、前のお館《やかた》へおもどりになるそうです。そうなりますと、不遇の身をかこっていた法皇《ほうおう》さまの近臣《きんしん》がたにも、それぞれ日のあたる道がひらけましょう。この家《や》の殿も、我慢して耐えられた甲斐《かい》がありましたね」

犬丸はおもしろそうな口調でいう。

「しかし、この後の始末が大変です。朝廷のほうはあのおかたの思うがままでしょうが、平家と源家の決着《げんけけっちゃく》はこれからですからね。さて、この二頭の猛牛をどうさばかれるかが見ものです。黒頭巾《くろずきん》と牛頭王丸《ごずおうまる》ではないけれども、平氏《へいし》の赤牛、源氏《げんじ》の白牛、それを手玉にとるためには、これまで以上の裏の術策が必要です。まちがいなく、わたし犬丸めにも厄介《やっかい》なお役目がまわってくることでしょう。そこで——」

と、犬丸は声をひくめていった。

「わたしも悪人ですから、あのおかたにご褒美《ほうび》の前払いをお願いしました。忠範さまのことです」

「わたしのことを——」

「そうです。今様《いまよう》の名手とうたわれた放埒人《ほうらつにん》、経尹《つねまさ》さまのことは、あのおかたもいつも気にかけておられましたからね。経尹の孫なら、さぞかしよい声をしておるであろうな、と、おっしゃいました」

犬丸はいたずらっぽく目を光らせて、話しつづけた。

「声はともかく、心にしみる歌をうたわれます、と申しあげました。すると、歌は心じゃ、とうなずかれて、よし、その子を叡山に入れよう、とおおせられたのです。気の早い法皇さまのことですから、まもなく何かのお知らせがあることでしょう。たぶん腹に一物《いちもつ》あってのご褒美だろうとは思いますがね」

犬丸は鼻をおさえて、おもしろそうに笑った。

数日後、忠範《ただのり》は伯父夫婦によばれた。いそいでいくと、犬丸も部屋の端にひかえていた。

「思いがけないことになった」

と、伯父の範綱《のりつな》がいった。伯母の晶光女《しょうこうじょ》は、かたく唇をむすんだままである。

「どういう事情かわからぬが、白河房《しらかわぼう》の慈円《じえん》阿闍梨《あじゃり》さまが、そなたを召されておる。慈円さまは、関白法性寺殿《かんぱくほっしょうじどの》のご子息で、叡山《えいざん》天台の高僧がたのなかでもとくに高貴なおかたでいらっしゃる。まだおん年、二十七でいらっしゃるが、将来の叡山をになうべき阿闍梨さまじゃ。その慈円さまからじきじきに、そなたをつれてまいれとのお伝えがあった。いまから早速、うかがわねばならぬ。衣服はすでに用意してあるゆえ、すぐに着がえるがよい」

「こちらへ」

と、晶光女がうなずいた。

「いつかそなたがこの家をでるときのためにと、用意してありました。わたしが手伝いましょう」

思いがけない優しい声だった。忠範は犬丸をふり返って、彼の意向をたずねるような目つきをした。犬丸は無言でうなずいた。

やがて髪をくしけずり、服装をととのえた忠範は、日野《ひの》家の門の前にとめてあった牛車にのりこんだ。やせた牛で、車も粗末なものである。牛飼童《うしかいわらわ》が一人と、犬丸がつきそっているだけだ。

「わからぬものだのう」

と、車内で範綱がつぶやく。

「慈円さまとは、和歌のおつきあいでいささか言葉をかわしたことはあったが、このようなかたちで白河房へおうかがいするとは。忠範、礼儀作法、言葉づかいなども、くれぐれも気をつけるのだぞ」

「はい」

牛車にのったのは、生まれてはじめてである。忠範は車内の物見《ものみ》から町をながめて、思わずため息をついた。

臭《にお》いがひどい。糞尿《ふんにょう》の臭いと死臭が入りまじった、なんともいえない臭気である。辻のあちこちに倒れた人の姿が見える。飢えと流行《はや》り病《やまい》で、無数の人びとが死んでいくのだ。そんな町を、たとえ粗末な牛車であろうとも、車にのって通りすぎていくのは、体が震《ふる》えるほどうしろめたい気持ちだった。

やがて牛車は白河房《しらかわぼう》へついた。木立にかこまれた閑静な建物に案内され、庭の見える部屋でこの坊舎《ぼうしゃ》の主人が姿をあらわすのを待った。

「よう見えられた」

と、おだやかな声がひびいた。かすかな香の匂いがした。忠範《ただのり》は両手をつき、深く頭をさげたまま、部屋に入ってくる人物の衣《きぬ》ずれの音をきいた。

法性寺殿《ほっしょうじどの》といえば関白であった藤原忠通《ふじわらのただみち》さまである。その子息とあれば雲の上の人といってよい。忠範は体をかたくしてその人の声を待った。

「遠慮はいらぬ。顔をあげて見せよ」

おだやかな声だが、威厳がある。忠範はおそるおそる顔をあげた。よくひびく声とは反対に、慈円阿闍梨《じえんあじゃり》は意外にほっそりした若者である。顔も品よくととのい、切れ長の目に、薄い唇が赤い。叡山《えいざん》の高僧というから、なんとなくでっぷりした赤ら顔の人物を想像していたのだが、色白《いろじろ》の、やさしげな表情の僧である。

「範綱《のりつな》どの、この子が日野経尹《ひのつねまさ》どのの孫か」

「さようでございます。忠範と申します」

「ふむ。年は？」

「九歳です」

忠範が緊張して答えた。慈円はうなずいて、

「いつかきっと役に立つだろう、と法皇《ほうおう》さまはおっしゃっておられた。九歳にしては しっかりした機根《きこん》を感ずる。ただ者ではあるまい。しかし、叡山に入るということは覚悟のいることだ。修行や学問もつらいが、もっともっとつらいこともある。そなた、耐えられるか」

「はい」

「漢籍《かんせき》の師は、あの以仁王《もちひとおう》を教えた日野宗業《むねなり》どのだそうだの」

忠範はこわばった表情でうなずいた。平家《へいけ》に反抗して殺《ころ》された皇子《みこ》と伯父との関係が、ここでも問題になるのだろうか。

「叡山へ入るには、それ相応の準備がいる。まずこの白河房へ入室《にゅうしつ》して、稚児《ちご》として学び、勤《つと》めよ。時期がきたら得度《とくど》させ、入山《にゅうざん》を許す。そして研鑽《けんさん》を積めば、やがて受《じゅ》戒《かい》して正式の僧となる日もこよう。そのときをめざしてはげむがよい」

「はい」

うなずいた慈円は、忠範の横にかしこまっている範綱にいう。

「で、この子はいつからこの白河房《しらかわぼう》へ入室《にゆうしつ》させるとしようか」

「慈円《じえん》さまのよろしきように、お計《はか》らいくださいませ」

範綱《のりつな》がかしこまって答えた。そのとき忠範《ただのり》が顔をあげ、はっきりした口調でいった。

「いいえ。わたくしはきょう、ただいまから入室させていただきとうございます」

「なに、きょうからだと？」

慈円のほっそりした眉が、けげんそうにかしいだ。

「なにゆえ――」

そのように急ぐのじゃ、と慈円はいった。

「得度《とくど》、受戒《じゆかい》はせずとも、この白河房に入るということは、出家を決意し沙弥《しやみ》として生きること。出家とは、この世をすてることじゃ。まだ九歳というのに、なにをそのように急ぐことがある」

横から範綱があわてた口調で、

「そうじゃ、忠範。いずれ日をあらため、心の準備をしたうえで入室させていただけばよい。まだ身内《みうち》の者との別れさえすんでいないではないか」

「いいえ」

忠範はまっすぐに慈円の目をみつめていった。

「出家を志《こころざ》すからには、わたくしには父も、母も、兄弟もおりませぬ。お山へいくときめた日から、わたくしはそのような縁をすてました。それにここへまいる途中、たくさんの死人《しびと》を見ました。いまの世に生きる者たちには、明日という日はございません。きょう、このとき、いましかないのです。ですから――」

範綱は恐縮しきった顔でうつむいた。慈円がにこりと笑った。笑顔になると少年のような表情になる。

「おもしろいことをいう。忠範とやら、そなた、こういう歌をしっておるかの」

慈円は、遠くの音に耳をすませるような顔つきになると、目をとじて朗々とうたいだした。澄んだ美しい声だった。

あすありと　おもうこころの　あだざくら

そこまでうたうと、歌をやめ、

「さて、この後をつづけてみよ」

「しりませぬ」

と、忠範《ただのり》は正直に答えた。慈円《じえん》はいった。

「しらぬが当然よ。この歌は、いまふと心にうかんだ言葉をうたったまでのこと。その後を、そなた、わが思う言葉で勝手によんでみよ。明日ありと思う心の仇桜《あだざくら》、じゃ。さあ、その後は？」

忠範は心をきめた。姿勢を正し、目をとじて、心にうかぶ言葉に耳におぼえのある節を勝手につけてうたいだした。

あすありと　おもうこころの　あだざくら
よわのあらしの　ふくぞかなしき

慈円が大きくうなずいた。そして白い喉《のど》をそらせて愉快そうに笑った。

「夜半《よわ》の嵐《あらし》の吹くぞ悲しき——か。ようできた。しかし、吹くぞ悲しき、というのは、ちと生《なま》ぐさい気もする。範綱《のりつな》どの、いかがかな。そなたは世に知られた歌の名手。どう思われるかの」

「いえ、わたくしなど考えもおよびませぬ。童《わらべ》のご無礼、どうぞお許しくださりませ」

必死に頭をさげる範綱に、慈円は首をふって、

「歌は童心こそ、じゃ。しかし、わたしならこうつづけるであろう。うむ。夜半に嵐の吹かぬものかは、となし」

夜半に嵐の吹かぬものかは、と、範綱は口のなかでくり返すと、額《ひたい》の汗をぬぐいながら、悲鳴のような声でいった。

「お見事でございます。吹くぞ悲しき、の生ぐささが払われて、雲間から月光のかがやくような清々《すがすが》しさ。さすが慈円さま、天賦《てんぷ》の歌才にくわえて日ごろのご研鑽《けんさん》ぶりが、この一首に花ひらいたと感じました。なにとぞ、忠範の失礼をばお許しくださりませ」

「いや、いや。おもしろい子じゃと本心からいうておる。気に入ったぞ。いずれ比叡《ひえい》の山に入山《にゅうざん》のあかつきには、わたしのもとで育てようと思う。しかし――」

と、慈円は皮肉な目で忠範にいった。

「さきほどのそちの朗詠節は、和歌の節ではなかったのう。あれは今様《いまよう》か和讃《わさん》の曲調ではないか」

「申しわけございませぬ」

「謝らずともよい。声も悪くないが、そちの歌には、人の心を揺《ゆ》るがすふしぎな響き

があるようじゃ。天台の声明《しょうみょう》を学べば大成するやもしれぬ。またよき引声念仏《いんぜいねんぶつ》の僧ともなれよう」

慈円《じえん》はまじまじと忠範《ただのり》の顔をみつめた。

「明日はない、か。そのとおりじゃ。きょう、ただいま、そちは世をすてるがよい。このまま体ひとつで入室《にゅうしつ》するのじゃ。やがて得度《とくど》して童子僧となったあかつきには、そうよのう——」

慈円はしばらく考えてから、いった。

「名をあらためて、範宴《はんねん》、と名のるがよい。範は忠範の範、有範《ありのり》の範、範綱《のりつな》どのの範じゃ。宴は利他行《りたぎょう》としての法会《ほうえ》を荘厳《しょうごん》し、人びとを楽しませ仏縁に導《みちび》く、うたげのこと。どうじゃ」

「ありがたき、しあわせでござります」

伯父の範綱の感激ぶりに、忠範はどこか滑稽《こっけい》さをおぼえながらも、ほっと安心する気持ちをおさえることができなかった。

慈円が部屋をでていったあと、忠範は伯父の範綱に手をついて頭をさげた。

「伯父上さまには、ほんとうにいろいろとご迷惑をおかけいたしました。これまでちゃんとしたお礼も申しあげずにすごしてまいりましたが、一生このご恩は忘れませぬ。きょうからは、比叡《ひえい》のお山への入山《にゅうざん》をめざして、懸命にはげみますゆえ、どうぞ弟たちをよろしくお願いいたします。伯母上にも、そして宗業《むねなり》さまにも、さまざまにお世話になりました。よしなにお伝えくださりませ」

範綱は手の甲で目頭《めがしら》をおさえて、洟《はな》をすすった。

「なにを申す、忠範。わしは夢を見ているような気がする。争乱の世に、こうして慈円さまと歌をめぐって語りあうことがあろうとは。また、そちが慈円さまに見込まれて白河房《しらかわぼう》に入室することは一門の誇りでもある。そなたの亡き母者《ははじゃ》も、草葉の陰《かげ》でさぞかしよろこんでおるであろう。甲斐《かい》なき伯父ゆえ、そちになにひとつしてやれなかったことを恥ずるばかりじゃ。許せ」

二人はしばらく無言でむきあっていた。鶯《うぐいす》の声がしきりにきこえた。忠範は、その沈黙を断《た》ち切るように顔をあげて、

「では、犬丸に別れを告げてまいります」

「そうじゃ。こんどのことは、すべてあの犬丸の計《はか》らいであったからのう」

忠範は伯父とともに部屋をでた。犬丸は門の外で牛飼童《うしかいわらわ》となにやらひそひそばなしをしているところだった。忠範の顔を見て、どうなりました、忠範さま、と早口できいた。

「もう忠範《ただのり》ではない。慈円《じえん》さまから、あたらしい名前をいただいたのだ」

忠範は、ことの次第を犬丸に話してきかせた。

「それはよろしゅうございましたね」

と、犬丸は満足そうにいった。

「それにしても、このまますぐに白河房《しらかわぼう》におはいりになってしまうとは。サヨもさぞかしさびしがりましょう。弟さまがたのことは、サヨがお世話をいたしますからご心配なく。ときに」

と、犬丸は懐《ふところ》をさぐると、なにかをとりだして忠範に手渡した。灰白の小石だった。いつもツブテの弥七《やしち》が、掌《てのひら》でもてあそんでいたツブテの石である。

「数日前、あの弥七が訪ねてきて、忠範さまが家をでられるときには、これをお渡しするようにと——」

忠範はけげんそうに渡された小石をながめた。

「これは、石ころではないか」

「そうです」

犬丸はうなずいて、忠範の耳もとでささやくようにいった。

「弥七は、こうわたしめに言《こと》づけたのです。忠範さまは、われら悪人ばらのためにお山で修行なさるのだ。だから忠範さまに伝えてほしい。もし、運よく物事がはこんで、自分がなにか偉い者でもあるかのように驕《おご》りたかぶった気持ちになったときは、この石を見て思いだすことだ。自分は割れた瓦《かわら》、河原の小石、つぶてのごとき者たちの一人にすぎないではないか、と。そしてまた、苦労がつづいて自分はひとりぼっちだと感じたときは、この河原の小石のようにたくさんの仲間が世間に生きていることを考えてほしい、と。弥七はそのように申して、これを忠範さまに渡すようにと頼《たの》んで消えました。そうそう、もう一つ。なにか本当に困ったときには、どこかにいる名もなき者たちにこの小石を見せて、弥七の友達だといえばいい、と」

忠範はその小石を手のなかににぎりしめた。犬丸の懐のなかにあったせいか、かすかなぬくもりが感じられた。

「ありがとう」

と、忠範はいった。犬丸にでもなく、弥七にでもなく、伯父やサヨたちにでもなく、なにか自分をとりまくすべてのものに対して、心から感謝したい気分だったのだ。

「では、さらばじゃ」

と、範綱《のりつな》がいい、牛車にのりこんだ。

「忠範《ただのり》、くれぐれも体に気をつけてな」

「伯父上さま」

忠範は自然に掌《てのひら》をあわせて頭をさげた。

「これからも、ときどき様子を見にきますからね」

と、犬丸はいって、牛飼童《うしかいわらわ》に合図をした。粗末な牛車の車輪が、きしみ音をたてながら動いていく。

どこかで読経《どきょう》の声がきこえていた。忠範は遠ざかっていく牛車を見送りながら、門前にたちつくした。すべてが遠ざかっていく。母親の顔も、父親の姿も、弟たちの笑い声や、そしてサヨのほほえみが、頭にうかんでは消えた。弥七《やしち》や、河原坊《かわらぼう》や、法螺房《ほうらぼう》や、黒頭巾《くろずきん》や牛頭王丸《ごずおうまる》の姿までが、次第に遠くなっていく。

〈きょうから自分は、あたらしい人間に生まれ変わるのだ〉

と、忠範は心のなかでつぶやいた。

暁闇《ぎょうあん》の法会《ほうえ》

比叡山《ひえいざん》の春はおそい。都《みやこ》では梅の花も散り、そろそろ桜の季節もこようというのに、この山中にはまだ雪が残っている。まして比叡山の山奥にある横川《よかわ》となれば、夜《や》半《はん》の寒気はひときわきびしい。

寒さには慣れている。十二歳のとき、比叡山への入山《にゅうざん》をはたしてから、すでに七度の冬がすぎようとしていた。範宴《はんねん》は十九歳のきょうまで、毎年この身も凍《こお》る寒さを耐えぬいてきたのだ。

お山のきびしさは、寒さだけではない。

「論《ろん》・湿《しつ》・寒《かん》・貧《ぴん》」

というのが比叡山の名物とされていた。きびしい修学《しゅうがく》と、おそるべき湿気《しっけ》と、寒さ、そして極端に質素な暮らしのことである。寒さが去れば、じっとりとねばつく濃密な湿気が、体だけでなく心にまでまとわりつく。それにも耐えた。粗末な食事や、眠る時間のみじかさなどは、覚悟の上だった。都ではたくさんの人が飢えて死んでいるのだ。ほんとうに辛《つら》いのは、そういうことではない。

〈自分には仏性《ぶっしょう》がないのではないか〉

この数年間、範宴《はんねん》の心に重くのしかかっているのは、その疑問だった。

伝教大師《でんぎょうだいし》・最澄《さいちょう》が開いた比叡山《ひえいざん》天台の教えでは、生きとし生けるものすべてに仏性がある、という。「草木国土悉皆成仏《そうもくこくどしつかいじょうぶつ》」とは、草も、木も、虫も、けものも、石や山河にまで、すべてに仏《ほとけ》の命が宿るということだ。涅槃経《ねはんぎょう》には「一切衆生悉有仏性《いっさいしゅじょうしつうぶっしょう》」とあるではないか。

〈それが、自分には――〉

ない、と感じるのである。

ごう、と地響きのような音をたてて、突風が吹きすぎた。崖《がけ》に面した岩場にたっている範宴は、思わず二、三歩あとずさった。目の下には悪夢のような濃い霧が渦巻いている。もし足を踏みはずして転落したら、だれにも発見されないまま朽《く》ちはてていくだろう。

範宴は目がさめたように姿勢をただした。ゆっくりと呼吸をととのえ、下腹部に力をこめる。そして漆黒《しっこく》の空間にむかって、うたいだした。

人の身得《みう》ること難《かた》しや
仏の御法《みのり》を聞くこと希《まれ》なりや
生まれ難き人と生まれて
空《むな》しく過《す》ぐさむが悲しき

範宴はこの讃嘆《さんだん》が好きだった。讃嘆とは、仏を誉《ほ》めたたえる和語《わご》の音曲《おんぎょく》である。天《てん》竺《じく》の世親《せしん》、唐の善導《ぜんどう》などの名僧がすすめた正行《しょうぎょう》の一つとされていた。深い経説《きょうせつ》はたくさんある。あおぎ見るような偉大な聖典も無数にあった。幼いころから伯父の宗業《むねなり》に教えをうけ、熱心に学んだつもりでいたが、この叡山にのぼって頭を棒でなぐられたような気がした。自分が触れた典籍《てんせき》など、比叡のお山では河原の小石ほどでもない。

この讃嘆の一節には、頭でなく、心にしみる何かがある。胸の底からこみあげるような大きな悲しみがひびいてくるのだ。

慈覚大師《じかくだいし》・円仁《えんにん》の作とされる『舎利讃嘆《しゃりさんだん》』のなかの一節を、範宴はもう一度くり返してうたった。

生まれ難《がた》き人と生まれて
空《むな》しく過《す》ぐさむが悲しき

その日の午後、師の音覚法印《おんかくほういん》に口づてに教えられた曲である。はじめてその言葉を聞いたとき、範宴《はんねん》はなぜかどきりとした。自分のいまの心境を、そのまましさされたような気がしたからだ。

円仁《えんにん》という僧は、十五歳のときに比叡山《ひえいざん》に入ったという。範宴よりも三百年以上もむかしの人物だ。

比叡山延暦寺《えんりやくじ》をひらいたのは、伝教大師《でんぎょうだいし》・最澄《さいちょう》である。その後、数多くの名僧《めいそう》、傑《けっ》僧《そう》があらわれたが、円仁こそはずばぬけた存在だと範宴は思っていた。

円仁は最澄の教えをついで、天台教団を大きく育てた第三代の座主《ざす》である。最澄の教えた作法を守ってひたすら山にこもる籠山行《ろうざんぎょう》のなかで、さまざまな研学と修行にはげんだという。そのあと唐に渡り、各地の寺をまわった。さらに唐の都《みやこ》、長安に五年ほど滞在し、天竺《てんじく》の言葉や、西域《さいいき》の知識までを学んだ。念仏の聖地である五台山《ごだいさん》の行法を比叡山につたえたのも、この円仁であるらしい。常行三昧《じょうぎょうざんまい》という横川《よかわ》独自の難《なん》行《ぎょう》も、円仁によって確立されたのだ、と師の音覚法印はいっていた。

範宴はこの円仁という名僧をふかく尊敬している。比叡山での研学、修行ののちに山をおりて、法隆寺《ほうりゅうじ》や四天王寺《してんのうじ》など各地の寺で教えたあとに入唐《にっとう》をはたす。そんな厳しさのなかにも自由な生きかたが感じられる円仁に、彼はひそかなあこがれをも抱いていたのである。

範宴が日野《ひの》の里でうまれ育ったころ、都ではまるで嵐のように、ひたすら歌をうたうことが流行していた。庶民《しょみん》たちは今様《いまよう》という流行《はや》り歌をうたい、和讃《わさん》を口ずさむ。世間の男も女も、道をゆく人みなうたいつつ行かぬ者はなし、といわれるほどの流行だった。

また貴族、高家《こうけ》の人びとは日ごと夜ごと仏事や神事にあけくれている。その催《もよお》しや、法会《ほうえ》などは、すべて僧たちの歌声に導《みちび》かれておこなわれるのである。法会とは、仏《ほとけ》を讃《たた》え、経《きょう》をあげ、追善、祈禱《きとう》などあらゆる行事を儀式として催すことをいう。雨《あま》乞《ご》いや、国家鎮護《こっかちんご》、怨敵退散《おんてきたいさん》、などの法会もあり、古い慣習としての祭儀もあった。天平《てんぴょう》時代に東大寺で催された大仏開眼供養《かいげんくよう》は、のちのちまで語りつがれる楽曲・歌唱の大祭典であったらしい。法会にもちいられる歌唱には、漢讃《かんさん》、讃嘆《さんだん》、和讃、教化《きょうけ》、訓伽陀《くんかだ》など数多くの種類がある。

ありがたいお経も、さまざまに節をつけてうたわれた。仏を讃える文章も曲調をととのえ、独唱、合唱、輪唱などの形式をとった。

範宴《はんねん》は十二歳で入山《にゅうざん》してまもなく、横川《よかわ》の音覚法印《おんかくほういん》のもとで歌唱の指導をうけることになった。それまで『和漢朗詠集』や『白氏文集《はくしもんじゅう》』ぐらいしか習っていなかった範宴にとっては、それはただ驚きの連続だった。

範宴は最初、歌をうたうことは、学問とは関係のない遊びぐらいにしか思っていなかったのだ。だから、歌を稽古《けいこ》せよ、と命《めい》じられて内心なんとなく不満をおぼえたものである。しかし、そんな浅はかな気持ちは、師となった音覚法印の教えを一日聞いただけで、あとかたもなく消えうせてしまったのだ。

ふたたび荒々《あらあら》しい風が吹いた。

範宴はもう一度、人の身得《みう》ること難《かた》しや、とくり返しうたった。風のなかに声がちぎれとぶ。声をとめた。どうしても師の音覚法印に教えられたようにはうたえない。こきざみに声を震《ふる》わせる「小《こ》ユリ」は自然にできても、時間をかけてゆっくり大きく揺《ゆ》らす「大《おお》ユリ」が苦手なのだ。また「ソリ」もうまくできない。師のように、ゆるやかに音をあげ、またなめらかに元の音にもどす技《わざ》がないのである。その「ソリ」にしても、「呂性《りょしょう》のソリ」と「律性《りつしょう》のソリ」の微妙なちがいがわからない。ため息をつく範宴に、そのとき背後から呼びかける声があった。

「範宴どの——」

と、よぶ声の主は、闇のなかでもすぐに良禅《りょうぜん》と知れた。音覚法印のもとでともに歌唱を学ぶ若い仲間の一人である。

良禅は範宴に三年おくれて入山した後輩である。範宴より四歳年下の十五歳の少年だった。しかし、だれもが知る高い身分の家の出身なので、すでに得度《とくど》と受戒《じゅかい》を同時にうけるという、恵まれた学生《がくしょう》の身分だった。声がよいのと、美しい姿を見込まれて、特別に音覚法印に托《たく》されて仏教歌唱を学んでいた。十五歳でなお童子のように高く澄んだ声の持ち主である。

長刀《なぎなた》をかつぎ、裹頭《かとう》という覆面《ふくめん》姿で山中をのし歩く僧兵たちも、良禅が稽古している声をきくと、みながたちどまってききほれ、なかには涙をこぼす者もいたという。その声に山の鶯《うぐいす》までもが、鳴くのをやめてききいると噂されるほどの美声である。

名家の出身で、範宴より身分の高い学生僧であるにもかかわらず、良禅はよくできた人柄だった。範宴が夜明けに床《とこ》をでて、水をくみ、食事の仕度《したく》をしていると、すぐにやってきてこまめに手伝う。

「範宴《はんねん》どの」

と、まるで兄のように素直によりそってくるのだ。ときとして、その横顔が若い女《によ》性《しよう》に見えて、思わずどきりとすることもあった。

お山では美しい稚児《ちご》を寵愛《ちようあい》する気風が、むかしから盛んだった。女人禁制《によにんきんぜい》の世界では、ごく自然なことである。とりわけ美しい少年だった良禅《りようぜん》も、しばしばあやうい目にあいそうになることがあった。高家《こうけ》の子弟と知りながらも、大胆な行動にでる男たちが少なくなかったのだ。

そんなとき、範宴は幾度となく身をもって良禅をかばったものである。ときには腹をたてた悪僧に殴《なぐ》る蹴《け》るの乱暴をうけることもあった。打ち身で紫色になった範宴の腕を、良禅が胸に抱くようにして涙ぐんだこともある。良禅にとっては、まことに頼《たの》もしい先輩だったのだろう。

「なにか、わたしに用があるのか」

と、範宴はたずねた。夜目にも白い良禅の顔が、花がほころぶように微笑した。

「はい。法印さまが、すぐに妙音堂《みようおんどう》にくるようにと」

「なんのご用であろう。きょうの仕事は、すべて済ませてきたのだが」

「お客さまがお見えです。きっと範宴どのがびっくりされるおかたです」

それ以上、良禅はなにもいわない。いたずらっぽい目つきで、範宴にうなずくと、

「さあ、はやく」

範宴は良禅とつれだって師の待つ房にいそいだ。

夜のなかをならんで歩いていると、良禅がふとよりそってくる。かすかに甘い匂いを感じて、範宴は思わず離れた。ふしぎな胸さわぎがするのは、なんだろう。

「良禅どのは、入山《にゅうざん》して何年に――」

と、範宴はたずねた。

「四年になります」

良禅は甘えるように範宴を見あげて、

「源義経《みなもとのよしつね》どのが、陸奥《みちのく》へ落ちてゆかれた年でした。わたしは好きだったのです、あの人が」

「その翌々年、義経どのは死なれた。わたしが白河房《しらかわぼう》に入室《にゅうしつ》した年には、平清盛《たいらのきよもり》公が亡くなられている。いまは源頼朝《よりとも》公の天下。まさに、鎌倉どのの世と見えるが、人の世ははかないものだ。いかに権勢をほこっても、命つきるときはただの白骨となりはてるだけではないか、のう、良禅どの」

ふだん無口な自分が、これほど意味のない言葉をつらねるのは、内心のうしろめた

さを隠そうとするからではないか、と範宴《はんねん》は自分を恥じた。

こうして美しい良禅とよりそって歩いていると、どうも落ちつかないのである。体の奥のほうで、なにか熱い奇怪《きかい》なものがうごめいているのを感じないわけにはいかない。

「範宴どの」

と、良禅《りょうぜん》がなにげなく手をのばして、範宴の腕にふれた。範宴は反射的にその手をふりはらった。

「範宴どのは、わたしが嫌いなのですか」

と、良禅が体をよせて、ささやくようにいう。範宴は首をふった。

「そうではない。わたしは、ただ——」

「ただ、なんですか」

範宴は無言のまま早足で歩きだした。音覚法印《おんかくほういん》の妙音堂《みょうおんどう》は、もうすぐ近くだ。

〈自分には大事なことがある〉

と、範宴は心のなかでつぶやいた。

〈この山にやってきたのは、そのためだ〉

「では、わたしはここで」

と、良禅は少しすねたような口調でいった。

「きっとびっくりなさいますよ。あとで、お話をきかせてください」

妙音堂は、ちいさな坊舎《ぼうしや》である。横川《よかわ》にある数々の堂宇《どうう》のなかでも、ことに目立たぬ小房だ。

叡山《えいざん》の中心、延暦寺根本中堂《えんりやくじこんぽんちゆうどう》が堂々とそびえる場所が、東塔《とうどう》である。ややはなれて西塔《さいとう》があった。そしてけわしい山道をたどった北の谷あいにあるのが、横川である。

この三つの場所を、比叡山三塔《さんとう》という。

東塔、西塔がやや開けた感じがあるのに対して、横川はぽつんと孤立しているようなひなびた場所だった。この横川を修行の地とさだめた人こそ、範宴が慕《した》う慈覚大師《じかくだい》・円仁《えんにん》である。そのころ草深い土地だった横川には、いまは根本如法堂《こんぽんによほうどう》、横川中堂、そして楞厳三昧院《りようごんざんまいいん》、元三大師堂《がんざんだいしどう》、真言堂《しんごんどう》、恵心院《えしんいん》、華台院《けたいいん》、そのほかいくつもの堂宇がたち、数百人の住僧《じゆうそう》が暮らしていた。

雨の日も風の日も、この横川の地には、読経《どくきよう》と念仏の声が絶えない。

夜は夜で、「夜儀《やぎ》」という学問論議《ろんぎ》が夜を徹しておこなわれる。表白《ひようびやく》を読みあげる声、問答《もんどう》の叫びなどが嵐のように湧きあがるのだ。

範宴の師である音覚法印は、読経と声明《しようみよう》の指導者として妙音堂を住持《じゆうじ》している。

しかし叡山《えいざん》ではさほど重きをなす僧ではない。五十代なかばの現在まで、都《みやこ》の権門《けんもん》にとりいろうともせず、また叡山内の勢力争いとも無縁に生きてきた控《ひか》えめな性格のゆえだろう。

妙音堂《みょうおんどう》の庭に面した部屋にあらわれた範宴《はんねん》の姿を見て、音覚法印《おんかくほういん》が待ちかまえていたようにいった。

「範宴、さきほどから、ずっとそなたをお待ちになっておられたのだぞ」

範宴は目をみはった。師の法印の隣《となり》にすわっている気品をただよわせた細おもての人物は、まごうことなき慈円阿闍梨《じえんあじゃり》ではないか。小柄でがっしりした音覚と、長身で色白《いろじろ》の慈円とは、まことに対照的だ。

「慈円さま」

範宴は両手をついて床にひれふした。

「あのときは九歳であったかのう」

と、慈円はおだやかな声でいった。

「なにがなんでも、きょうただいまから入室《にゅうしつ》したいといいはった童《わらべ》が、このように頼《たの》もしい若者に育ったとは。あれから十年、か」

「はい。あの日、白河房《しらかわぼう》に入れていただき、二年目に得度《とくど》、そして十二歳でこのお山へ入山《にゅうざん》いたしました。これまで、遠くからお顔を拝見することは何度もございましたが——」

「今夜は、そちに、ちと相談があってのう」

慈円は範宴にとって雲の上の人である。白河房に入室を許されたころから、すでにそうだった。噂では、来年あたり天台座主《ざす》としてこの比叡山《ひえいざん》に来山《らいざん》するらしい。そんな慈円から、相談がある、といわれて、範宴はとまどった。入山八年目とはいえ、自分はまだ正式の受戒《じゅかい》もうけていない一介の堂僧《どうそう》にすぎない。

お山には、おおきくわけて三つの階層があった。学生《がくしょう》と、堂衆《どうしゅう》と、堂僧である。

名門貴族の子弟には、およそ二つの出世栄達《えいたつ》の道がひらかれていた。朝廷で利口《りこう》にたちまわり、高位高官をめざすのが普通の処世である。

もう一つが高僧となって、朝廷や世間からうやまい尊《たっと》ばれる道だ。一族から高僧をだすことは、名誉なことであり、また後生の安心《あんじん》でもあったから、その選択はおおいに歓迎された。

比叡山は数ある寺院のなかでも、名門中の名門である。

権門高家《けんもんこうけ》の子弟は、こぞって比叡をめざした。財力と権力の庇護《ひご》のもと、彼らは学生として入山し、とんとん拍子《びょうし》で出世していく。研学や修行に関係なく、世俗の身分がお山の階級としてまかりとおる時代だったのだ。

彼ら名門の子弟には、つきそう従者《じゅうしゃ》がいた。武士もいれば、舎人《とねり》という召使いもいる。彼らも主人とともに入山した。出家し、頭をまるめた者もいる。髻《もとどり》を切り落として禿頭《かぶろあたま》にしただけの者もいた。彼らは学生《がくしょう》となった主人の世話をし、さまざまな仏事を手伝い、またお山の雑役をこなしてはたらく。そのうちに一つの集団となった。そういう者たちは、堂衆《どうしゅう》とよばれている。

堂衆のなかには、腕力と武芸をほこり、武器をたずさえて徒党を組む者もいた。山《やま》法師《ほうし》、悪僧などと世間におそれられた僧兵は、この堂衆が中心である。

学生、堂衆のほかに、もうひとつ堂僧《どうそう》という身分があった。範宴《はんねん》はその一人である。

堂僧は、名門の出ではない。大きな財力のうしろだてもない。ただひたすら修行にはげみ、あたえられた役目をつとめる。その役目とは、仏前に奉仕することである。横川《よかわ》では常行三昧堂《じょうぎょうざんまいどう》で日々、念仏の行にはげむことだった。「不断念仏《ふだんねんぶつ》」という大きな法会《ほうえ》もある。日常の作務《さむ》と念仏行《ねんぶつぎょう》のあいだをぬって、勉学にはげむのである。範宴は、そのような堂僧としてこの七年間をすごしたのだ。

その一介の堂僧にすぎぬ範宴に対して、慈円《じえん》は相談があるという。

〈いったいどのようなお話であろうか〉

師の音覚法印《おんかくほういん》は、無言のまま目を伏せている。すでに話の内容を知っているのだろう。

「そなたを入室《にゅうしつ》させるについては、さまざまな方《かた》からの口ぞえがあった。そのことは知っておるであろうのう」

と、慈円はいった。柔和な目差《まなざ》しにちらと鋭《するど》い光がさしたが、すぐに消えた。

「法皇《ほうおう》さまからも、わざわざお言《こと》づけをうけたのじゃ。おもしろい子であるゆえ、いつかはきっと役に立つかもしれぬ、と、な」

「お役に立てることがありますれば、どのようなことでも厭《いと》いませぬ」

と、範宴は答えた。

「ふむ、それはよい答えじゃ。では、この山をおりて、都《みやこ》にいけ」

「お山をおりて都へ――」

「東山大谷の吉水《よしみず》で、人びとに念仏を説いている法然房《ほうねんぼう》のことは、知っておるであろうな」

範宴は、はい、とうなずいた。数年前に大原で大きな仏法《ぶっぽう》の談義《だんぎ》があったことは、だれもが知っている。各宗の学僧と念仏をめぐって法然が討論をしたのだと話に聞いていた。慈円《じえん》はいった。

「わが兄の九条兼実《くじょうかねざね》どのは、まもなく摂政《せっしょう》から関白《かんぱく》になられるはずだ。そこで、わたしの気がかりなのは、九条家のかたがたが、みなその法然房《ほうねんぼう》に夢中になっておることよ。そうじゃ、ただあがめたてまつっているのではない。熱にうかされたごとくに夢中なのだ」

範宴《はんねん》はだまって聞いていた。

「それだけではない。都《みやこ》の公家《くげ》、武士はもとより、乞食《こつじき》、病者《びょうしゃ》、遊び女《め》、悪党どものごとき下々《げげ》の者までが吉水《よしみず》に説法をききに群れあつまっているとか。それはなぜそのように世間が熱病のように法然房の教えに夢中になる？」

わかりませぬ、と、範宴は心のなかでつぶやいた。

「そこでじゃ。範宴、そなた、しばらく山を離れて都に住め。白河房《しらかわぼう》にもどって、吉水へかようのじゃ。そして、法然房がなにを、どのように教えているかをその耳でき き、目で確かめよ。このことは、さきざき大きな出来事になるやもしれぬ。この叡山《えいざん》になく、吉水にあるものが何かを、よく調べてくるがよい」

範宴は顔をあげて、じっと慈円をみつめた。このかたは自分を諜者《ちょうじゃ》として使おうと考えておられるのだろうか。このように温厚で貴《とうと》げな表情の裏に、いったいどんな策略がかくされているのだろう。

慈円阿闍梨《あじゃり》の実の兄は、世に知られた九条兼実公である。兼実公は、学問、書はもちろん、和歌の道をもきわめた文人だ。そしてまた朝廷では摂政の位にまでのぼりつめ、帝《みかど》を補佐する高官である。ちかぢか関白になるとなれば、さらに大きな権力をにぎることとなるだろう。くわえて慈円阿闍梨自身もまた、天台の座主《ざす》としてこのお山にもどってこられるらしい。それほどの方《かた》から直接に命《めい》じられることを、一介の堂僧《どうそう》が断ることなどできるだろうか。

しかし、範宴にはどこか釈然《しゃくぜん》としないところがあった。これまで偉大な仏門の先達《せんだつ》として仰《あお》ぎみていた慈円の、もう一つの顔を見たような気がする。なんとなく不安だった。

「どうした？　なにか申したきことがあれば、遠慮はいらぬ。いうてみよ」

慈円は、範宴をうながすように顎《あご》をしゃくった。範宴は心をきめた。ここは腹をくくって、思ったとおりを述べるしかない。もし、それで慈円の不興《ふきょう》をかったとしても、まさかお山を追いだされるようなことはないだろう。

「失礼でございますが――」

と、範宴は背筋をのばしていった。

「噂によりますと、その法然房《ほうねんぼう》というかたは、しばしば九条家にも招かれて説法をなさっておられるとか。いつかは病気平癒の祈願もなされたときさます。そのようにご縁があるのであれば、慈円《じえん》さまご自身が法然房を召されて、直接そのお話をおききになるのが一番でございましょう。わたくしごとき未熟な若輩が人びとにまじって耳を傾けたとて、その真意を理解するのはとうてい無理と思われますが——」

「そうではない」

範宴《はんねん》の言葉を断《た》ち切るように、慈円はぴしゃりといった。

「わたしは幼少よりさまざまな学問をおさめてきた人間だ。若くしてこの山に入ってからは、好相行《こうそうぎょう》や回峰行《かいほうぎょう》、その他の修行も積んできた。和歌、弦楽《げんがく》の道もそこそこきわめたつもりでおる。いわば選ばれた名門の子弟であって、世俗の人びととはちがう世界に住んできたのじゃ。わかるか、わたしのいうことが」

慈円は鋭《するど》い目で範宴をみつめた。

「よいか、範宴。この世の中に、わたしのような高家《こうけ》、貴人《きじん》と称される者は、ごくひとにぎりの少数者にすぎぬ。世の人びとの多くは、巷《ちまた》に食を乞《こ》い、田畑に牛馬《ぎゅうば》のごとく働き、野に臥《ふ》せり、道々《みちみち》に争う下々《げげ》の者たちであろう。では、この比叡《ひえい》の山に伝教《でんぎょう》大師《だいし》が天台の教えをひらかれたのは、なんのためだ。それらの民草《たみくさ》、悉皆衆生《しっかいしゅじょう》の苦しみを救い、仏《ほとけ》の慈悲を世間にひろめんがためではないか。そのための研学、修行じゃ。お山は、権門《けんもん》、朝廷のお飾りであってはならぬ。鎮護《ちんご》国家《こっか》の真《まこと》の礎《いしずえ》は、公家《くげ》でもない。武士でもない。大伽藍《だいがらん》でもなく、錦の袈裟《けさ》をかけた高僧でもない。世に苦しみ生きる諸人《もろびと》のためにこそ釈尊《しゃくそん》は教えを説かれた。しかし、いまこのお山のありさまはどうじゃ。学生《がくしょう》と堂衆《どうしゅう》はたがいに徒党を組んで勢力を争い、僧たちは日々、都《みやこ》へかよって、高位貴顕《こういきけん》の人びとの催《もよお》す法会《ほうえ》、祈禱《きとう》の行事にあけくれている。それだけではない。坂本や祇園《ぎおん》の商権に介入し、地方の領主と荘園《しょうえん》をうばいあい、僧兵がさまざまな政《まつりごと》にまでかかわっているではないか」

「慈円さま、お声が大きゅうございます」

ずっと黙っていた音覚法印《おんかくほういん》が、はじめて口をきいた。慈円は首をふった。

「いや、法印、そなたにも聞いてほしい。わたしは学問をし、仏典に通じ、そこそこの歌をよむ。しかし、生きた世間を知らぬままますごしてきた。きょうまで絹の囲いに包まれて暮らしてきたのじゃ。それを恥じているのではない。だが、南都《なんと》、北嶺《ほくれい》の仏門はいまこのままでよいのか。心ある僧たちは、ひそかに憂《うれ》えていることであろう。ちかごろ、山をおりて野《の》の聖《ひじり》となり、世俗のなかに法を説く者たちもでてきたと聞く。そのなかの筆頭が、あの法然房ではないのか。この叡山《えいざん》で知恵第一の法然房とうたわれた才人じゃ。将来、お山を背おってたつ逸物《いつぶつ》とも目《もく》されていたのだ。しかし、いまは市廛《してん》にあって道々《みちみち》の下賤《げせん》な者たちに念仏を説き、絶大《ぜつだい》な人気をあつめているそうな。それにくわえて、名門権家《めいもんけんか》、武士などにも信奉者が少なくない。わが兄の九条《くじょう》家などでは一族すべてが法然《ほうねん》に帰依《きえ》しているではないか。よいか。その法然房の教えが嘘か真か、それを確かめよといっておるのではないぞ。そちは河原の者たちとも兄弟のごとくにつきあった童《わらべ》だったと聞いておる。お山の修学《しゅうがく》も、まだ身についてはおらぬのが幸《さいわ》いじゃ。だから命《めい》じるのじゃ。市井《しせい》の民の耳で法然房の法話をきけ。なぜ彼が世の人びとの心をつかむことができたのかを、体で感じてこいというておるのじゃ」

範宴《はんねん》は語りつづける慈円《じえん》を、呆然《ぼうぜん》とみつめた。見た目は気品にみちた、おうような貴人である。世間のことなどわれ関せずといった生きかたこそふさわしい名門の高僧だ。そんな慈円が、熱にうかされたように語る言葉が範宴には意外だった。

「そのような目で、わたしを見るな」

と、慈円はいった。

「わたしはな、本当は世を厭《いと》うておるのだ。朝廷と、鎌倉の武者《むさ》と、法皇《ほうおう》さまとの勢力争いを見るにつけ、この世がいやになってくるのじゃ。和歌をよむのは、そこから逃げだすためよ」

「しかし、慈円さまは、まもなく叡山《えいざん》の座主《ざす》となられるのでしょう？　それは大変なことではございませぬか」

思わず口走ってしまってから、範宴はあわてて口をおさえた。師の音覚法印《おんかくほういん》のほうをそっとうかがうと、なにも聞こえなかったように目をとじている。

「わたしは、これまでさまざまな役目をおしつけられてきた。そのつど、なんやかやと理由をつけては逃げだしてきたのじゃ」

と、慈円がいった。

「そなたの父親のように、世を厭うて隠棲《いんせい》することをどれほど望んだことか。去年、世を去られた西行法師《さいぎようほうし》のごとく、旅に歌をよむ暮らしにもあこがれた。だが、名門、権門《けんもん》の子弟として生まれるのも、ひとつの業《ごう》じゃ。ちかごろつくづくとそう思うようになった。そして覚悟をきめたのじゃ。人の命は長くはない。そう逃げてばかりの一生をすごすわけにもいくまい。だとすれば、このへんで一度、なにかを企《くわだ》ててみるべきではないか。おのれの立場を生かして、世のため、人のためにつくす。それもまた末法《まっぽう》の世にふさわしい生きかたかもしれぬとな」

「覚悟を――」

範宴《はんねん》はこんどは言葉ずくなにいった。

「どのようにおきめになったのですか」

腕をくんで慈円《じえん》はいった。

「奈良の大寺《だいじ》も、高野山も、そしてこの比叡山《ひえいざん》にも、尊《たっと》き仏燈《ぶっとう》はともっておる。だが、いま宗門は変わらなければならない。よいか、世はまさに末法《まっぽう》の時代じゃ。権門《けんもん》貴族は古い法会《ほうえ》と供養《くよう》にしがみついておる。そして鎌倉の武者たちは新しい法門をさがしておる。だが――」

だが、しかし、と慈円は言葉を切って、一気に語りだした。

「いまは武者の世じゃ。わたしもそう思う。しかし、公家《くげ》や武者や、そして南都《なんと》北嶺《ほくれい》の大寺が成り立つ土台はなにか。全国各地の荘園《しょうえん》の百姓《ひゃくしょう》や、商《あきな》いをする者、野に狩り、水に漁《ぎょ》する者たちがいてこそ法会もできる、合戦もできる。そうであろうが。伝《でん》教大師《ぎょうだいし》が願文《がんもん》のなかで、衆生《しゅじょう》、という言葉をなんどとなく用いられておるのを知っておるであろう」

「いま、その願文を教えておるところでございます」

と、音覚《おんかく》がひかえめな声でいった。

「範宴、大師がどのように衆生という言葉を用いておられるか、おぼえておるであろうな」

「はい」

範宴は目をとじた。頭の奥から最澄《さいちょう》の言葉が目に見えるようにたちあがってくる。

「──伏して願わくば、解脱《げだつ》の味《あじわ》い独《ひと》り飲まず、安楽の果《か》独り証せず、法界《ほっかい》の衆生、同じく妙覚《みょうがく》に登り、法界の衆生、同じく如味《にょみ》を服せん、と。また、仏国土《ぶっこくど》を浄《きよ》め、衆生を成就《じょうじゅ》し、とも書かれております」

慈円は膝《ひざ》をたたいて、

「よううた。見事なものじゃ。音覚どの、そなたはよき弟子をもたれたのう」

音覚は微笑して、ありがたきお言葉、と頭をさげた。慈円はいった。

「そこでじゃ。わたしは座主《ざす》となったあかつきには、この叡山《えいざん》をひとつ大きく変えようと思うておる」

「叡山を変える、でございますか」

「そうじゃ。われらは、世間衆生のために研学修行をするのだと、はっきり全山につたえる。そして権門高家《こうけ》のためだけに催《もよお》される法会を、あまねく世間の衆生にひらく。それこそ伝教大師の志《こころざし》を末法の世によみがえらせることじゃ」

慈円は範宴に教えさとすような口調でいった。

「これまで世を厭《いと》うて歌の道に逃《のが》れておったわたしが、一世一代の発心《ほっしん》をしたのは、われながら面妖《めんよう》なかぎりじゃ。しかし、そのためには、いま都《みやこ》で衆生の心をもっとも熱くつかんでいるという法然房《ほうねんぼう》の教えを、とくと知らねばならぬ。さぐりにいくのではない。学びにいくのだ。そして、やがてわたしが座主《ざす》となったときには、叡山のあたらしい復興のために、わたしのもとで働くがよい。そちも、いつまでも堂僧《どうそう》としてくすぶっているわけにもいくまい」

範宴《はんねん》は何かいおうとして、だまりこんだ。範宴の心はゆれている。

慈円は叡山に縁をむすんでくれた恩人だ。しかも、範宴という名までつけてもらった。名門の出自でありながら、それに甘えず、数々の難行《なんぎょう》もこなしている。さらにいま、叡山を大きく変えようと覚悟をきめているらしい。

とはいうものの、範宴にはどうしても割りきれないとまどいがあった。いまの世の権力争いや仏門の世俗化を厭うといいながら、世間の人びとの心をとらえるための方策をなぜ法然房に学ぼうとするのか。天台の伝統と歴史のなかから、みずから生みだすべきではないのか。

しかし、このまま堂僧としてくすぶっていてよいのか、といわれれば、正直いって迷いもある。叡山における堂僧とは、たしかに日のあたらない地味な役割だ。

夜明けにおきて、水をくみ、薪《たきぎ》をわり、炊事や洗濯もする。堂内の清掃は徹底的にやる。掃除地獄という言葉があるほどの作業である。それを終えると常行堂《じょうぎょうどう》での念仏行《ねんぶつぎょう》がある。音覚法印《おんかくほういん》から読経《どくきょう》、梵唄《ぼんばい》、讃嘆《さんだん》、伽陀《かだ》、などの教えをうけるのは、もっぱら日が暮れてからの日課だ。その間をぬって、仏教学の基礎を学ばねばならない。

このまま三十年、五十年をかけても、たぶん自分には叡山の智《ち》と識《しき》の一端しかきわめることはできないだろう。読むべき経典《きょうてん》は山のようにそびえ、学ぶべき理論は海のようにふかい。

〈しかし――〉

と、範宴は思う。

〈自分は学問をするためだけに、このお山にきたわけではない〉

範宴には解《と》かなければならない大きな問題があるのだ。このお山にその答えはあると信じてやってきた。いまでも、そう思っている。

〈人は、なぜ苦しんで生きるのか。どうすれば救われるのか。十悪五逆《じゅうあくごぎゃく》の悪人は、どこへいくのだろうか〉

この七年のあいだに、範宴はいくつかの行《ぎょう》を試《こころ》みている。しかし、どの行にも納得のいく成果はえられなかった。だからこそ一生をかけて、と考えている。

しかし、慈円《じえん》の考えはちがうらしい。

「どうじゃ、範宴《はんねん》。わたしの話にのるか」

範宴の思いをさえぎるように慈円の声がした。

「おおせのとおりにいたします」

と、範宴は頭をさげて答えた。

「法然房《ほうねんぼう》というかたの噂は、かねがね耳にしておりました。わたくしにその才があるとは思われませぬが、都《みやこ》へいき、人びとともにその説法をきいてまいります」

うむ、と慈円は満足気にうなずいた。

「で、いつから範宴を都へやることにいたしましょう」

横から音覚法印《おんかくほういん》がたずねた。どこか暗い声だった。

「こんどの暁闇法会《ぎょうあんほうえ》を終えたら、そのまま白河房《しらかわぼう》へまいるがよい」

暁闇法会、という耳なれない言葉に範宴はとまどった。

けげんな顔でみつめる範宴に、慈円はいった。

「じつは七日後に、後白河法皇《ごしらかわほうおう》さまが法勝寺《ほっしょうじ》にて異例の大法会を催《もよお》される。夜明け前の法会じゃ。それが暁闇法会よ。しかも、巷《ちまた》の悪人どもすべて参集せよ、とお布《ふ》れをだされた。世間にひらかれた法会はこれまでにもあったが、こんどは変わっておる。

儀式ではなく、仏前の大歌合《おおうたあ》わせとでもいおうか」

「仏前の大歌合わせ――」

「そうじゃ。表白《ひようびやく》、願文《がんもん》、讃嘆《さんだん》、読経《どくきよう》、梵唄《ぼんばい》、和讃《わさん》、唱導《しようどう》、教化《きようけ》、そのほかあらゆるうたいものを、紅組《あかぐみ》、白組にわけてうたい競《きそ》わせようというのじゃ。すべて法皇さまの御発案《ごはつあん》であるから、だれも反対はできぬ。なにも夜明け前の時刻に催さずとも、という近臣の意見に対して、法皇さまは歌でお答えになったとか。範宴、その歌がわかるか」

範宴はうなずいた。すぐに思いあたる歌があったのだ。うとうてみよ、と慈円は顎《あご》をしゃくった。範宴は、はい、と、いずまいを正して、うたいだした。

ほとけはつねに　いませども
うつつならぬぞ　あわれなる
ひとのおとせぬあかつきに
ほのかにゆめに　みえたまう

慈円は目をとじてきいていた。範宴がうたいおわると、大きなため息をついていった。

「範宴《はんねん》、そちの歌には、ふしぎな力があるのう。このたびの暁闇法会《ぎょうあんほうえ》には、そちも参加せよ。そして一曲うたうがよい。よいな」

慈円《じえん》は範宴の答えもきかずに、たちあがった。


慈円阿闍梨《あじゃり》がかえったあと、範宴と音覚法印《おんかくほういん》は、しばらく無言のまま向きあってすわっていた。

外で風の音がきこえる。ちぎれちぎれに念仏の声もながれてくる。

「慈円さまは、お変わりになったのう」

と、音覚がつぶやくようにいった。

「あのように激《げき》して語られる慈円さまは、はじめてだ。そなたも驚いたであろう」

範宴は、はい、とうなずいて師の顔を見あげた。

あらためて音覚法印をながめると、奇妙な容貌《ようぼう》である。お世辞にも上品とはいえない顔立ちだった。色が黒く、えらが張ったおむすび型の顔だ。額《ひたい》はせまい。鼻は低いが、鼻の穴が正面にひらいている。唇は異常にぶあつく、口も大きい。そんな風采《ふうさい》のあがらない音覚だが、うたえば信じられないほどの声量と、美しい音色《ねいろ》がきく人を魅了してやまないのは不思議である。

お山では「タンガク法印」と陰《かげ》でよばれていた。タンガクとは、古い言葉でタニグク、つまりひき蛙のことだ。姿かたちはみにくいが、山野に響く大きな声で鳴く。

「世の中も変わる。人も変わる。鎌倉に幕府をひらいた源頼朝《みなもとのよりとも》どのが、やがては征《せい》夷大将軍《いたいしょうぐん》に任ぜられるとか。慈円さまも軟弱な歌詠《うたよ》みの仮面をかなぐりすて、この叡《えい》山《ざん》に乗りこんでこられるからには、相当の心づもりもおありであろう。そなたを名指しでご下命《かめい》になったのは、しかるべき事情もあったはずじゃ。ここは、お受けするしかあるまい」

音覚法印は腕を組んだ。

「慈円さまも品《ひん》よく見えるが、策士《さくし》といわれた法性寺殿《ほっしょうじどの》の息子。しかも権門《けんもん》の中心にいる兼実《かねざね》公の弟君だ。やはり権謀術数《けんぼうじゅつすう》の血は争えぬものと見えるのう。よいか、そのへんのことをよく心しておつかえするのだぞ」

「はい」

「ときに、法皇《ほうおう》さまの深夜のお遊びじゃが、七日後とあればさっそく稽古《けいこ》にかからねば」

で、暁闇法会ではなにをうたうつもりじゃ、と、音覚はきいた。

「法印《ほういん》さまがおきめくださいませ」

「いや、そなた自身がきめるがよい」

そのとき、どこかで鋭《するど》い悲鳴がきこえた。女の声のようでもあったが、範宴《はんねん》にはそれがだれの声か、すぐにわかった。彼ははじかれたように、たちあがった。

荒々《あらあら》しい怒声《どせい》と、甲高《かんだか》い悲鳴は妙音堂《みょうおんどう》の物置の裏できこえる。部屋をとびだした範宴は、足もとにころがっているこぶし大の石をつかんだ。闇のなかに黒い影がからまりあって動いているのが見えた。

叫んでいるのは良禅《りょうぜん》だった。両手をねじあげられて、どこかへつれさられようとしているのだ。酒に酔っているらしい男たちの、下卑《げび》た笑い声がきこえた。屈強な二人の男は、裏頭《かとう》とよばれる独特の覆面《ふくめん》をして、目だけが異様に光っている。高足駄《たかあしだ》をはき、腰には太刀《たち》をおびた山法師《やまほうし》だ。

範宴は闇にまぎれて、彼らの行き先に身をひそめた。すばやく懐《ふところ》から手拭《てぬぐ》いをだし、石をつつんで結び目をつくる。その片端を右手でもち、弾《はず》みをつけて風車《かざぐるま》のようにふり回す。ヒュウヒュウと空気を切る音がおこる。ツブテの弥七《やしち》から、河原でみっちり仕込《しこ》まれた石扇《いしおうぎ》という印地《いんじ》の技《わざ》だった。

木立の陰《かげ》からにじりでると、範宴はものもいわずに片方の覆面の額《ひたい》を狙《ねら》って一撃した。鈍い音がして男がどうと倒れた。

「範宴どの！」

良禅の声にこたえるまもなく、範宴は太刀を抜きかけた男の片手を石で打った。突然の奇襲《きしゆう》にのけぞる悪僧の顎《あご》に、全身の力をこめた頭突《ずつ》きをくらわせる。

酒に酔っていなければ、範宴などひとひねりでやられてしまっただろう。しかし、幼いころ河原坊《かわらぼう》や弥七とつきあってきた範宴には、武士のような戦いをする気は最初からない。やるか、やられるか、河原の喧嘩《けんか》にはそれしかないのだ。

「さ、早く！」

すがりつく良禅を抱くようにしながら、範宴は暗い山道を走った。堂僧《どうそう》たちの寝泊まりしている建物のそばまでくると、足をとめた。

「無理につれていかれそうになったのです」

と、良禅はあえぎながら訴えるようにいう。白い喉《のど》がすぐちかくに見える。良禅の息が匂うように感じられた。少年独特のかぐわしい匂いだ。

「範宴どのが助けてくださらなかったら、いまごろ、なにをされていたことやら」

範宴は、体をよせてくる少年から身をはなして、かすれた声でいった。

「わたしは七日後には、お山をおりることになる。あとは自分で身を守ることだ」

範宴《はんねん》はたち去りがたい思いをふりきるように、良禅をのこして、闇のなかに駆けだした。

黒面法師《こくめんほうし》の影

闇のなかを続々と人の波がうごいていく。鴨川の東岸にある法勝寺《ほつしようじ》へとむかう群衆である。その夜、法勝寺では、古今未曾有《ここんみぞう》の大法会《だいほうえ》が催《もよお》されることになっているのだ。

法会といえば、朝廷や貴族たちがとりおこなう行事である。気高く、厳粛な雰囲気のなかで、儀式が進行するのがふつうだった。ところが今夜は、都《みやこ》の人びとを騒然とさせるような、とんでもない型破りな法会がひらかれるらしい。しかも夜中から朝まで、ぶっとおしの催しだという。

「あの法皇《ほうおう》さまらしい奇抜《きばつ》な法会や」

「さすが天狗《てんぐ》の王《きみ》。やることが派手やなあ」

口さがない町の人びとは、呆《あき》れながらもおお喜びだった。興福寺、東大寺、比叡山《ひえいざん》などから招かれる高僧、名僧の儀式は前座にすぎない。本番はなんでもありの歌競《うたくら》べだというのだから、とほうもない会である。しかも下々《げげ》の者たちから、世にはばかる悪人《あくにん》どもまで、みなあつまれ、とお布《ふ》れがでた。

「法皇《ほうおう》さまも、ついに頭がおかしくなられたか」

と、公卿《くぎょう》たちはささやきかわした。それをきいて、

「余《よ》は背中のデキモノをなおしたいだけじゃ」

と、後白河《ごしらかわ》法皇は笑っていたという。

「坊主どもの加持祈禱《かじきとう》がいっこうに効《き》かぬから思案《しあん》したまでよ」

その夜、日野《ひの》家の召使いの犬丸と、その妻サヨも、法勝寺へむかう人波のなかにいた。

「あわてずともよい。ツブテの弥七《やしち》どのが、われら二人のためによい席をとっておいてくれることになっておる」

「これがはやらずにはいられるものですか。あの忠範《ただのり》、いや、範宴《はんねん》さまがうたわれるというのに。さ、いそぎましょう」

サヨは肥《ふと》った体をゆするようにして足をはやめた。夜の空に巨大な八角九重塔《はっかくくじゅうのとう》がぬっとそびえている。人びとのざわめきが、さらに高まってきた。

〈あの忠範さまが――〉

と、犬丸は思う。家の者に内緒《ないしょ》で、馬糞《まぐそ》の辻の競《くら》べ牛を見物にいった八歳のころのやんちゃ坊主の顔が頭に浮かぶ。それがいまでは横川《よかわ》の範宴坊《はんねんぼう》だ。比叡山《ひえいざん》でも指折りの歌唱の名手に成長して、今夜、法皇さまの前でうたうというのだ。

「犬丸どの」

と、突然、背後で声がした。ふり返ると、そこに見おぼえのあるひげ面《づら》が笑っていた。犬丸は思わず大声で、

「おお、そなたは、弁才《べんさい》どの——」

「この法螺房《ほうらぼう》弁才をおぼえていてくれたとは、うれしい。いや、ひさしぶりじゃのう」

「おなつかしゅうござる。そのおりは浄寛《じょうかん》どの、弥七《やしち》どのとともに、六波羅王子《ろっぱらおうじ》の館《やかた》からわしを救いだしてくれた大恩人の一人じゃ。忘れてなるものか」

「あれから十年もたったであろうか。光陰矢のごとし。あのころ童《わらべ》だったタダノリも、いまでは叡山《えいざん》の範宴坊。読経《どくきょう》、歌唱の名手として知られておるそうな」

後白河法皇が、前代未聞の大法会《だいほうえ》を催《もよお》すので、なんとでもしてやってくるように、と弥七から連絡があったのじゃ、と弁才はいった。あいかわらずみすぼらしい山伏姿で、愛用の法螺貝《ほらがい》を腰にさげた姿は、十年前とすこしも変わらない。

犬丸がサヨを紹介すると、弁才は微笑して、

「よきつれあいをもたれて、犬丸どのがうらやましい。わしはこのとおり、十年も西国《さい》《ごく》を流れ歩いて、いまだに休む家ももたぬ。いささか野臥《のぶ》せりの暮らしにもあきてきたところじゃ。ほどよき女《め》がいれば引きあわせてくれぬか。最近は僧形《そうぎょう》とても妻女《さいじょ》をもつのがふつうじゃからのう。子づれでもかまわぬぞ」

冗談めかしてしゃべりつつ、法螺房《ほうらぼう》は先にたって法勝寺《ほっしょうじ》の境内にはいっていく。肩をぶつけあい、足を踏みあう混雑のなか、三人はあらかじめ弥七が用意してくれた場所へと急いだ。

それは驚くべき大群衆だった。これほどの人波は犬丸もはじめてである。数千いや、万をかぞえる人びとが、夜の寺にあつまっているのだ。

法会《ほうえ》の舞台がまた奇抜《きばつ》である。広場にむけてあけはなされた堂宇《どうう》の正面には、金色の阿弥陀仏《あみだぶつ》が光り輝き、数百の灯が左右にゆれている。巨大な屏風《びょうぶ》が扇形にならべられて、舞台そのものが喇叭《らっぱ》の口のように広場にむけて開いていた。発する歌声が共鳴しあって、広場にひびく工夫でもあろうか。正面から一本の花道が群衆のなかへのびている。その端に、美しく飾られた椅子《いす》がおかれていた。法螺房はその巨大な椅子のすぐちかくの席に犬丸たちを案内した。

「さあ、いよいよはじまるぞ」

と、法螺房が二人をふり返っていった。

夜空にこだまする喚鐘《かんしょう》の音に、群集した人びとのざわめきが一瞬しんと静まった。

美しく着飾った稚児《ちご》を先頭に、法会をとりしきる僧や役人たちが一列になって登場する。比叡山《ひえいざん》から招かれた高僧たちが「越天楽《えてんらく》」の楽の音にみちびかれて舞台に居並《いなら》んだ。

屏風の背後から異様な歌声がわきあがった。

「あれは梵語《ぼんご》の歌じゃ」

と、横から法螺房がささやくようにサヨに解説する。

「梵語というのは、お釈迦さまが仏法《ぶっぽう》を説かれた天竺《てんじく》の言葉。しばらくは厄介《やっかい》な儀式がつづくが、がまんするしかなかろう。このあと、散華《さんげ》、錫杖《しゃくじょう》、そして表白《ひょうびゃく》、讃《さん》嘆《だん》、読誦《どくじゅ》、礼拝《らいはい》、など、ひととおりつとめたあと、いよいよ今夜の歌競《うたくら》べがはじまる。法皇《ほうおう》さまは、そのときおでましになるというから、わがままもきわまれり、というべきかのう」

範宴《はんねん》どのも、いまあの屏風の陰《かげ》で声を合わせてうとうておられるはずだ、と法螺房は小声でいった。

「堂僧《どうそう》というのは、それも大事なおつとめのうちじゃ」

はてしなくつづく儀式が終わるのを、広場をうずめた群衆たちはあくびをしながら見物している。やがて「千秋楽《せんしゅうらく》」の楽の音とともに、僧の一団が退場すると、五人の男たちが扇子《せんす》を手に登場し、舞台の上手に一列にならんで着座した。

「あの連中が今夜の判者《はんじゃ》じゃ。紅白《こうはく》両面の扇子のどちらかをあげて、数のおおいほうが勝ちとなる。さて、法皇《ほうおう》さまはまだかのう」

そのとき一人の恰幅《かっぷく》のいい人物が、数人の男たちをしたがえて、ずかずかと舞台にでてきた。広場が一瞬、水を打ったように静まり、あつまった人びとの視線が集中する。

「法皇さまじゃ」

二重顎《あご》のたるんだ首筋が、歩くたびに波うつ。とぼけた顔だが目の光はするどい。尖《とが》った鼻が鷲《わし》のくちばしのようにたれさがっている。

「あの目の色じゃ」

犬丸が懐かしそうにつぶやいた。この五、六年、ずっとお召しがなかったので、ひさしぶりに目にする法皇の姿である。広場にあつまった大観衆にかるくうなずくと、法皇は花道をとおって椅子《いす》に腰かけた。ちょうど阿弥陀如来《あみだにょらい》の像に対面する位置である。

「はじめよ」

と、しゃがれた声で法皇は命《めい》じた。

深夜の歌競《うたくら》べは、延々とつづいていた。

最初に白組の歌い手が登場し、法皇に一礼すると、その者を推《お》した推者《すいじゃ》の名前が読みあげられ、歌の種類と題が場内に告げられる。白組は男、紅組《あかぐみ》は女だ。たがいに歌を披露しあい、判者五名のあげる扇子の紅白の数で勝敗がきまる。歌は、今様《いまよう》、和讃《わさん》、法文歌《ほうもんか》、朗詠《ろうえい》、訓伽陀《くんかだ》、その他、人びとに愛唱される曲が選ばれた。

登場する歌い手たちは、貴族、武士、僧などから、農夫、遊芸人《ゆうげいにん》、白拍子《しらびょうし》、遊び女《め》、雑色《ぞうしき》、馬借《ばしゃく》と、あらゆる職業、階層の者たちがへだてなく登場する。貴賤を問わず、というのが、暁闇法会《ぎょうあんほうえ》の趣旨だった。だからこそ都 中《みやこじゅう》の人びとが法勝寺《ほっしょうじ》につめかけたのだ。

「犬丸どのは、ここまでの、どの歌い手が勝《すぐ》れていたと思われるかのう」

と、法螺房《ほうらぼう》がたずねた。

「さきほど大原の聖《ひじり》のうたわれた和讃が、心にしみました」

サヨもうなずいて、

「そう。わたしもあの聖《ひじり》の歌にしびれるような心持ちがいたしました」

さすが魚山《ぎょさん》の地で磨《みが》かれただけのことはある、と法螺房《ほうらぼう》も同意した。

「ところで範宴《はんねん》さまは、いつうたわれるのでしょう」

犬丸がきくのに法螺房は首をかしげて、

「たぶん夜明け前ではあるまいか。なにしろ推者《すいじゃ》が慈円阿闍梨《じえんあじゃり》だときく。慈円さまも名にしおう声明《しょうみょう》の名手。そのかたが推《お》されているとあっては、軽々しいあつかいはできまい。しかし、歌をくらべる相手は、どこのどのような女《め》であろうか。たぶん世に知られた歌い手が選ばれているはず。たのしみじゃのう」

かすかに空が白みかけたころ、歌競べは最高潮に達しようとしていた。つめかけた群衆のため息や歓声、さらに弥次《やじ》などもとびかうなか、舞台も広場も一体となって盛りあがっていく。後白河法皇《ごしらかわほうおう》は、ときに首をかしげ、ときに体をのりだして、ひたすら熱心に歌声に耳をかたむけていた。

犬丸たちが待ちに待った範宴が登場したのは、東山連峰の背後の空に、暁《あかつき》の色がさしはじめたころだった。サヨが、忠範《ただのり》さま、と声をあげた。犬丸も体をのりだして舞台をみつめた。

　そのとき、法螺房がすばやく犬丸の袖《そで》をひき、目顔でなにか合図をした。切迫した気配《けはい》がその表情にはあった。犬丸はけげんな顔で法螺房をふり返った。お目あての範宴がやっと登場したというのに、法螺房の視線は舞台とは反対のほうへそそがれている。

　舞台から広場の観衆のなかにまっすぐ花道がのびていた。その先端の椅子《いす》にどっかと腰をかけているのが、今夜の法会《ほうえ》を主催する後白河法皇だ。その姿は、あたかも広場に参集した人びとをおのれの軍勢《ぐんぜい》としてひきいる総大将のようでもある。その玉座のすぐ下の人込《ひとご》みのなかに、黒い法師《ほうし》の影がちらと見えた。

「あれだ」

　と、法螺房がいった。

「世の人よんで、黒面法師《こくめんほうし》。大峰《おおみね》山中で、全身に真っ黒な漆《うるし》を塗りこめる凄惨《せいさん》な苦行《くぎょう》を七年つづけたために、やがては肌の芯《しん》まで黒く変わったという異様な修験者《しゅげんじゃ》だ。さらに、つねに顔面をおおう漆黒《しっこく》の面ゆえ、世間から黒面法師としておそれ崇《うやま》われておるそうな。あの動きを見られよ、犬丸どの。だれかを狙《ねろ》うて、すきをうかがう気配じゃ」

「その黒面法師が、いったいなにを――」

「奴《やつ》がだれを狙《ねろ》うて今夜ここに現れたか、とっくに見当はついておる。わしは弥七《やしち》とともにむこうの動きを封《ふう》じるから、お二人は範宴《はんねん》どのの歌をたのしまれよ。おう、はじまったか」

範宴が舞台の正面にたち、大群衆のなかに浮かびあがる法皇《ほうおう》の姿に一礼した。

「比叡山延暦寺《ひえいざんえんりやくじ》、横川《よかわ》の堂僧《どうそう》、範宴。推者は慈円阿闍梨《じえんあじやり》にございます」

司会役の僧が紹介すると、控《ひか》えめなざわめきが観衆のあいだにひろがった。慈円ほどの大物が推《お》すからには、並の歌い手ではあるまいと、みなが思ったのだろう。

法皇が軽くうなずいて、体をのりだした。

すべての人びとが息をとめたような夜のなかに、範宴の若々しい歌声が流れはじめた。

　ほとけはつねに　いませども
　うつつならぬぞ　あわれなる

比叡山の堂僧《どうそう》とあれば、世間の人の知らないような高尚な秘曲でもうたうのではないかと予想していたらしい判者《はんじゃ》たちが、おや、と意外そうな表情になった。

「なんというよいお声――」

　と、サヨはうっとりときいっている。だが犬丸は、それどころではない。道をへだてたむこう側の人込《ひとご》みのなかを、黒い面をつけた法師《ほうし》が、目立たぬようにうごいていくのを注視している。たずさえた異様に太い杖《つえ》は、刃《やいば》を仕込《しこ》んだ杖かもしれない。じりじりとにじり寄っていく先には、象のように巨大な法皇の姿があった。

　範宴の歌声が人びとの心にしみ入るようにつづく。

　ひとのおとせぬあかつきに
　ほのかにゆめに　みえたまう

　範宴は最後の一行を、調子をかえて、くり返しうたった。底の見えない淵《ふち》のような沈黙が広場をつつむ。あまりにも深く範宴の歌が人びとの心にしみとおったためか、一瞬、ふしぎな静寂が会場にうまれたのだ。

　やがて、どっと歓声がわきおころうとしたそのとき、飛燕《ひえん》のように花道に躍りあがった黒い法師の影が揺《ゆ》れた。踊りの名手を思わせるなめらかな動きで、黒い影が法皇に迫《せま》り、襟首《えりくび》をつかんだ。と同時に、杖に仕込まれていた刀身《とうしん》が、鋭《するど》く光って、法皇の喉《のど》におしあてられた。

「平四郎《へいしろう》、推参《すいさん》！」

と、黒い法師《ほうし》の声が広場にひびきわたる。

曲者《くせもの》！　と叫んで花道に駆けあがろうとする護衛の武士たちを、法皇《ほうおう》の太い声が制した。

「さわぐな。手出しはひかえよ。わしはこやつが現れるのを、待っていたのだ」

犬丸はかたずをのんで花道をみつめた。

「おれがだれだか、わかるのか」

黒面《こくめん》の法師が刃《やいば》をおしあてたまま いう。

「津の港の遊女の子、伏見《ふしみ》平四郎であろう。ひととき六波羅《ろっぱら》王子《おうじ》とよばれていたそうだの」

「その遊女に、おれを産ませたのはだれだ」

「わしだ。それがどうした？」

広場のすみずみまでとどく声に、人びとが息をのんだ。黒面法師の笑い声がひびく。

「おれは、その女を殺した。母を殺した以上、父も殺さねばならぬ。そうせねば、あの女も浮かばれまい。父母を殺して十悪五逆《じゅうあくごぎゃく》の悪人となる。それが童《わらべ》のころからの、おれの夢だったのだ。いま、ようやくその夢がかなうときがきたのだ」

法皇の笑い声がきこえた。豊かな喉の肉を波うたせて、彼は笑っている。

「その夢は、かなわぬ」

と、法皇はいった。

犬丸はかたずをのんで、法皇と舞台の両方を注視した。うたい終わった範宴《はんねん》は、そのまま舞台の上から呆然《ぼうぜん》と花道をみつめている。

「おれの夢が、かなわぬだと？」

黒面法師の声が夜のなかにひびく。

「この切《き》っ先《さき》をひと押しすれば、おまえの喉笛《のどぶえ》は断《た》てる。その生白《なまじろ》い首から真っ赤な血がほとばしる夢を、これまでなんど見たことか」

「やりたいようにやるがよい。だが――」

と、法皇は満面の笑みをたたえて、黒面法師にいった。

「だが、その前に紅組《あかぐみ》の女《ひと》の歌をきけ。今夜の法会《ほうえ》で、このわしが推者《すいじゃ》となって選んだ歌い手じゃ。わしは逃げも隠れもせぬでのう」

法皇は大声で舞台によびかけた。

「伊勢安濃寺《いせあのうじ》の玉船尼《ぎょくせんに》、さあ、うたわれよ」

白衣《びゃくえ》の尼僧の姿が、舞台に幻《まぼろし》のように浮かびあがった。法皇《ほうおう》がいった。

「平四郎《へいしろう》、きくがよい。そちがいかに五逆の悪人とて、この声を忘れることはあるまい。今夜、そちが必ずや現れるだろうと思案《しあん》したゆえ、わざわざ呼びよせた女じゃ」

氷のしずくのような、透きとおった歌声が広場にながれだした。小柄な尼僧は、花道のほうにゆっくり歩みよりつつうたっている。かなりの年配とみえて、足どりはおぼつかない。一瞬、黒面法師の体が凍《い》てついたようにこわばった。法皇の顔にさらに笑みがひろがるのを、犬丸は見た。

みだのちかいぞたのもしき
じゅうあくごぎゃくのひとなれど

尼僧は両手をさしだしながらゆるゆると花道に歩をすすめた。

「あの声は！」

黒面法師が、あえぐような声をあげた。

「まさか——。まさか、まさか、まさか！」

「そのまさかの女の顔を見よ、平四郎。そちはあのときひと突きした母親に、止《とど》めをさしてはいなかったであろうが。海に落ち、いったんは沈んだものの、潮の流れで浜にうちあげられたところを船頭に助けられて生き返ったのよ。やがて縁あって剃髪《ていはつ》し、尼となって寺に入った。そしてきょうまでひたすらそなたの後世《ごせ》を念じつつ、暮らしてきたのじゃ」

「嘘だ！」

「嘘と思うなら、母の顔をその目で見よ」

法皇の喉《のど》にあてた刃《やいば》が震《ふる》えるのを、犬丸は見た。そのとき、尼僧の声に和して、朗々とあたりにひびく歌声が舞台にながれだした。範宴《はんねん》の声だった。

ひとたびみなをとなうれば

と、彼は目をとじてうたっていた。尼僧の声と見事にかさなった旋律《せんりつ》が、夜の広場にひろがっていった。万余《まんよ》の群衆のあいだから、だれからともなく自然に唱和する声があちこちでおこった。

らいごういんじょううたがわず

五人が十人、十人が百人、と歌声はふくれあがっていく。やがて歌声は暁《あかつき》の空をゆるがす大合唱となった。犬丸もうたっている。サヨも声をあわせてうたう。広場にあつまった非人《ひにん》、河原者、山僧、武者《むさ》、百姓《ひやくしよう》や、町衆まで、すべての者たちが頬をそめてうたっている。

法勝寺《ほつしようじ》の大伽藍《だいがらん》がゆらぐほどの歌声だった。地鳴りとも、雷鳴とも思われるその歌声に、法皇《ほうおう》も喉に刃をあてられたまま和してうたいだした。くり返し、くり返し、その歌はつづく。

みだのちかいぞたのもしき
じゅうあくごぎゃくのひとなれど

舞台にたつ範宴《はんねん》の目に光るものがあふれ、頬につたうのを犬丸は見た。犬丸も胸が燃えだしそうな気持ちだった。こんな気持ちになったことは、これまでに一度もなかった。

この広場に集《つど》った人びとのすべてが、自分の家族のように思われた。そして黒面法《こくめんほう》師《し》に襟首《えりくび》をつかまれつつうたう法皇を、自分たち一族郎党《いちぞくろうとう》の長《おさ》のように感じた。

「平四郎《へいしろう》——」

と、尼僧の声がきこえたような気がした。そのとき、黒面法師の影が崩れ、花道から消えた。その影は、人だかりをぬうようにして遠ざかっていく。跡を追う法螺房《ほうらぼう》の姿も、たちまち見えなくなった。やがて歌声がとだえた。静まり返った広場に、法皇の声がひびいた。

「この歌競《うたくら》べは、紅組《あかぐみ》、玉船尼《ぎょくせんに》の勝ちじゃ。範宴とやらも、ようようとうた。今夜のことを、生涯わすれず学ぶがよい。おう、日がのぼる。さて、寝るとしようか。よい法《ほ》会《え》であったのう」

法皇はゆらりとたちあがって、歩きだした。

誘《さそ》う傀儡女《くぐつめ》

都《みやこ》の人びとを熱狂させた暁闇法会《ぎょうあんほうえ》のあと、範宴《はんねん》は比叡山《ひえいざん》にもどらなかった。慈円阿闍梨《じえんあじゃり》の指示にしたがって、当分のあいだ白河房《しらかわぼう》に身をおくことになったのだ。

「いずれ遠からずわたしは天台座主《ざす》となって比叡山に入山《にゅうざん》する。そのときまで、例の法然房《ほうねんぼう》の教説をじっくり聴聞《ちょうもん》するがよい。法然房のもとにむらがる人びとの心の内も見抜くのじゃ。世間がいま、なにを求め、法然房がそれにどうこたえているのか。彼はなぜお山を去って町に下り、なぜそのように人気をえておるのか。わたしが知りたいのは、そこじゃ。古い南都《なんと》北嶺《ほくれい》の仏教界が失ったものはなにか。世間がいま望んでおるものはなにか。学べるものからは、いかに卑俗な教えであろうと学ばねばならぬ。よいか、範宴坊。心してはげめよ。気になることがあれば、都をはなれて、自由にどこへでもいくがよい。一切、制限はつけぬ。これはえがたい修行じゃからのう」

そう慈円はいって、範宴を白河房に托《たく》したのだった。

白河房は、かつて九歳の春、体ひとつで入室《にゅうしつ》した思い出ぶかい坊舎《ぼうしゃ》である。当時は寺のしきたりに慣れるだけで精一杯だったが、いまはちがう。それは横川《よかわ》で学んだ学問の成果を、あらためてふり返るありがたい機会だった。白河房には、慈円が学んだ厖大《ぼうだい》な書物と経典《きょうてん》が大切に保管されている。それを読み、書き写すことを考えると、範宴の胸ははげしく高鳴った。

慈円は単に密偵《みってい》の役目を自分におわせたわけではあるまい、と範宴は思う。伝教大師《でんぎょうだいし》・最澄《さいちょう》が、つつましい草庵《そうあん》を叡山の山中にむすんだときの、あのみずみずしい初心を、慈円はみずからの手で再建しようと志《こころざ》しているのではあるまいか。

王朝の名家や権門《けんもん》に密着し、高い位階をえ、名利《みょうり》を追い求めるのが天台の本義ではない。多くの堂衆《どうしゅう》たちが武装し、僧兵となって強訴《ごうそ》、紛争《ふんそう》をこととするのも仏道《ぶつどう》とはちがう。荘園《しょうえん》・領地からの収入や貴族たちからの多大の寄進《きしん》を、殖財のために町の商人に貸しつけることもいまの叡山では当たり前のこととなっているらしい。祇園《ぎおん》や鴨の河原などの職人や商人たちから、仕事の権利とひきかえに上納金をおさめさせることも、お山の財政をささえている。

そこに天台再生の燈《あか》りをともそうと、慈円は願っているのだろう。その手助けをするために自分は働くのだ。そう思うと、範宴の心にはかすかな自信がわいてきた。

青蓮院《しょうれんいん》は叡山《えいざん》の東塔《とうどう》南谷に本坊をもつ有力な門跡寺院《もんぜきじいん》である。門跡寺院というのは、天皇の身内や名門貴族の子弟が継承する寺格の高い寺のことだ。その里坊《さとぼう》として、都の三条に白河房《しらかわぼう》はあった。

そこに身をよせて数日後、範宴《はんねん》は経蔵《きょうぞう》の一部にある書庫を訪れた。その書庫には、若いころ慈円《じえん》が学んださまざまな書物や経典《きょうてん》が所蔵されている。慈円からの口ぞえがあったため、範宴は自由にその蔵書を閲覧《えつらん》することが許された。

そこに並んでいる経典や書物をながめて、範宴は気が遠くなるような衝撃をうけた。

九歳の春、この白河房に入室《にゅうしつ》して、やがて十二歳で叡山にのぼり、すでにきょうまでに七年あまりの修学《しゅうがく》の月日がすぎている。その歳月を無駄にすごしたつもりはない。堂僧《どうそう》としての日々の勤《つと》めをはたしながら、寝るまも惜しんで勉強してきたのだ。

天台教学の基礎的な文献はひととおりこなし、そのほかの知識もかなり身につけたつもりである。周囲からも注目される修学ぶりだったと自分でも思う。音覚法印《おんかくほういん》に目をかけられて、面授口伝《めんじゆくでん》の秘曲を教わるようになったのも、その努力が認められたからである。

しかし、これまで自分が身につけてきた知識など、大海の一粟《いちぞく》でしかないことを慈円の蔵書は無言のうちに物語っていた。

たとえば悉曇《しったん》の学である。それは、はるかむかしの古い天竺《てんじく》の言葉、すなわち梵語《ぼんご》を研究する学問だ。

中国渡来の経典を、呉音《ごおん》、漢音《かんおん》を正しくつかいわけて読誦《どくじゅ》するだけでも大変なのに、さらにその原典である梵語にまでさかのぼって学ぶとすれば、なみの学識のおよぶところではない。

〈自分には無理なのではないか〉

ふと胸にこみあげてくる挫折感《ざせつかん》がある。仲間の堂僧たちのうちではもちろん、勉学専門の学生《がくしょう》にも決して負けぬと勝手にうぬぼれていた自分が恥ずかしい。音覚法印から伽陀《かだ》の歌唱を教えられて、多少の梵語を口ずさめることで思いあがっていたのだ。

窓の外には木の葉がゆれている。範宴の心もゆれていた。

「範宴坊《ぼう》――」

と、そのとき背後で声がした。ふり返ると、そこには懐かしい顔があった。少ししわはふえたが、あいかわらず団子鼻に厚い唇の法螺房弁才《ほうらぼうべんさい》である。

「これは弁才さま――」

「さま付けは堅苦しい。今後は弁才どので十分じゃ。それにしても、しばらく見ぬうちに、そなたも隆《たくま》しい若者になったのう」

手を見せてみろ、と法螺房《ほうらぼう》はいった。範宴《はんねん》が右手をだすと、両手で包みこむようにもみしだいて、

「うむ。しっかりしたよい手をしておる。手を見れば衣《ころも》の下の体がわかるのじゃ。ひいき目に見ても美男子とはいえぬが、頼《たの》もしい面構《つらがま》えをしておる。首も太く、顎《あご》も張って、お山の悪僧にも負けぬ体軀《たいく》と見た。ただ、目がのう——」

「目、がどうかしましたか」

「暗い」

と、法螺房は微笑した。

「いろいろ悩むことがあるようだの」

窓の外にひるがえる木の葉をながめながら、範宴は白河房《しらかわぼう》にやってきたいきさつを語った。

「およそのところは、わかっておる」

と、法螺房はいった。

「慈円《じえん》どのがえらく気になさっておる法然房《ほうねんぼう》は、かつて黒谷上人《くろだにしょうにん》ともいわれた。叡山《えいざん》第一の学僧《がくそう》として、将来の天台座主《ざす》と目《もく》されていた人物じゃ。慈円どのが警戒《けいかい》される

のもわからぬでもない」

とにかくじかに法然房の話をきくことだ、と法螺房はいった。

「しかし――」

と彼は言葉をつづけて、

「あの男の説くのは、専修念仏《せんじゆねんぶつ》じゃ。念仏には念仏の歴史がある。それを理解せねば、学問をした頭には、納得がいくまい」

「わたしは横川《よかわ》で念仏僧をつとめました。一日もかかさず念仏をとなえてきたのです。多少はわかっているつもりですが」

その念仏ではない、と法螺房は言下に首をふった。そしていった。

「法然房の話をきく前に、範宴坊《ぼう》、いちど浄土《じょうど》をその目で見てきてはどうじゃ」

え？　と範宴は法螺房の顔をみつめた。からかっている表情ではなかった。

「法然房の教えは、浄土にうまれる念仏であるという。浄土となれば源信《げんしん》坊じゃ。恵《え》心僧都《しんそうず》・源信の残された教えは、もちろん学んだであろうの」

「はい」

範宴はうなずいた。

法螺房《ほうらぼう》と再会したその夜、範宴《はんねん》は白河房《しらかわぼう》をでた。思いたったらすぐに実行するのが、彼の気性《きしょう》である。目的地は大和《やまと》だった。

夜半《よわ》に嵐《あらし》の吹かぬものかは

かつて慈円《じえん》に直された歌の文句を思い浮かべながら、範宴は夜の都大路《みやこおおじ》をぬけ、大和街道《かいどう》をたどった。

法螺房にいわれたのは、

〈浄土をひたすら恋《こ》う気持ちがわからなければ、念仏はわからない。頭で浄土を思いえがいているかぎり、法然房《ほうねんぼう》のもとに集《つど》う人びとの心は理解できないだろう。そのこころは心《こころ》ではなく、情《こころ》なのだ。浄土は情土《じょうど》なのだ。唯識《ゆいしき》で心《こころ》はとけるが、情《こころ》はときあかすことはできぬ。法然房の説教をきく前に、源信坊《げんしんぼう》の故郷へいって、目に見える浄土への人びとの情《こころ》を感じてくるのだ。そこで二上山《ふたかみやま》のかなたに沈む夕日をながめれば、きっと理屈でない浄土がわかるだろう〉

法螺房の言葉は、範宴には理解できないものだった。だが、範宴にはかねてから一度ぜひ訪れてみたい場所があったのだ。それは河内《かわち》から大和へ、二上山の峠をこえる街道ぞいの叡福寺《えいふくじ》である。そこには、聖徳太子の廟《びょう》があった。

聖徳太子については、範宴はふしぎな憧《あこが》れをいだいていた。幼いころ、犬丸や、サヨや、そして河原坊浄寛《かわらぼうじょうかん》や、白河印地《しらかわいんじ》の弥七《やしち》などから、幾度となく太子の話をきいている。

彼らの口調は、歴史上の人物を語る感じではなく、あたかも懐かしい祖父や祖母を語るような話しぶりだった。

「太子信仰」

と、いうような感情が、ひろく底辺の人びとのあいだにしみわたっていたのである。範宴もいつのまにか聖徳太子のことを、懐かしく、慕《した》わしく感じるようになっていたのだ。日本仏教の教主《きょうしゅ》、などというといかめしい感じではない。高い身分をもちながら、

「世間虚仮《せけんこけ》」

と、ため息のような言葉を残した、かなしい人だった、と思う。

大和への道すがら、磯長《しなが》の聖徳太子廟へ参籠《さんろう》しよう、と彼は思いたったのだ。慈円からは、自由に動きまわってよい、と許しをえている。

大和へむかう範宴の足どりは軽かった。旅の途上で、範宴はなぜ自分が突然、身ひ

とつで白河房《しらかわぼう》をとびだしてきたのかを考えた。ほとんど旅仕度《たびじたく》もせず、笠《かさ》と杖《つえ》と衣《ころも》と風呂敷包《ふろしきづつ》みだけの姿である。

「その身ひとつ」

ということを師の音覚法印《おんかくほういん》には、つねづね教えられてきた。

人間だけがいろんなものを身にまとう。この世界の生きものは、草も、木も、けものも、鳥も、魚も、みな「身ひとつ」で生きているではないか。音覚法印はいっていた。

「仏道は、その身ひとつにかえることだ。あとは、声さえあればいい」

しかし、比叡山《ひえいざん》の天台の高僧たちが都《みやこ》の有力者によばれて法会《ほうえ》に参加するときなど、目をうばうばかりのきらびやかな服装と仕度《したく》がととのえられる。僧位《そうい》に応じて衣や供《とも》の者たちの数もちがう。そもそも、僧に身分があるのがおかしい、と音覚法印は笑っていた。

身分の高い僧たちには、「僧綱《そうごう》」と、それにつづく「有識《うしき》」とがある。「僧綱」には、「僧正《そうじょう》」、「僧都《そうず》」、「律師《りっし》」、などの位《くらい》があり、そしてさらに「法印」、「法眼《ほうげん》」、「法橋《ほっきょう》」、などの官職もある。また「有識」のほうには、「已講《いこう》」、「内供《ないぐ》」、「阿闍梨《あじゃり》」の職があり、そのあたりまでは範宴たちには雲の上の存在といっていい。

その他の僧は、「凡僧《ぼんそう》」とよばれた。

また、「学生《がくしょう》」、「堂衆《どうしゅう》」、「堂僧《どうそう》」のほかに、稚児《ちご》、童子《どうじ》、寺人《じにん》、商人、傭兵《ようへい》、落人《おちうど》、職人、芸人、など雑多な人びとがお山にむらがり住んでいるのだから、比叡山はただの聖域ではない。

法会によばれて出席する高僧たちの服装にも、さまざまな形式があった。後襟《あとえり》に帆《ほ》のような三角の布をたて、きらびやかな袈裟《けさ》をかけ、それぞれの従者《じゅうしゃ》や童子をひきつれて牛車にのる。町ゆく人びとも立ちどまって見物する華やかな行列だった。

「なにを飾りたてておるのじゃ。人間は身ひとつ。まして僧たる者は、なおさらであろう」

音覚法印が苦笑してそうつぶやくのを、範宴《はんねん》はつねに心にきざんでいる。それだけに、身ひとつで大和《やまと》へむかう範宴は、それまでのお山の生活にない自由さを感じていた。

歩く、ということは、すばらしい、と範宴は思う。旅をする、ということは、なんと気持ちがいいことか。

風が吹いている。菜《な》の花が黄色い海のように波うつ。

十九歳の範宴の心のなかにもさわやかな風が吹きぬけていくように感じられる。かつて釈尊《しゃくそん》も、このように杖《つえ》をついて天竺《てんじく》の大地を旅して歩かれたのだろう。

空はあかるい。

点在する農家の屋根のかなたに、二つの瘤《こぶ》のような山のすがたが見えてきた。

〈あれが二上山《ふたかみやま》か――〉

そのむこうは大和《やまと》の国だ。古代から難波津《なにわづ》へつく異国の人びとは、その南麓《なんろく》の竹内《たけのうち》峠《とうげ》をこえて奈良の都《みやこ》へむかったという。

範宴《はんねん》は白河房《しらかわぼう》の書庫で、法螺房弁才《ほうらぼうべんさい》から聞かされた話を頭に思い浮かべた。

「南都北嶺《なんとほくれい》というのは、もともと大和の大寺《だいじ》と、比叡山《ひえいざん》のことだ。ちかごろでは奈良の興福寺《こうふくじ》と延暦寺《えんりゃくじ》のことをいう。そもそもこの国の仏教は、奈良にはじまる。桓武《かんむ》天皇が都を京に移されてからは、比叡山や高野山が目立つようになったが、仏教のふるさとはなんといっても奈良だ。かつて、咲く花の匂うがごとく、とうたわれたその奈良の都に、異国からの文物《ぶんぶつ》がつたえられたのは、まず川筋であった。かつて小野妹子《おののいもこ》の一行が隋《ずい》から帰国したときも、彼らは難波の港へつくと、川をたって大和へ入ったという。しかし、川はたえず変動し、くだるのは楽だが、さかのぼるのはむずかしい。そこで道がひらかれる」

大勢の人間や物資を河内《かわち》側から大和へはこぶ陸路が、聖徳太子の時代につくられたのだ、とそのとき法螺房は語った。

「《推古紀《すいこき》》に〈難波より京《みやこ》に至《いた》るまでに大道《おおち》を置く〉とある。はじめて古代の官道がひらかれたのだ。わしの想像じゃが、その難工事にはきっと聖徳太子も参加されたにちがいない」

奈良と難波の四天王寺をしばしば往復された太子は、その知識と技術で、職人や、船頭、人夫《にんぷ》、石工《いしく》、鍛冶《かじ》、などにまじって建築や工事にたち働かれたはずじゃ、と法螺房はいった。

「ほんとうですか」

と、いぶかしむ範宴に法螺房はうなずいた。

あの日、範宴に法螺房が語ったのは、こういうことだった。

古代の日本に異国からつたわったのは、仏道《ぶつどう》とよばれる大きな荷物だった。それをあけてみると、なかにはじつにさまざまなものが入っていた。

天文の学がある。建築工芸の技法がある。地理や算術もある。音楽がある。本草《ほんぞう》の学、医方《いほう》の術がある。歴史がある。養生法《ようじょうほう》、呼吸法もある。人の心の奥をきわめる学もある。美しい詩文があり、衣服の作法や、航海術、鍛冶や石工の技術がある。料理の法もある。

「聖徳太子というかたは、それらすべての知識に通じ、深く仏道《ぶつどう》に帰依《きえ》されたという。多くの法制をととのえ、寺院を建立《こんりゅう》されたともいう。しかし――」

と、あの日、法螺房《ほうらぼう》は言葉をきって、遠くを見る目つきをした。

「しかし、われら下々《しもじも》の者たちが太子を慕《した》うのは、そのような立派な業績をのこされたからではない。四天王寺を建てられたとき、みずから尺《しゃく》をもち、工事の現場で大工たちに建築の技《わざ》を教えてくださったのだ。石工《いしく》や鍛冶《かじ》といえば、河原者とおなじく卑《いや》しまれたこともあったのに、太子は身分をこえ、先輩として手をとって指導なさった。職人や、聖《ひじり》や、道々《みちみち》の者たちが太子を慕うのは、そのゆえじゃ。船乗りや船頭たちに、風を見、星に方位を知ることを教えられたのもそうじゃ。仏《ほとけ》の道とともに、われらに生きるすべを教えてくださったかただからじゃ。異国からやってきた人びととも、親しくまじわられた。のちの朝廷によって正音とされた漢音《かんおん》よりも、対馬《つしま》読みとしてひろく人びとに親しまれていた呉音《ごおん》を大事にされたのも、そのゆえであろう。仏の道を国の教えとして確立されたから尊敬しているわけではない。立派な憲法をつくられた偉いかただからでもない。身分というものをこえて、世間の人びとにわけへだてなく生きる技を教えてくれたおかただからこそ太子を慕う者たちがいる。人びとが法然房《ほうねんぼう》を慕うのも、おなじであろう。九条家《くじょう》のかたがたは浄土《じょうど》に憧《あこが》れておられると聞くが、この世で極楽《ごくらく》のような暮らしをしていて、なにを浄土を願うことがある。聖徳太子の爪《つめ》の垢《あか》でも煎《せん》じてのめばよい」

思いがけなく激しい口調に、範宴《はんねん》は法螺房の意外な一面を見たような気がしたものだった。

さまざまに思いをめぐらしながら歩きつづける範宴の目に、やがて二上山《ふたかみやま》の二つの頂《いただ》きが少しずつせまって見えてきた。

二上山は河内《かわち》と大和《やまと》をへだてる山である。むかいあう二つの峰は、それぞれ雄岳《おだけ》、雌岳《めだけ》とよばれた。その南麓《なんろく》をぬけるけわしい山道は、古代から多くの葬列がとおった道だ。奈良の都《みやこ》で世を去った多くの帝《みかど》たちが、この荒れた山道をはこばれて二上山の西に葬《ほうむ》られている。二上山の西は、古代陵墓の地であり、大和から見れば日の沈むあの世とされたのだった。

聖徳太子の廟《びょう》も、この竹内《たけのうち》峠《とうげ》の西にある。範宴がわざわざ河内側から大和へ入ろうとしたのも、まず最初に磯長《しなが》の太子の墓を訪れようと考えたためだった。

太子廟は、自然の丘陵《きゅうりょう》の山腹にうがたれた横穴式石窟《せっくつ》で、入り口には色あせた柵《さく》があるだけの簡素なものである。すぐそばに小さなお堂がたっていた。すこしはなれて新しい寺院を造営中らしく、職人たちの働いている姿が見えた。

まいが、なんとなく意外だった。

〈これが聖徳太子のご廟《びょう》か――〉

もっと堂々とした壮大な廟堂を想像していた範宴《はんねん》には、そのさびさびとしたたたずまいが、なんとなく意外だった。

しかし、心のなかで、これでこそ自分が憧れてきた太子の姿だ、と、うなずく気持ちもある。

範宴はその石窟の前で頭《こうべ》をたれ、しばらくうずくまっていた。それから人気《ひとけ》のないお堂にはいって、風呂敷《ふろしき》包《づつ》みをほどいた。これから三日間の断食の行《ぎょう》にとりかかるつもりである。食を断《た》ち、水を断ち、ひたすらありし日の太子の面影《おもかげ》をしのぶのだ。そのつもりで数日前から、水分をひかえ、食事も制限している。比叡山《ひえいざん》では、一週間、飲まず食わずの念仏行《ねんぶつぎょう》も体験していて、三日の参籠行《さんろうぎょう》に耐えられる自信はあった。

最初の一夜は、なにごともなくすぎた。

二上山麓《ふたかみさんろく》の夜は深い。周囲の古墳群から、異様な気配《けはい》が迫《せま》ってくるような暗さだ。

時間がすぎ、肉体的苦痛にも慣れてきた二日目の明けがた、ふとうつらうつらと睡《すい》魔《ま》がおそってきた。

夢を見ている。

〈眠ってはいけない〉

気をとりなおしかけて、ふたたび夢のなかへと沈みこんでいく。

そのとき、突如として鋭《するど》い光が、範宴の瞼《まぶた》の裏にかがやいた。その光は三重から四重、そして五重の輪になって接近してくる。一瞬、水晶のような光がくだけ散った。

その暗黒の空間に、ゆっくりと浮かびあがってくる人間のすがたがある。髪は蓬髪《ほうはつ》で肩までたれている。破れて汚《よご》れた衣《ころも》をまとい、手には木をけずる斧《おの》をもっている。野性にみちた目差《まなざ》しで、筋肉もたくましい。それがだれかは、範宴にはすぐにわかった。

〈聖徳太子――〉

範宴は金《かな》しばりにあったように、身動きできない。ただ、目の前にいるのが、若き日の聖徳太子のすがたであることだけは、直感的に理解できた。

太子の唇がうごいた。澄んだ歌声がながれだした。女性のものとも、男性のものともつかぬふしぎな声だった。

しなてる　かたおかやまに
いいにうえて　こやせる
そのたひとあわれ
おやなしに　なれなりけめや

さすたけの　きみはやなき
いいにうえて　こやせる
そのたひとあわれ

親無しに汝生《なれな》りけめや、という歌声がながれたとき、範宴《はんねん》は思わず嗚咽《おえつ》した。温《あたた》かいものに全身をつつまれて、やさしく抱きしめられるような感覚をおぼえたのだ。その旅人《たひと》あわれ、と、うたいおわった太子は、そのままじっと範宴をみつめつづけた。やがて、ゆっくりと向きを変えると、範宴に背中を見せて、しだいに遠ざかっていく。歩きながらなにか言葉を発しているようだが、その声ははっきりとはきこえない。

「待ってください！」

範宴は叫んだ。

「いま、なんとおっしゃったのですか！」

すると、木魂《こだま》のような声が返ってきた。その声は矢のように範宴の胸に突き刺《さ》さった。

〈よくきくがよい。そなたの命は十余歳《じゅうよさい》でつきるだろう〉

三日間の断食参籠《さんろう》を終えて、範宴は竹内峠《たけのうちとうげ》をこえた。當麻寺《たいまでら》から斑鳩《いかるが》の法隆寺《ほうりゅうじ》へむかうはずだったが、予定をかえて葛城山《かつらぎさん》の古道へわけ入ったのだ。二上山《ふたかみやま》から南へ、葛城、金剛《こんごう》と、いくつもの道が山中をめぐっている。かつて役小角《えんのおづぬ》がそこにすみ、修験道《しゅげんどう》をひらいたといわれる葛城山の古道を歩きながら、範宴は磯長《しなが》の聖徳太子廟《びょう》で見た夢のことを、しきりに考えた。

〈十余歳で命がつきる、とは、いったいどういうことだろう？〉

もし、十代でこの世を去るという意味なら、あとわずかな時間しかない。また、これから十数年生きるというのなら、自分にはまだかなりの余命《よめい》が残っていることになる。

〈それにしても、ふしぎな夢だった〉

あたりを眺めまわすと、それまでとはまったくちがう風景が見えてくる。一木一草までが、いきいきと強い存在感をたたえて迫《せま》ってくるのだ。限りある時間、限りある生命、そのことを感じることで、これほど外界がちがって見えてくるものだろうか。

金剛山まで歩くつもりが、途中で日が暮れた。崖《がけ》にそったせまい道をぬけると、渓《けい》谷《こく》を見おろす山際《やまぎわ》の台地に、古びた小屋があるのに気がついた。土地の神々や、地蔵などをまつってある堂宇《どうう》だが、山岳修行者たちの仮の宿にも使われているらしい。

なまあたたかい風が吹いている。雨になりそうな気配《けはい》だった。

〈今夜はここに泊まろう〉

堂にはいると、かすかな匂いがした。これまでにあまりかいだことのない異様な匂いだった。

「だれだい」

暗い部屋のすみから女の声がした。範宴《はんねん》はおどろいて息をのんだ。

「なんだ、坊さんかい」

白いものが、ふわりと目の前に浮かんだ。若い女の顔だった。濃い化粧の匂いがただよう。

「わるいけど、あたしが先客だ。外で寝ておくれ」

目が闇になれて、女の顔と姿がぼんやり見えてきた。奇抜《きばつ》な恰好から、たぶん遊芸人《ゆうげいにん》か遊び女《め》と思われる。首にも、腰にも金色の細工物をさげて、髪を背中にたらし、手に白く光る刃物《はもの》をもっていた。

「女と見て下手《へた》なまねをすると、刺《さ》すからね」

と、女はいった。

「わかった。軒下《のきした》に寝させてもらう。夜明けには発《た》つゆえ、心配はいらぬ」

「そうかい。じゃあ、これでもかぶって寝な」

一枚の筵《むしろ》を女は投げてよこした。

「かたじけない」

範宴は堂の軒下に筵をしいてすわった。柱に背中をもたせかけて眠ればいい。断食行《だんじきぎょう》のあとは、妙に目がさえて眠れないものだ。しばらく目を閉じていたが、眠れずに闇の奥をみつめて、磯長《しなが》の太子廟《びょう》で見た奇妙な夢のことを考えた。

「寝たのかい？」

と、部屋から女の声がした。いや、と範宴は答えた。

「妙に目がさえて――」

「あたしも」

女は戸口から白い手首をだして、招くようにひらひら動かした。

「こっちへきて、話し相手になっておくれ」

範宴は少し考えたあと、暗い堂のなかにはいった。

〈ひょっとしたら、自分の命は今年でつきるのかもしれない〉

こんな山中に若い女が一人でいるというのは、訳《わけ》がわからない。もしかして狐狸妖《こりよう》怪《かい》のたぐいだろうか。しかし範宴は、それならそれでいい、という投げやりな気持ちになっていた。

「どこの坊さんだい。ずいぶん若そうだけど」

「比叡山《ひえいざん》」

「じゃあ、なにか子守唄がわりに美しいお経《きょう》でもうたっておくれ」

「どのような経がいい？」

「あたしらにわかるのは、まあ、念仏ぐらいかね。そうだ、念仏をやっとくれよ」

「念仏とひと口にいっても、いろいろあるのだが」

「へえ。おもしろそうだね。いったい、どんな念仏の種類があるというんだい。教えておくれ」

急に女の息がちかくなった。やわらかな手が、範宴《はんねん》の太股《ふともも》にふれた。範宴は思わず体をかたくした。これまでに体験したことのない感覚が、爪先《つまさき》から頭のてっぺんにまではしる。範宴はそんな感覚をふりはらうように大声で説明した。

「念仏には、引声念仏《いんぜいねんぶつ》もあれば、短声念仏《たんぜいねんぶつ》もある。また平声緩念《へいせいかんねん》、平上声緩急念《へいじようせいかんきゆうねん》、非緩非急念《ひかんひきゆうねん》、漸急念《ぜんきゆうねん》、四字転急念《よじてんきゆうねん》などさまざまで、一様《いちよう》ではないのだ。そして——」

「お説法はそのくらいで、はやくうたいな。念仏は念仏。いちばんわかりやすいやつをやっておくれよ」

範宴はすわりなおして、呼吸をととのえた。いつも横川《よかわ》の常行堂《じょうぎょうどう》でつとめている念仏をやろうときめて、静かにうたいだした。範宴はいい念仏をする、と、ふだんから横川では評判だった。音覚法印《おんかくほういん》も、そこを見込んで自分の秘曲を面授《めんじゅ》しようとしていたのだ。

なむあみだぶつ　なむあみだぶつ

と、いう、ただそれだけの言葉を、母音《ぼいん》を長く引きのばして微妙な旋律《せんりつ》をつけ、拍子《ひょうし》をとり、心をこめてくり返しうたう。師から教えられた節回《ふしまわ》しに、ときに自分の感情をまじえて即興の変化をつけたりもする。

範宴の念仏は、心にひびく念仏として評価されていたが、それにもかかわらず都《みやこ》の法会《ほうえ》には、それほど多く招かれることがなかった。なんといっても、都の高家《こうけ》では美声であることと、美しい容姿が第一に求められていたのだ。

しばらく夢中になって念仏しているうちに、範宴は女の息がせわしなくなってきていることに気づいた。

「どうかしたのか」

念仏をやめてたずねると、女は、なんでもない、といって、しゃくりあげた。泣いている、と範宴《はんねん》は感じた。

「なんでもないんだよ」

と、女はいって、体をよせてきた。

「あたしは傀儡《くぐつ》の女。仲間といっしょに人形を使って人をあつめ、ときには体を売るのさ。きょうも客と遊んで仲間におくれちまった。そんなあたしに、念仏なんて用はないと思ってたんだけど、今夜は妙に身にしみてさ。つい、泣いちゃったよ。お布施《ふせ》がわりに、あたしの体を、さあ、好きなようにしな。ほら」

女は範宴の手をとって、温《あたた》かく、やわらかな場所へひきよせた。女の声が範宴の耳もとできこえた。

「どうやらあんたは、ただの乞食法師《こつじきほうし》ではなさそうだね。いまのお念仏をきいてたら、ほんとにありがたい気持ちになってきた。あんた、ちゃんと修行したお坊さんなんだろう」

範宴はなにかいおうとしたが、なぜか声がでない。女は彼の顔を抱きよせ、ふくよかで温かいところにおしあてた。

幼いころ、犬丸の妻のサヨの胸に抱きしめられたことがある。そのときの甘く懐かしい気分とはまったくちがう未知の感覚だった。

「いけない。やめてくれ」

あえぎながら、範宴は相手をおしかえそうとした。だが、なぜか萎《な》えたように腕がうごかない。かえって女の胸にふかぶかと顔をうずめるような具合になってしまった。

女の胸は豊かで、いい匂いがした。乳房のあいだに顔をおしあてたまま、一瞬、範宴は気が遠くなりそうな恍惚感《こうこつかん》をおぼえた。女は彼の手を熱く湿《しめ》った場所に誘《いざな》っていく。

「あたしはね、子供のころから傀儡女《くぐつめ》だったのさ。十二のときに客をとらされたんだ」

女がかすれた声でいう。

「いつも食べていくために、家族や仲間を助けるために身を売ってきたんだよ。きょうもそうさ。昼間からいやな男にいいように扱《あつか》われて、道具のようにもてあそばれたんだ。そんなことはべつにかまやしない。飢え死にしないだけましさ。でもね、たまには身を売るんじゃなくて、自分から男に抱かれたいと思うときもあるんだよ。いまがそうさ。さあ、功徳《くどく》と思って、あたしを抱いておくれ。ねえ」

「できない――」

と、範宴《はんねん》はうめいた。女は衣《ころも》の下の範宴の体をまさぐって、笑う。

「できるさ。こんなになってるじゃないか」

「ゆるしてくれ」

「なぜ?」

修行中の僧だからだ、といおうとして範宴は口ごもった。そうではない。自分のなかに熱く燃えあがってくる異様な欲望がおそろしかったのだ。それはいったん開けたら、真っ赤な舌をたらした黒い犬がとびだしてきそうな暗く深い場所だった。

わかったよ、と女はいった。

「あたしを汚《きたな》いと思ってるんだろう。さわると穢《けが》れるのがこわいんだね」

「ちがう」

だったら抱いて、と、女はすべすべした豊かな太股《ふともも》を強くからめてきた。

範宴はこれまで一度も女とまじわったことがない。しかし、性についての知識がないわけではなかった。横川《よかわ》の生活のなかでも、さまざまな人間の営《いとな》みを見てきている。お山でも美しい稚児《ちご》僧《そう》を愛する高僧たちはめずらしくない。衆道《しゅどう》はごくありふれた風習で、かしこきところから公卿《くぎょう》貴族にいたるまで、だれもが不自然とは思わぬ世のならいだった。また戒律《かいりつ》を守って一生不犯《ふぼん》をとおす僧侶《そうりょ》もいたが、そうでない僧も少なくなかった。

そんななかで、範宴がこれまで不犯を守ってきたのは、単にそんな機会に出会わなかったからにすぎない。

仲間の堂僧《どうそう》たちのなかには、夜、こっそり山をおりて女のところへ遊びにいく者もいた。しかし、範宴にはなすべきことが山のようにあった。読むべき経論《きょうろん》があり、やるべき行《ぎょう》があり、また師の音覚法印《おんかくほういん》から伝授される歌唱の技《わざ》がある。それにもまして、比叡山《ひえいざん》は範宴にとって幼いころからの憧《あこが》れの聖地だったのだ。他人がどうあれ、自分にとっては夢にまで見たお山である。

そんな範宴にとって、なによりも重い枷《かせ》となっていたのは、あの日、幼い弟たちを置き去りにして自分だけが入室《にゅうしつ》したことだった。その道をあえて選んだ以上、欲望に負けたり、遊んだりするわけにはいかない、とつねに自分にいいきかせてきたのである。

いま、こうして暗い堂宇《どうう》のなかで、たとえようもなく心地《ここち》よい感覚のなかにいながら、それでも範宴には、わずかながら自制する力がのこっていた。

「南無《なむ》聖徳太子――」

と、彼は声にだして念じた。

「わたしの命が十余歳《じゅうよさい》でつきるとは、どういうことでしょうか。どうか、お答えください」

女の太股《ふともも》がゆるんだ。

「なにをいってるんだい。どうかしてるんじゃないのかね。やっぱり汚《よご》れた女だと思ってるんだろう」

「そうではない。人に穢《けが》れなどないのだ」

範宴《はんねん》は女の胸から顔をはなし、両手で女の肩を抱いた。そのとき彼は女を家族のように感じていた。

「もしかまわなければ、こうしていっしょに眠ろう」

「ふん」

と、女は背中をむけていった。

「それも悪くはないね。きょうはつかれた――」

そしてすぐに寝息をたてはじめた。

二上山《ふたかみやま》の夕日

翌朝、まだ暗いうちに範宴《はんねん》は目覚《めざ》めた。三日間の行《ぎょう》をつとめたのに、いつも横川《よかわ》で夜明け前におきる習慣がぬけないのである。範宴が谷川の水で顔をあらって堂へもどると、女はすでに歩く仕度《したく》をととのえて待っていた。

「きょうはどこへいくんだい」

と、女はきいた。

彼女は目鼻だちのはっきりした、気の強そうな顔をしていた。なで肩ではかなげな体つきだが、色が白く、弓型にそった唇があざやかに赤い。野の兎《うさぎ》のように、くるくると素早く動く茶色の目をみはって、

「よければ案内してあげるよ。この辺はくわしいからね」

「斑鳩《いかるが》を歩いてみたいのだ」

と、範宴はいった。斑鳩はかつて聖徳太子が住み、さまざまな経論《きょうろん》を研究しただけ

でなく、みずから法華経《ほけきよう》や勝鬘経《しようまんぎよう》などを講説したという土地である。

また、斑鳩《いかるが》には古く斑鳩寺《いかるがでら》とよばれた法隆寺《ほうりゆうじ》がある。法隆寺は学問寺《がくもんでら》としても知られ、聖徳太子がその創建にかかわったと聞いていた。

「傀儡《くぐつ》の商売のほうはいいのか」

「日が暮れたら、どこかで物好きな男をひろうさ。童《わらべ》を相手に人形をつかって稼ぐより、あたしにはむいてるよ」

二人は葛城《かつらぎ》の古道を金剛山《こんごうざん》へとたどったあと、ふたたび里におりて斑鳩をめざした。

「あんたの名前は?」

歩きながら女がきいた。

「範宴《はんねん》だ。そなたは?」

「玉虫《たまむし》」

自分より五、六歳は年上だろう、と範宴は思った。

「もっと若いんだよ」

と、突然、玉虫はいった。範宴はおどろいて足をとめた。

「いま、あたしの年のことを考えていただろう。あたしは男の心が読めるのさ。あんたより三つ、四つ、年上だよ」

玉虫は異常に足がはやかった。比叡山《ひえいざん》で山道になれている範宴が、ともすればおいていかれそうになる。

その日、法隆寺を訪れ、斑鳩の里をあちこち歩いたあと、大和川《やまとがわ》の川岸で休んでいるうちに、やがて日暮れどきになった。

「あれを見てごらん」

と、西の空を指《ゆび》さして玉虫がいった。あたりには紫色がかった夕暮れの気配《けはい》がたちこめている。玉虫の指さす西の空には、黒々とした連山が影絵のように見えた。玉虫がひとりごとのようにいう。

「あれが信貴山《しぎさん》。そのとなりの二つの峰が二上山《ふたかみやま》だ。雄岳《おだけ》と雌岳《めだけ》につづくのが、葛城と金剛。あたしのうまれたのは、あのあたりの村さ。もういまは、家もないし、親もいないけどね」

彼女は白い喉《のど》をそらすようにして、うっとりと西の空をながめた。

二上山のかなたに、赤い大きな夕日がするすると落ちていく。

空はあかね色に染まって、刻々と色あいを変える。

「なんというきれいな夕日だろう」

と、範宴《はんねん》は思わずつぶやいた。見ていると心が吸いこまれるような気持ちになってくる。『往生《おうじよう》要集《ようしゆう》』を書いた恵《え》心僧都《しんそうず》・源信《げんしん》は、あのあたりでうまれ育ったのだ、と範宴は思った。法螺房《ほうらぼう》が白河《しらかわ》の慈円《じえん》の書庫で、

〈法然房《ほうねんぼう》の説法をきく前に、二上山《ふたかみやま》の夕日を見てこい〉

と、いったのは、このことだろう、と範宴はうなずいた。

念仏をして浄土《じようど》にうまれる、というのが、法然の説であると、あらまし知ってはいる。しかし、その浄土とは、一体なんだろう。『往生要集』で源信がえがいた浄土は、理路整然と説かれていて、論として見事なものだった。だが、どこか実感がない。

横川《よかわ》でも、くり返し『往生要集』を読んできた範宴だが、目に見える浄土の光景が、いまひとつつかめなかったのだ。

〈浄土は、情土《じようど》だぞ〉

と、法螺房はいっていた。いま、源信の故郷に沈む夕日を見ていると、二上山のむこうに、人びとのあこがれる世界がはっきりと見えてくるような気がしてくる。

おやをおもわば　ゆうひをおがめ

おやはゆうひの　まんなかに
みだはゆうひの　そのさきに
にしのそらみて　なむあみだぶつ

と、玉虫《たまむし》が小声でうたっている。


すとん、と落ちるように日が沈んだ。あたりが急に暗くなった。

「あんたは、お坊さんだから、いいね」

と、玉虫がいった。日が沈むと、女の顔だけが白く浮きあがるようだった。

「あたしたちは、生きて地獄、死んでも地獄なのさ。悪いことをした人間は、地獄へおちるんだよね。生前に善《よ》いことをたくさんした人たちだけが、お浄土へいけるんだろ？　あたしの父さんは、殺生《せっしょう》をして暮らしていた。田んぼをもってないから、山で獣《けもの》を狩《か》ったり、川の魚を捕《と》ったりして暮らしていたんだ。それでも食《く》っていけなくなって、あたしを傀儡《くぐつ》の親方《おやかた》に売ったのさ。娘を売る親を、仏《ほとけ》さまが許すわけがない。売られたあたしも、そう。体を売ったり、仲間と組んで客をおどしたり、色じかけで男をだましたりして生きているんだ。それでも――」

女は言葉をきって黙りこんだ。範宴《はんねん》は川の流れをみつめた。青黒い水面《みなも》が、手招きしているようだ、と彼は思った。

「――それでも、あたしはいやなんだよ、地獄へおちるのは」

と、玉虫《たまむし》は声をおさえながら、叫ぶようにいった。

「まえに、お寺でお坊さんの絵ときをきいたんだ。壁に地獄の絵がずらっとかかっていた。お坊さんは地獄の絵を一つ一つ、丁寧《ていねい》に説明してくれたんだよ。それからはその絵が目にやきついて離れない。夜中には必ず地獄の夢を見て、うなされるのさ。ゆうべもそうだった。こわくて泣きそうになってたところへ、あんたがやってきた。お坊さんに抱かれて眠れば、あんなこわい夢を見なくてもすむかもしれない、って思ったんだ。あんたは汚《きたな》いあたしを嫌って、抱いてくれなかったけど、でも、お坊さんがそばにいるだけで、ふしぎに安心だったんだよ。あんなことは、はじめてだ。あたし、あんたについていこうかな」

玉虫はじっと範宴を見あげた。大きな光る目が範宴の心を吸いこむようにせまってきた。

「そなたが汚いなどと思ってはいない」

と、範宴はいった。ほんとうのところは、汚いどころか、美しい、といいたかったのだ。いきいきと動く茶色い目と、夜目にも赤い唇が、彼の体の深いところに眠っている未知の欲望を揺《ゆ》りおこそうとしている。

「出家した者が浄土《じょうど》へいける、とはかぎらないのだ」

と、範宴はいった。

「じゃあ、いっしょに地獄へいこうよ」

女が範宴の腕に胸をおしつけてきた。

だめだ、と範宴は思った。そして無言でたちあがり、歩きだした。玉虫は小さく笑ってついてきた。

川のながれる音がきこえる。

二人はしばらく夜のなかを歩いていた。

「わたしの話をきくか？」

と、範宴がふり返っていった。

「ききたい」

と、女はうなずいた。

「わたしは比叡山《ひえいざん》の横川《よかわ》というところで修行中の身だ。いまは偉いかたの指図《さしず》をうけて、京の都《みやこ》に住んでいる。九歳の年から寺に入ってきょうまで、ずいぶんと勉強もした。厳しい行《ぎょう》にも耐えてきた。しかし、ほんとうに大事なことは、これから学ぶのだ。だが――」

範宴《はんねん》は口ごもった。なにも行きずりの女にそこまでいうことはない、と感じたのだった。しかし、彼はいわずにはいられなかった。

「どうやら、わたしには、放埒《ほうらつ》の血がながれているらしい」

「ほうらつ？」

「そうだ。わがままに、したいことはなんでもするという厄介《やっかい》な気性《きしょう》だ。わたしは自分で我慢づよいところもあると思っている。人からも意志がつよいなどといわれてきた。とはいえ、一歩ふみはずせば、そなたたち傀儡《くぐつ》の仲間よりもっと無茶なこともやりかねない人間なのだ。それをいま、ひしひしと感じている。そなたの体は、いい匂いがする。乳房は豊かで、やわらかい。その体を力いっぱい抱きしめて、好きなようにしたい気持ちで体が燃えあがりそうだ。しかし、どこからかきこえてくる声がある」

どんな声か、と、女はたずねた。

「うまくいえないのだ。しかし、たしかにその声はきこえている。おまえには、しなければならない大事なことがある、とその声は告げているのだ。それがどんなことなのか、いまのわたしにはわからない。わたしはいま迷っている。迷ったままで自分を解《と》きはなつことはできない。わたしは一人で歩くのだ。灯《あか》りのない闇のなかを」

「なんのことだか、さっぱりわからないね。あんたはちょっとおかしいところがあるんだよ。その変なところが、あたしは好き。これ以上、迷わせるのもかわいそうだ。さあ、一人で夜道を歩きたいならさっさとおゆき。そのうち、またどこかでね」

女の影は、かき消すように見えなくなった。

「玉虫《たまむし》どの」

と、範宴は闇のなかに呼びかけた。

「そなたは汚《よご》れてなどいない。そなたと接して、身が穢《けが》れるのをおそれているわけでもない。わたし自身が迷っているのだ。もっと話がしたい。どこにいるのだ、玉虫どの」

そのとき不意に地面からわきでたように、数人の男の姿が目の前にあらわれた。

ひぃーっという女の悲鳴がきこえた。髪の毛をつかまれ、ずるずると引きずってこられた姿が玉虫であることを、範宴は見てとった。

「この腐《くさ》れ女！」

と、一人の男が玉虫《たまむし》の顔を足でけりあげた。玉虫がうめいた。

「きのうからずっとこの坊主といっしょやったんか。どういう気や」

正面にたちはだかった背の高い男がいった。ざんばら髪に異様な服をきて、首から大きな貝の飾りをさげている。鋭《するど》い目に残忍な気配《けはい》がただよっていた。

「いま、なにをしゃべってたんや？　ちゃんと聞いてたんやで。坊主のくせに、この女の体を力いっぱい抱きしめたい、やて？　また、玉虫も玉虫や。好きやとかなんとか、小娘みたいなことをぬかしやがって、商売のほうはどうなっとるんじゃ」

おい、坊主、と、その男は範宴《はんねん》の胸元をつかまえて、はげしくゆさぶった。

「わしらは、大和《やまと》と河内《かわち》を縄張《なわば》りにして稼いでいる傀儡師《くぐつし》の一家《いっか》や。人形をあやつって芸を見せるのも仕事やけど、この女も大事な商売道具よ。生きた人形じゃ。こいつにゃごつい元手がかかっとる。好き勝手なまねはさせん。女のお仕置きはあとでじっくりやるとして、まず、おまえさんから女と乳繰《ちちく》ったお代をもらおうやないか。さあ、女を二日のあいだひとりじめにしてええ思いをしたんや。懐《ふところ》にあるものぜんぶよこせ。ついでに、その小汚《こぎたな》い衣《ころも》も、笠《かさ》も、杖《つえ》も、なにもかもおいていけ。すっ裸でどこへでもいけ。おい、きいてるんか」

「そのひとから手をはなすのだ」

と、範宴はいった。

「人を道具にしてはいけない。それに――」

この野郎、と、男は唸《うな》った。そして獣《けもの》のようなすばやい動きで、範宴の顎《あご》にはげしい頭突《ずつ》きをくれた。一瞬、範宴の目の前に赤い夕日がとび散るような感じがした。頭突きをまともに受けた彼の体は、どうと地面にくずれおちた。

「やったれ！」

と、男の声がした。それと同時に、何人もの男たちの足が範宴の胸や腹をけり、激しく顔をふみつけた。どこかの骨が折れたようだ、と、気が遠くなるような苦痛のなかで思い、範宴は吐《は》いた。

「お頭《かしら》、この糞《くそ》坊主をどうします？」

「こいつの衣でぐるぐる巻きにせい。そして石を抱かせて川へ放りこめ。中途半端に生かしておいたら、あとで何かと面倒や。懐にあるものだけを全部いただいて、成仏《じょうぶつ》させたろうやないか」

「その人を殺さないで！」

と、玉虫の声がしたのを、範宴は夢うつつのようにきいた。

〈そなたの命は十余歳――という夢のなかのお告《つ》げは、このことだったのか〉

と、範宴《はんねん》はとぎれがちな意識のなかで思った。

〈十九歳で自分は死ぬのだ。そして、いったいどこへいくのだろう〉

冷たい手が範宴の懐をさぐっている。背中にしょった風呂敷《ふろしき》のなかには、乾《ほ》した飯《いい》と、ほんのわずかな銭《ぜに》がはいっているだけだ。それはすでにうばいとられている。一人の男が甲高《かんだか》い声でいった。

「お頭《かしら》、懐にこんなもんがありやした。布に包んだ石ころみたいな――」

「どれ、見せてみ」

なんだ、これは、と、男たちの声がきこえる。それは九歳のとき、家を出る際に弥《や》七《しち》が犬丸に托《たく》してくれたツブテだ。範宴はいつもその小石を懐に大事にしまって暮らしていた。自分がなにか偉いものにでもなったようにうぬぼれたときは、その小石を見ろ、と弥七は言《こと》づてしてくれたのである。

「おい、坊主」

と、頭突《ずつ》きをくれた長身の男がいった。

「この石は、ただの石ころやない。ここに印《しるし》がある。ひょっとして、これは白河《しらかわ》の印《いん》地《じ》の党のツブテやないのか」

「そうだ」

と、範宴は喉《のど》をぜいぜいいわせながら答えた。

「ツブテの弥七という友達からもらった」

「ツブテの弥七、だと？」

おどろいたように男の声が高くなった。

「どうして坊主のくせに弥七っあんを知ってる？」

「幼いころ、河原でいっしょに遊んでくれた。印地の打ちかたを教えてくれたり、兄《あに》者《じゃ》のように面倒をみてくれた人だ」

男たちが顔を見合わせる気配《けはい》があった。

「ほんまに、ほんまか？」

「わたしが寺に入るとき、その小石をくれたのだ。自分が瓦《かわら》、小石、つぶてのような者たちの仲間だということを忘れるな、と」

おこしてやれ、と、男の声がした。

「こいつは妙な縁やなぁ。弥七っあんは、後白河法皇《ごしらかわほうおう》さまから、わしらに諸国興行の許し状をもらってくれた恩人やで。ほんまに弥七っあんの知り合いなら、妙なまねはできん。おい、ちゃんとこの人に笠《かさ》をかぶせてやれ。持ちものも返そう。弥七っあんに会《お》うたら、河内《かわち》の千早丸《ちはやまる》がよろしくいうてたと、つたえてくれ」

不意にあわただしい足音とともに、男たちが遠ざかっていくのを、範宴《はんねん》は夢のなかの出来事のように見送った。

「範宴――」

と、玉虫《たまむし》の声がきこえたような気がしたが、空耳《そらみみ》かもしれなかった。

範宴は苦痛をこらえて、必死でたちあがった。

〈白河《しらかわ》へ帰らなければ――〉

体のなかに、玉虫の温《あたた》かい胸の感触がよみがえってくる。これまでひたすら学ぶことにつとめてきた自分が、ひどくわびしいものに思われてくる。もし偶然に弥七《やしち》がくれた小石が発見されなかったなら、いまごろ自分は川に沈んでいたかもしれない。夜の水底を音もなくながれていく自分の姿を想像して、範宴は身ぶるいした。

〈自分は一度、死んだのだ〉

と、彼は思った。

〈いま、ここで生まれ変わったのは、なにか自分になすべきことがあるからかもしれない〉

そのとき頭の奥に、あかあかと燃える西の空が浮かんだ。大きな夕日が音もなく落ちていく。

〈わたしは浄土《じょうど》を見た〉

と、範宴はうなずいた。その実感を得ただけで、大和《やまと》へやってきた甲斐《かい》があった、と彼は思った。骨がきしむような痛みに、彼はうめいた。

疑念《ぎねん》雲のごとく

じっとりと重い湿気《しつけ》が肌をつつむ。

どうやら雨になるらしい。風が杉木立をゆすり、その風にのって念仏の声がながれてくる。

範宴《はんねん》は音覚法印《おんかくほういん》の小房に、慈円《じえん》と対面してすわっていた。音覚法印は、いつものように、慈円のやや下手に岩のように黙然《もくねん》とひかえている。

「やはりお山での暮らしは、身にこたえるのう。白河《しらかわ》あたりの里坊《さとぼう》で歌など詠《よ》んで日をすごしているほうが、わたしには向いているのだろうか」

ひとり言のように慈円がつぶやいた。

「ところで、大和《やまと》へいってきたそうじゃの」

「はい」

「わたしが命《めい》じたのは、吉水《よしみず》の法然房《ほうねんぼう》の様子を調べてくることだったはずだが」

「はい。大和から帰って、すぐ、その足で吉水へまいりました」

範宴は慈円からきつく叱《しか》られることを予想していた。山をおりて、法然の説法と、そこにあつまる人びとの様子をたしかめるように、といわれていたのである。それを、いきなり大和へいったことで、慈円は気を悪くしているだろうと思っていた。

しかし、慈円の口調はおだやかだった。

「そうか。で、大和ではどこの寺をたずねた？」

「河内《かわち》から磯長《しなが》へぬけて、聖徳太子の御廟《ごびょう》へまいりました。そこで三日の参籠《さんろう》を――」

「ふむ。それはよかった。そのあとは？」

「二上山《ふたかみやま》のあたりから、葛城《かつらぎ》、金剛《こんごう》と古道を歩いたのち、法隆寺《ほうりゅうじ》を訪れました」

「大和の旅から、なにを得たのじゃ」

聖徳太子が夢のなかにあらわれて、そなたの命は十余歳《じゅうよさい》、と告げて去ったことを、いおうかいうまいかと範宴は迷っていた。だが、慈円はほとんど太子に関心はなさそうだった。

「恵心僧都《えしんそうず》・源信《げんしん》さまのふるさとを歩いてみたことは、ほんとうによかったと思うております」

「二上の西の空に沈む夕日を見たのじゃな」

「はい。これまで浄土《じょうど》というものを理屈で想像しておりましたが、世の人びとが浄土をあこがれる気持ちが身にしみてわかったような、そんな気持ちがいたしました」

「人びと、とは、だれのことかの」

「世間の人びとでございます。殺生《せっしょう》をしたり、人をだましたり、盗みをはたらいたり、どうせ死ねば地獄へいくと思いこんでいる人びとです」

「そこで、法然房《ほうねんぼう》・源空《げんくう》の出番となるわけじゃ」

慈円《じえん》は唇をゆがめて、うっすらと笑った。

「そなた、吉水《よしみず》の法然房の説法を、どのようにきいた？　いったい何度たずねたのじゃ」

「三度でございます」

「わずか三回の聞法《もんぼう》で、山へもどってきたわけは？」

たたみかけるように慈円はきいた。範宴《はんねん》は覚悟していた。慈円の気に入られようが入られまいが、正直に感じたままをいうしかない。

「法然房というかたのおっしゃっていることは、ただ一つでございます。ただ念仏をして浄土にうまれよ、と。それを信じて念仏すれば、だれもが必ず浄土に迎えられる、と」

「念仏行《ねんぶつぎょう》というのは、むかしからあった。この比叡《ひえい》のお山でも、常行念仏《じょうぎょうねんぶつ》をはじめ、さまざまな念仏の行がある。とりたててめずらしい話ではない」

「しかし――」

と、いいかけて範宴は口をつぐんだ。慈円はうなずいていった。

「いわずともわかっておる。山の念仏は修行の念仏じゃ。一人前の僧として認められんがための修行である。法然房のいう念仏はそうではない」

そのとおりです、と範宴はうなずいた。

「吉水の草庵《そうあん》にあつまってくる人びとを見て、正直おどろきました」

ほう、と慈円は首をかしげた。

「おどろいたこととは？」

「まず、武士が多いことです。それから女性《にょしょう》の姿が目立ちました。そして世間から下《げ》賤《せん》な者とさげすんで見られる人びとが、数多くあつまっています。それは、これまでの法会《ほうえ》や行事では見られぬ光景ではないでしょうか」

武士がのう、と、慈円はいった。

「武者《むさ》といい、武士という。最近では武家の勢威が貴族をもしのぐほどじゃ。しかし、のう。武者というのは、人を傷つけ、殺すことを仕事とし、その芸を誇る者たちのこと。奉公《ほうこう》とか申すが、主人につかえ、弓矢をつかい、馬を駆り、人を斬《き》る。世間では獣《けもの》をほふる人びとを賤《いや》しんだりするが、獣どころか人を殺す業《わざ》にはげむ者たちが、浄土へいけるわけがあるまい。法然房《ほうねんぼう》のもとに彼らがあつまるのは、その罪障《ざいしょう》ふかきことを心中ふかくおそれるからであろう。しかし、そのような者たちとともに、女性が多く見られるとは、はて、音覚《おんかく》どのはどう思われる?」

慈円《じえん》にたずねられて、音覚法印《ほういん》はすぐに答えなかった。腕組みして、目を閉じ、大きなため息をついた。

「いまの範宴《はんねん》の申すことには、さまざまな意味があるように思われます」

ふだんは口数の多くない音覚だが、なにか心中にわきあがってくる感慨《かんがい》があるかのような口調だった。慈円はだまって耳をかたむけている。

「それがしも人の噂にきくだけで、法然房の説をこの耳できいたわけではありません。それゆえ、おおざっぱなことしか申せぬのは、お恥ずかしい次第ですが――」

「かまわぬ。きこう」

慈円にうながされて、音覚法印は控《ひか》えめな態度で語りはじめた。

「そもそも法然房・源空《げんくう》というかたは、この比叡山《ひえいざん》の学僧のなかでも、とびきりの大秀才であったとうかがっております。あらゆる経論《きょうろん》を人間わざとは思えぬ力で読みつくし、いかなる難問《なんもん》にも打てばひびくがごとく朗々と答えられたとか」

「それはわかっておる。知恵第一の法然房、といわれた話は、ききあきるほどきいた」

「叡山《えいざん》のみならず、南都《なんと》の名僧、学僧をたずねて天台以外の学問もきわめ、のちの師の叡空《えいくう》さまを論破することもあったそうです」

そうだ、と慈円はうなずいた。そのまま叡山にとどまれば、将来は天台座主《ざす》の地位も約束されていたはずなのに、と、慈円は皮肉な口調でいった。

「最初の師は、皇円阿闍梨《こうえんあじゃり》であったが、法然房は十六歳のときすでに山内での出世を見限って、隠遁《いんとん》の聖《ひじり》になりたいと申しでたそうじゃ。十六歳で隠遁を志《こころざ》すとはな。皇円阿闍梨は、それをたしなめて、隠遁など考えるのはまだ早い。まず天台の基礎となる三大部を読んでからにせよ、といわれたという。範宴、そちは三大部を学んだか」

突然の質問に範宴はあわてて居ずまいをなおした。天台三大部とは、『法華玄義《ほっけげんぎ》』、『法華文句《もんぐ》』、『摩訶止観《まかしかん》』の三部数十巻のことである。範宴もいくどとなくひもといてはみたのだが、なかなか全巻を読みとおすまでにはいかない。

「いくどとなく挑戦いたしましたが、まだ読みとおしてはおりませぬ」

「法然房《ほうねんぼう》は三年ですべてを読了《どくりよう》した、という」

と、音覚法印《おんかくほういん》がいった。

「わたくしは法然さまの足もとにもおよばない愚《おろ》か者です」

と、範宴《はんねん》はいった。慈円《じえん》はかすかにほほえんで首を左右にふった。

「いや、そなたは堂僧《どうそう》という身分のゆえに、修学《しゆうがく》に専念できぬだけだ。もし学僧としてはげんだら、いまの叡山《えいざん》にはならぶ者のなき秀才とうたわれるであろう。だが——」

慈円の口調には、どこかうらやましげな響きさえあった。

「法然房の学識、知恵はずばぬけていて、ほかにくらべようもない。いつかの大原での談義《だんぎ》のおりには、なみいる名僧知識たちも子供あつかいであった。法然房が当代随一の大学者というのは衆目《しゆうもく》のみとめるところじゃ。しかし、範宴、そなたには法然房にはないなにかがある。そう思うがゆえに、吉水《よしみず》へいって話をきいてこいと申しつけたのじゃ。わかるか、わたしのいうことが」

「それは、どういうことでございましょう。わたくしに、一体なにがあると思われるのですか」

「心の深いところに抱《かか》えている闇の濃《こ》さがある」

と、慈円はいった。

「そなたの目を見ておると、ときどき身ぶるいがするような気がしてくる。人間の罪や、悪や、無明《むみよう》の世界をさまようおのれを恥じ、ふかく懺悔《さんげ》する才能じゃ。範宴、そなた、はじめて法然房の姿を見たとき、どのように思うた？」

範宴はしばらく目を伏せて考えた。大和《やまと》から都《みやこ》へ帰った日、彼は多くの人びとの群れにまじって吉水へいき、庭先から目立たぬように法然房の説法をきいたのだ。

法然房は、範宴が想像していたよりも、はるかに福々《ふくぶく》しい、やさしげな人物だった。血色がよく、目も、鼻も、口もとも、一点の曇りもなく清《きよ》らかだった。声はのびやかで、あたたかい手で心の臓《しんのぞう》をなでられるように感じられた。その姿を見、その声をきいているだけで、心が明るくなってくる。そして、やさしい言葉で、

「ただ念仏して、浄土《じようど》にうまれるべし」

と、そのことだけをくり返し語るのである。

「なんともいえず清らかで、明るい気持ちになりました」

と、範宴は答えた。

「そこがちがうのじゃ」

と、慈円はいった。

「そなたの心は、暗く、にごっている。世間の多くの人びとと同じように」

慈円《じえん》の口調はおだやかだったが、相手の感情などまったく気にしていない、高貴な人間独特の容赦《ようしゃ》のなさがあった。

「法然房《ほうねんぼう》は、明るい。そのあたたかさ、清らかさをだれもが感じないではいられない。わが兄、九条兼実《くじょうかねざね》や、その一族がみなこぞって法然房を慕《した》うのは、理屈だけではなく、その春の海のようなお人柄のゆえじゃ」

「しかし、その論はきびしゅうございます」

じっと話をきいていた音覚法印《おんかくほういん》が口をひらいた。

「念仏をとなえて浄土《じょうど》へうまれる。べつにふしぎではございませぬ。しかし、修行もいらぬ、学問もいらぬ、悟《さと》りをもとめる発心《ほっしん》もいらぬ、というのは、いかがでございましょう。念仏以外のあらゆることを、雑行雑修《ぞうぎょうざつしゅ》ときめつけ、いかなる悪人も念仏ひとつで極楽《ごくらく》浄土へ往生《おうじょう》できるとか。わたくしには、ようわかりませぬ。たとえ千のものを百にし、百のものを十にし、十のものを一にして念仏にたどりついたとしても、いかにも無理がございます。ただ――」

音覚法印は範宴《はんねん》に目をやっていった。

「念《ねん》は称《しょう》である、とは、いつも申しておることだ。声にだし、口にとなえる念仏こそ真の念仏だとわたしも思う。吉水《よしみず》では説法の前後に、みなで高声念仏《こうしょうねんぶつ》をするそうじゃの」

「はい」

範宴は思いだした。法然その人が姿をあらわす前に、数人の若い弟子たちが見事な念仏を披露《ひろう》する。それは範宴が横川《よかわ》でおこなっている引声念仏《いんぜいねんぶつ》とは、くらべものにならないほどの美しい念仏歌唱だった。端整な顔だちの若い僧が、なんともいえぬ良い声で念仏をとなえると、あつまった女性《にょしょう》たちは目をとじて、酔ったように頬を紅潮させてききいっていた。

そのうち、あつまっている人びとのあいだからも、僧たちの念仏に和して、自然とうたいだす声がおこる。そして人びとはみな、念仏を合唱し、この世のものとは思えぬ和《やわ》らいだ気持ちに誘《いざな》われていくのだ。やがて、法然が机の前にすわると、あたりがしんとなる。法然は人びとの顔に、おだやかなまなざしをそそぐ。そして、よくとおるあたたかい声で語りだす。

「念仏をもうしなされ。かならず浄土へむかえられると信じて、疑念《ぎねん》なく、ただ南無《なむ》阿弥陀仏《あみだぶつ》を念ずるのじゃ」

はじめて吉水《よしみず》の草庵《そうあん》を訪れて法然房の言葉をきいたとき、範宴は無意識のうちに身構えていた。法然房は叡山《えいざん》の大先達《だいせんだつ》である。しかも山内での名利《みょうり》や権力《けんりょく》争《あらそ》いに目もくれず、十代で隠遁《いんとん》を志《こころざ》したほどの人物である。そのことだけでもすごい。
当時、叡山《えいざん》の名僧《めいそう》中の名僧といわれた碩学《せきがく》が皇円《こうえん》である。彼は若い法然《ほうねん》の才と目で見ぬき、みずから授戒《じゅかい》をおこなった。いかに十代の法然房が叡山の期待めていたかがわかる。それにもかかわらず、法然房は隠遁の道をえらんだのだ。隠遁とは、かならずしも比叡山《ひえいざん》を去るということではない。朝廷にみとめられた官僧《かんそう》の立場をすて、仏門での出世と名声の未来を放棄《ほうき》することだ。

比叡山には、別所《べっしょ》とよばれる場所がいくつかあった。そこは世俗の権力や名利《みょうり》をもとめる教団のありかたに絶望した僧たちが、ひっそりとあつまる山中の孤島である。

本寺を去って草深い別所に住み、自給自足の貧しい暮らしのなかで、ひたすら修学《しゅうがく》と思索に日をおくるそれらの僧たちは、聖《ひじり》とよばれた。山の聖は、みずから出世栄達《えいたつ》の道をすてた修行者の群れである。

範宴が法螺房《ほうらぼう》からきいた話では、法然房はわずか十八歳のときに西塔《さいとう》の北、黒谷《くろだに》の別所に身を投じたという。そこには、学僧《がくそう》として名高い叡空《えいくう》上人がいた。その弟子となったときから、それまで勢至丸《せいしまる》とよばれていた彼は、法然房・源空《げんくう》として出なおすこととなったのだ。

法然房が黒谷でもとめつづけたのは、ただひとつ、争いと苦しみにみちたこの世を去るとき、かならず極楽《ごくらく》浄土に往生《おうじょう》する道だったという。黒谷ではもっぱら念仏行《ねんぶつぎょう》がおこなわれていたらしい。黒谷別所での法然房のひたむきな求道《ぐどう》の生活は、二十五年におよんでいる。そのことだけでも範宴には頭がさがる生きかたである。その間、数千巻の経典《きょうてん》をくり返し読みつくし、また、各地に高僧をたずねて天台以外の教学についても、あますところなく学んだという。

とにかく範宴にとっては、法然房は雲の上の人だった。とうてい話を立ち聞きしたくらいで、その信心を理解できるわけがない、と最初から思っていたのだ。

「吉水の法然房の話をききに女性の姿が多く見られるというのは、大事なことかもしれませぬ」

と、音覚法印《おんかくほういん》は目をとじてうなずいた。

「釈尊《しゃくそん》が天竺《てんじく》の地で仏法《ぶっぽう》を説かれたとき、そこには多くの女性の姿があったという。また古き経典にも女性の成仏《じょうぶつ》を説く言葉がございます。しかし、これまでわが国の仏《ぶっ》法《ぽう》では、女は障《さわ》り多き、穢《けが》れたものとして遠ざけられてまいりました。高野山も、そしてこの比叡のお山でも、女人禁制《にょにんきんぜい》となっております。慈円《じえん》さま――」

音覚法印は声をひくめて耳打ちをした。

「ご存じでございましょうか。先日、雲母坂《きららざか》の坂下にだれの手によるともしれぬ高札《こうさつ》がたてられました話を」

「知らぬ。どのような高札じゃ」

文面にはこう書かれておりました、と音覚法印《おんかくほういん》はため息をつきながらいった。

「これより先、聖域《せいいき》につき、屠者《としゃ》、癩者《らいしゃ》、女人《にょにん》の立ち入りを禁ず、と」

「ふむ」

慈円《じえん》はため息をついた。

「仏の教えが渡来してよりこのかた、窮民《きゅうみん》、病者《びょうしゃ》を救うというのは、大切なことであった。ふかく仏道《ぶつどう》に帰依《きえ》した光明皇后《こうみようこうごう》が、悲田院《ひでんいん》や施薬院《せやくいん》をもうけて人びとを助けられたことは、よく知られておる。草にも木にも、土《つち》くれにも仏性《ぶっしょう》が宿るという伝教大師《でんぎようだいし》・最澄《さいちよう》さまの教えからすれば、世間の弱き者たちに慈悲の光をさずけるのは当然であろう。その当然のことを、われらはながく忘れて、朝家《ちようけ》、権門《けんもん》、富者《ふしゃ》にのみ奉仕してきたのじゃ。そこに法然房《ほうねんぼう》のつけ入るすきがあった。音覚どの、範宴《はんねん》、われら天台のお山も変わらねばならぬ。身分の高き人びとの生前の罪を清《きよ》め、後世《ごせ》の往生《おうじよう》を祈ることのみを勤《つと》めとしてきたわれらは、時代におくれてしまうたのだ。聖域と自称する比叡山《ひえいざん》の、いまの姿はどうじゃ。堂衆《どうしゅう》たちは武力をほこり、また学生《がくしよう》たちも修学《しゅうがく》より出世栄達《えいたつ》の道にはしる。酒食色道にふける高僧たちも少なくない。所領《しよりよう》、荘園《しようえん》の経営にかかわって争いあい、ことあるごとに僧兵が強訴《ごうそ》をくり返す。天台座主《ざす》の座をめぐって、みにくいかけひきがおこなわれているのは、わたしが一番よく知っているのじゃ。さて、このときにあたって、範宴、そちはどうする？」

どうする、ときかれても、範宴にはこたえるすべがない。つよい眼光でみつめる慈円にむかって、範宴はつぶやくようにいった。

「わたくしはこれまで法然さまの百分の一、いや、千分の一も学んできておりません。知恵を捨てて愚者《ぐしゃ》になれ、そしてただひたすら念仏せよ、と、法然さまは説いておられました。しかし、わたくしは中途半端な未熟者《みじゅくもの》です。捨てる知恵もなく、愚者に徹する覚悟もございませぬ。ですから——」

「だから、どうするというのじゃ」

「この横川《よかわ》で、これから納得《なっとく》のいくまで修行するしかありません。いまのわたくしには、法然さまの言葉は心にとどきませんでした。明日から、いや、きょうから死ぬ気で修学《しゅうがく》、修行に打ちこみたいと思います。そして、いつの日かふたたび吉水《よしみず》を訪れる縁があるものか、ないものか、いまはまったくわかりませぬ」

「ふむ。それもよかろう」

慈円はどこか冷たい口調でいった。

「で、どのような修行をする気かの」

「まず、これまで中途半端に試《こころ》みたさまざまな行《ぎょう》を納得のいくまでつとめるつもりでございます。命がけの行のあとに、なにかがつかめれば、そのとき自誓自戒《じせいじかい》をいたしたく――」

「そうか。自誓自戒、か。座主《ざす》としてこの山へきたときに、いつかはわたしが戒《かい》をさずけるつもりであったものを」

「申しわけありませぬ。お許しください」

戒を受けるということは、正式の僧侶《そうりょ》として公認される儀式である。さまざまな戒《かい》律《りつ》を正しく守ることを約束し、それを権威ある先達《せんだつ》や、周囲に誓《ちか》うのだ。範宴《はんねん》はすでに仏道《ぶつどう》修行者としての得度《とくど》はすませていたが、正式の戒は受けていなかった。これまでに幾度となくその機会はあった。しかし、自分の意志でそれを延ばし延ばしにしてきていたのである。

その理由は、自分にほんとうに僧たる資格があるのか、という疑念《ぎねん》をどうしてもふりはらうことができなかったからだ。世間的な身分としての僧ではなく、心の底から仏《ほとけ》に帰依《きえ》することができるのかどうかが、彼の問題だった。いまはまた、さまざまな疑念が雲のようにわきあがってきて範宴の心を乱している。

「まあ、よかろう。好きなようにせよ」

と、慈円《じえん》の声が、遠いこだまのようにきこえた。

命《いのち》あらんかぎり

雪がふっている。

音もなくふりつむ雪は、横川《よかわ》の堂宇《どうう》をうずめつくそうとでもするかのように夜になってもやむ気配《けはい》がない。

範宴《はんねん》は堂内の片隅《かたすみ》に目をつぶってたっていた。そこは一間四方《いっけんしほう》にもみたない、せまい空間である。布で仕切《しき》られたその世界が、いま範宴の挑《いど》もうとする行《ぎょう》の舞台だった。

正面にかけてあるのは、小さな釈迦三尊像《しゃかさんぞんぞう》だ。三尊像とは、釈尊《しゃくそん》の像の左右に、二体の菩薩像《ぼさつぞう》を配した画像である。

いま範宴が試《こころ》みようとしているのは、「好相行《こうそうぎょう》」とよばれる修行だった。比叡山《ひえいざん》をひらいた伝教大師《でんぎょうだいし》・最澄《さいちょう》が定めた修行のなかの一つである。

最澄は天台の正しいありかたを願って『山家学生式《さんげがくしょうしき》』という規定《きてい》をつくりあげた。

三部からなるこの文書《もんじょ》のなかで、修行の最初の関門として、「好相行」がおかれている。『山家学生式』にさだめられた長期の修行には、十二年間ずっと比《ひ》叡山《えいざん》から一歩も外へでないという、「十二年籠山《ろうざん》」などの行があった。「回峰行《かいほうぎょう》」や「常行三昧《じょうぎょうざんまい》」なども、重要な行である。

範宴は数年前に「回峰行」とまではいかずとも、その予行訓練のような山中の巡拝《じゅんぱい》をおこなったことがあった。だが、音覚法印《おんかくほういん》のもとで歌唱僧として指導をうけていたため、本格的な行にとり組んだことはなかった。「好相行」についても我流でひそかに試《こころ》みたぐらいのことだった。

好相、というのは、み仏《ほとけ》のおすがたを拝《はい》することであると教えられたことがある。仏を拝《おが》むのではない。目をとじていながら、あたかも目の前にみ仏のすがたがたちあらわれたかのように、ありありと見えるということだ。

範宴が学んだ『梵網経《ぼんもうきょう》』のなかにも、

〈七日のあいだ心から仏前に懺悔《さんげ》すれば、仏は必ずそのすがたを目前にあらわされて、戒《かい》をみずから受けることになる〉

という意味の言葉があった。懺悔とは、ただ自分の犯した罪を告白して
う、ということだけではない。

「五悔」といって、五つの心のはたらきを実感し、体験することが大事だと教えている。

五つの心のはたらきとは、「懺悔《さんげ》」「勧請《かんじょう》」「随喜《ずいき》」「廻向《えこう》」「発願《ほつがん》」のことだという。範宴《はんねん》はあらためて一から出なおすつもりで、この「好相行《こうそうぎょう》」にとりかかろうとしているのだった。

範宴は最初はゆっくりと、五体投地《ごたいとうち》の動作からはじめた。

床に両膝《りょうひざ》、両肘《りょうひじ》をつき、頭《こうべ》をたれて額《ひたい》を床にふれる。のばした両手の 掌《てのひら》を、み仏《ほとけ》の足をいただくようにかえし、心から礼拝《らいはい》する。

それは接足作礼《せっそくさらい》とも、頂礼《ちょうらい》ともいう天竺《てんじく》の最敬礼の作法である。「好相行」では、一日に三千回の五体投地をおこなわなければならないことになっていた。それも、ただ動作をくり返すだけではない。『仏名経《ぶつみょうきょう》』にしたがって仏の名をとなえ、心から懺悔の念をそこにこめなければならないのである。

食事と排泄《はいせつ》のときと、わずかな仮眠の時間はとれたとしても、一日三千回というのは気が遠くなりそうな行《ぎょう》だった。

しかし、ほんとうに困難なことは、体の疲れや、痛みなどではない。

「好相行」の目的は、み仏にじかに対面するということである。それも漠然《ばくぜん》と目に浮かんだというようなことではだめなのだ。

　髪型にしても、表情にしても、すがたかたちにしても、み仏には独特の輝きがあり、この世のものならぬ気配《けはい》がある。それをくっきりと見さだめ、そのすがたから発する声なき声をたしかに受けとめてこそ、み仏と対面したといえるのである。

　夢でもなく、うつつにでもなく、ありありとみ仏を目前に見る。それが「好相行」の目的だ。

　範宴は、数年前に「好相行」についてたずねたとき、先輩の僧から、

「まあ、七日では無理でも、ひと月ぐらいすれば、だれでも自然と仏を見ることになる。あまりこだわらずに、やってみることだ」

と、きかされたことがあった。そして、試《こころ》みた「好相行」のまねごとのような行は、本格的な行ではないとはいえ、想像を絶する苦行《くぎょう》だった。だが、そのときはもっとも大事なところでつまずくこととなった。七日間どころか、一ヵ月、二ヵ月と日がすぎていっても、どうしても肝心のみ仏のすがたと出会うことができなかったのだ。

　一瞬、なにかのはずみで、ちらとみ仏の影が目の前に浮かぶことがある。しかし、そのすがたは、たちまちにして消えさり、ありありとくまなく心にうつることがない。

〈自分には仏性《ぶっしょう》がないのだろうか〉

と、心が萎《な》えるような思いにかられたものだった。

「好相行《こうそうぎょう》」は、比叡山《ひえいざん》での天台の修行のなかでは、最初にくぐりぬけねばならぬ関門の一つである。本来なら、行《ぎょう》にはいる以上、たしかに仏《ほとけ》を見ることができなければ、永久にその行をつづけなければならない。

一日三千回の五体投地《ごたいとうち》をくり返す行は、人間の限界をこえている。それを七日、九日とつづけるうちに、だれでもが普通の感覚からはなれていくのは当然だ。心が澄みきって、一点のくもりもない境地に達するどころか、ある種の錯乱《さくらん》状態におちいったとしてもふしぎではない。真剣に懺悔《さんげ》する気持ちがゆらぎ、ただ無意識に五体投地をくり返しているような状態では、幻覚や妄想も生《しょう》じてくる。

「人は心に激しく期待するものを見るものだ」

と、以前、「好相行」をやりとげた先輩の僧は、内緒話《ないしょばなし》をするような口調でいっていた。

「つよく念ずれば、その念は仏のすがたとして目の前に現《げん》ずるのじゃ。それがほんとうの仏だったのか、それとも疲労の極《きわ》みに達してあらわれた幻覚なのか、そこはだれにもわからない。しかし、好相をうることができなければ、無限に行をつづけるしかない。そこで自分とむきあうことになる。かつては先達《せんだつ》の僧から、行のなかで見たという仏のすがたかたちなど、きびしく問いただされて、これはたしかであるとされれば合格となった。だが、いまでは――」

と、その僧はため息をついていった。

「だれもが知るとおり、本気で修行にとり組む者は少なく、形だけの行がまかりとおっている。『好相行』にとり組んでまことのみ仏を見た例は少ないのではないか。伝《でん》教大師《ぎょうだいし》がご覧になったら、大いに歎《なげ》かれるであろう。このわたし自身も、九日目にみ仏を見たと思い、まわりからもえらくほめられたが、あれが真実のみ仏であったかどうかは、正直いってさだかではない。そこはみずからの決断じゃな。どれだけ真剣に懺悔したか、どこまで深く念じたか、おのれに問うて恥ずるところがなければ、それは好相をえたことになる。行をやるのは、失敗したら命をすてるか、このお山をおりるかじゃ。その覚悟があるのなら、やるがよい。いずれにしても、一命《いちめい》をかけての行と覚悟すべきだろう」

むずかしいものだ、と範宴《はんねん》は思った。すこしずつ五体投地の動きをはやめていきながら、その先輩の僧の言葉を思いだしていた。

「命をかけてやれ」

と、いわれて、範宴《はんねん》はあらためて天台の修行の意味をつきつけられたような気がした。

しかし、河内《かわち》で夢のなかにあらわれた聖徳太子の言葉をきいたときから、一度は死んだ身、と感じている。

〈あたらしい命をうるためには、いま、このときしかない〉

そんな気持ちが範宴をかりたてて、「好相行《こうそうぎょう》」にむかわせたのだった。

かならずみ仏《ほとけ》とお会いするのだ、と思いながら、範宴はすでに一心に礼拝《らいはい》しているとはいえない自分に愕然《がくぜん》とした。五体投地《ごたいとうち》をおこないつつ、雑念にとらわれている自分とは、一体なんだろう。そもそも、そういうことを考えること自体が、至心《ししん》に念ずる行《ぎょう》とはかけはなれている。

しかし一点のくもりもない清浄な心の境地など、人間にあるものなのだろうか。もし、そのことが実現したなら、すでに悟《さと》りをえて仏となっているといってよいではないか。

範宴は、妄念《もうねん》をふりはらうように五体投地の動作をはやめた。しかし、意識のなかには次から次へと、さまざまな思いがあふれだしてきて、とどまるところがない。

ふと記憶のなかから、黒い大きな目が浮かんできた。

どろりと深い闇をたたえた二つの目。

それは幼いころ、馬糞《まぐそ》の辻で見た猛牛の目だ。奥のしれない濁《にご》った目の色に、範宴の心はふるえたのだ。無明《むみょう》、という言葉の意味をその目のなかに見たような気がした。そして、その目の色が自分の心の色と同じだと感じて身ぶるいしたのである。

五体投地をくり返していても、体は凍《こお》りつくように冷たい。膝頭《ひざがしら》が虫のなくような音をたてている。歯がカタカタと鳴った。

百回。

二百回。

そして、五百回。

その回数をかぞえているだけで精一杯で、とても深い懺悔《さんげ》の心をたもつことなど無理だった。

膝《ひざ》をまげる。

両方の肘《ひじ》と、額《ひたい》を床につけ、掌《てのひら》を返して仏をおがむ。

無限につづくその動作が、ただのくり返しになったのでは意味がない。五体投地はもっとも丁重《ていちょう》な礼拝の形式であると同時に、ひたむきに仏のすがたを求める行なのだ。

仏《ほとけ》のすがたをありありと目前に見るだけではたりない。仏国土《ぶつこくど》といわれる仏の世界、十方浄土《じつぽうじようど》のかたちを、はっきりと見さだめる必要がある。そこはすべての人びとがすくわれる理想の世界であると教えられている。

範宴《はんねん》は必死で仏と、仏国土のありさまを心に思いえがこうとした。しかし、頭に浮かんでくるのは、これまでに目にした浄土図や、仏典で描かれている世界の引きうつしだけで、すこしも実在感がないのである。

範宴が出会いたいと願っているのは、そのような絵にかいた世界ではない。彼はこれまで比叡山《ひえいざん》で学んだすべての学問を一切《いつさい》なげうって、自分自身の目で本当の仏のすがたを目にしたかったのだ。

〈そもそも、仏とは何なのか?〉

これまで考えてみることもなかった問題を、範宴は自分に問いかけた。もしそんな質問を口にしたら、お山では笑い物にされるだけだっただろう。徹夜の論議《ろんぎ》でとりあげられるのは、仏典や経論《きようろん》のなかの言葉の解釈や意義をあきらかにすることであって、それがすべてだった。

範宴は生来すぐれた記憶力と、読解力にめぐまれている。それは決してうぬぼれではなく、周囲のだれもが認めていることだった。議論をさせれば、勉学専門の学僧《がくそう》たちにもかなう者はいない、と噂されていた。堂僧《どうそう》という、学僧より一段低くみられている立場であっても、範宴はみなに一目《いちもく》おかれていた。

慈円《じえん》がなにくれとなく範宴に目をかけてくれているのも、彼のそのような資質を高く評価していたからだろう。

しかし、いま範宴が必死でさがし求めているのは、仏門という世界できまりきったようにあつかわれている根本《こんぽん》の問題である。

人間はなぜ仏を求めるのか。そこから出発するしかないような気がしているのだった。

〈そもそも仏とは、一体なんであろうか？〉

五体投地《ごたいとうち》をくり返しながら、範宴は必死で自問自答をくり返した。

無我夢中《むがむちゅう》のうちに七日がすぎた。

一日三千回の五体投地は、肉体の限界をこえた苛酷《かこく》な行《ぎょう》だ。一回の礼拝《らいはい》ごとに数をかぞえていたのでは、とても記憶がつづかない。手にかけた数珠《じゅず》をくりながら回数をかぞえる方法もある。しかし、それも三千回となると追いつかない。

範宴は額《ひたい》をおしつける床の上に、二つの鉢《はち》を用意しておいた。師の音覚法印《おんかくほういん》から教えられた方法である。左方の黒い鉢に三百粒の小豆《あずき》を入れておく。五体投地《ごたいとうち》の礼を十回くり返したところで、右の白い鉢へ小豆を一個うつす。黒い鉢のなかの小豆がぜんぶなくなったとき三千回の礼拝がおわる。

一日、二日とそれをくり返すごとに、自然にかぞえなくとも十回の見当がついてきた。数をかぞえることに集中せずとも、一心に仏《ほとけ》と仏国土《ぶつこくど》を念ずることができるのだ。

九日目、体はほとんど自分のものではないような感じだった。慣れてきたわけではないが、三千回に要する時間もやや短くなったような気がする。

一日二回の食事は仲間の堂僧がはこんでくれた。

「見えたか?」

と、十日目に訪れた堂僧がきいた。

「いえ」

範宴《はんねん》はかすかにほほえんで首をふった。

「まだです」

「そうか」

彼が食事の膳《ぜん》をさげて帰っていくとき、ささやくようにいった言葉が、範宴の心にこだまのように尾をひいてひびいた。

「無理はせんことだ。ちらとでも見えたと思えば、それでええんや。潮時《しおどき》をはかって、見たといえば、それでとおる。もし見えなければ、見えるまで行《ぎよう》をつづけにゃならん。半年も一年もな。そのうち死ぬぞ。それに、見えないままに途中で行を投げだせば、お山をおりるのが定《さだ》めや。意地をはるなよ。ええな」

範宴の耳に、その言葉は甘いささやきのようにのこっていた。だが、彼は頭をふって雑念を追いはらい、ふたたび五体投地の行をつづけた。

こうして十日がすぎ、やがて二十日がすぎた。だが、納得のいくような仏のすがたは、いまだに範宴の前にあらわれてはこない。

その日、夕餉《ゆうげ》をはこんできたのは、若い良禅《りようぜん》だった。そのすがたを見て、一瞬、範宴は美しい仏を見たのではないかと錯覚《さつかく》した。

「だいじょうぶですか」

と、良禅は眉をひそめて範宴をみつめた。

「こんなにお痩《や》せになって、まるでちがうお人のように見えます」

良禅は手をのばして、範宴の首すじにふれた。その指先から、甘くかぐわしい香気が全身につたわってくるような気がして、範宴は体を固くした。

「きょうでひと月になります。慈円《じえん》さまも、いたくご心配のようで、わたくしに言《こと》づてをなさいました」

「なんと——」

「仏《ほとけ》のすがたを心から念ずれば、そのすがたが自然に思い浮かぶであろう。それが仏を見たということじゃ。それを見えないと考えることは私心《ししん》にはしること。素直に見えたと納得して、好相行《こうそうぎよう》を終えるがよい、と」

「慈円さまが、そうおっしゃったのか」

「ええ。心にうつった仏のすがたをそのまま語れとおっしゃいました。自分が行の達成を証明してやろう、とも」

「ありがたいことだ」

範宴《はんねん》は思わず目頭《めがしら》が熱くなるのをおぼえた。

「だが、わたしはこのまま行をつづけるつもりだ。慈円さまには、おわびを申しあげておいてくれ」

「なぜ、そのようにかたくなに——」

と、良禅《りようぜん》はやさしい表情で範宴にいった。

「範宴どのは、いったいなにを見ようとなさっているのでしょう。わたくしにはわかりません」

「良禅どの、わたしはそなたをお山で唯一の友と思っている。だから、あえてきくのだが、正直に答えてくれぬか。決して笑ったり、馬鹿にしたりはしないと約束してほしいのだ」

「はい。どんなことでも、正直にお答えします」

範宴はしばらく唇を嚙んでだまっていた。それから思いきってたずねた。

「良禅どの、いったい仏《ほとけ》とはなんなのだ」

「え？」

「仏《ほとけ》といい、仏《ぶつ》という。われらは仏門《ぶつもん》に帰依《きえ》し、仏法《ぶつぽう》を学び、仏道《ぶつどう》をきわめるためにこの比叡《ひえい》のお山に暮らしている。それはわかりきったことだ。だが、しかし——」

眉をひそめるようにして、じっと範宴をみつめる良禅の顔色がかわった。なにかおそろしいものでも見るかのように、おびえた表情である。

「なにをいいだされるのですか」

と、良禅はあとずさりしながら叫ぶようにいった。

「範宴どの、だいじょうぶですか！」

「わたしのことなら心配はいらない。まだ、体もしっかりしているし、気持ちもおとろえてはいない。ただ——」

「失礼します」

良禅《りようぜん》はこわばった動作で身をひるがえし、堂から走りでた。遠ざかっていく足音をききながら、範宴《はんねん》は大きなため息をついた。

〈いまさら、仏《ほとけ》とはなんなのだ、などとたずねたことが、よほど奇妙なことのように思われたのだろう〉

一瞬、つよい眠気《ねむけ》がおとずれてきて、範宴は失神したように床に転がった。底なしの沼に吸いこまれるような眠気だった。

〈眠りこんでしまってはいけない〉

自分にいいきかせても、意識がうすらいでいく。

「範宴——」

どこかで自分の名をよぶ声がきこえた。母親の声のようでもあり、またちがう女の声のようでもあった。大和《やまと》へ旅したときにであったあの若い傀儡女《くぐつめ》の声のようでもある。

「範宴」

と、こんどは男の声がした。はげしく体をゆさぶられて、範宴は目をさました。師の音覚法印《おんかくほういん》の顔が目の前にあった。

「法印さま」

と、範宴はいったつもりだが、声にはならない。彼は頭をふって体をおこした。

「気づいたか。よかった」

音覚法印は範宴の体の下に腕をさし入れて、かかえあげようとした。

「その手を、おはなしください」

範宴は体をよじっていった。

「わたくしは、行《ぎょう》をつづけなければなりません」

「そなた、正気か？」

「はい」

「良禅は、そなたが狂うたというておる」

「いいえ」

範宴は無理に笑顔をつくって答えた。

「わたくしは狂ってはおりません」

「そうか」

音覚法印は、うなずいて範宴の体から手をはなした。

「仏《ほとけ》とはなにか、と、良禅《りょうぜん》にたずねたそうじゃな」

「はい」

「そなたは大変なところに足をふみこもうとしておる。この比叡《ひえい》の山に入って仏門《ぶつもん》の修行をする者たちは、決してそういう疑問をもたないものだ。最初からわかりきったこととして、考えてみようともしない。それがふつうじゃ」

音覚法印《おんかくほういん》は腕組みして、ひとり言のようにつぶやいた。

「正直にいって、このわしもそうであった。長い研学《けんがく》修行のあいだに、ときおりふと、仏とはなにか、と問う声がきこえてきたことがある。しかし――」

自分はその声を無視した、と音覚法印はいった。つきつめた表情だった。

「しかし、そういうとき、わしはわざときこえないふりをして、そんな疑問を頭からふりはらいつつ今日まですごしてきたのだ。なぜかといえば、そのような問いに正面からむきあえば、厄介《やっかい》なことになるような予感があったからじゃ。比叡山の僧が、仏とはなにか、などときけば笑われるだけであろう。良禅ならずとも、狂うたと思いこむ者もおるやもしれぬ」

だが、と音覚法印は言葉をきって、しばらくだまっていた。やがて範宴《はんねん》の肩に手をおくと、おだやかな表情にもどっていった。

「吉水《よしみず》で念仏を説いている法然房《ほうねんぼう》は、念仏をする者は痴愚《ちぐ》になれ、と弟子たちに教えているという。このお山にいたころ、知恵第一の法然房、とうたわれた天下の秀才じゃ。その男が愚者《ぐしゃ》になれとは、どういうことか。たぶん、無学がよい、無智《むち》なほうがよいというておるのではあるまい。どうじゃ」

「そのように思います」

範宴はふだん無口な音覚法印の言葉に、意外な気持ちを抱《いだ》きながらうなずいた。

「わたくしは吉水の草庵《そうあん》で、知恵を捨てよ、と説かれるのをききました。しかし——」

範宴はいま自分の頭のなかが、冬の青空のようにすっきりと澄みわたっているのを感じた。

これまで師の音覚法印とは、ずいぶん長い時間をともにしてきている。しかし、念仏歌唱や、伽陀《かだ》、和讃《わさん》などの技法《ぎほう》を熱心に指導してくれる師ではあったが、これまで、このような話題にはほとんどふれたことがなかった。意識的にそれをさけている気配《けはい》もあったのだ。だが、その日の音覚法印はちがう。まるで青年僧のようにひたむきな視線で範宴をみつめている。

範宴はいった。

「年輪をかさねた大人に、赤子《あかご》のように素直になれといっても、それは無理ではないでしょうか。わたくしも九歳で白河房《しらかわぼう》に入室《にゅうしつ》し、十二歳でこの比叡《ひえい》に入山《にゅうざん》してからの短い歳月ではありますが、必死で経典《きょうてん》を読み、教学をおさめてきたつもりです。まして法然《ほうねん》さまは、はかりしれない学識の持ち主。それをすべて捨てさって愚者《ぐしゃ》になるといわれても、わたくしには納得がまいりませぬ。先日、たった三度で聞法《もんぼう》をやめたのは、そこにつまずいたからでございました。しかし、こうして行《ぎょう》にうちこんでおりますと、しだいに童《わらべ》のような気持ちで自分に問う気持ちが生《しょう》じてきたのです。これまで身につけてきたこと、学んできたこと、当たり前のように信じこんできたことが、ボロボロと古い垢《あか》のようにはげ落ちてきて、目の前に大きな疑問がたちはだかってまいりました。それは——」

範宴《はんねん》はここまで一気にしゃべったあと、ため息とともに小声でつぶやくようにいった。

「仏《ぶつ》といい、仏《ほとけ》という。如来《にょらい》といい、悟《さと》りという。それはいったいなんなのか。そして、なぜこの世には仏が必要なのか。どうして人びとは仏を求めるのか。法印《ほういん》さま、このようなことを考えることは、狂うておるのでございましょうか。わたくしはこれまで仏画や仏像で知っているみ仏のすがたや、細密に描かれた仏国土《ぶっこくど》、浄土《じょうど》のありさまを見たいのではございません。真実のみ仏を知りたいのです」

範宴は思わずはげしい感情がこみあげてくるのをおぼえて、声を高めた。

「わたくしは、いま、これまで知っていることや、学んだことのすべてをなげうって、いちばん根本《こんぽん》のところから考えてみたいのです。そんなことを考えることは、やはり狂っているのでしょうか」

音覚《おんかく》法印は、しずかに首をふった。

「いや、狂うてはおらぬ。ただ――」

範宴は息をとめて師の言葉をまった。しかし、音覚法印は遠くを見るような目つきで範宴から視線をそらし、しばらくなにもいわなかった。

「ただ、なんでございましょうか」

その深い沈黙にたえかねて、範宴がたずねた。

「わたくしはいま、法印さまの申されることをすべて信じる心持ちになっております。どんなことでもおっしゃってくださいませ。この行をつづけよ、といわれれば死ぬまでつづけます。もし、やめよ、といわれるのであれば、ただちにこの堂をでて山をおります。わたくしは、いま、本当のことが知りたいのです。真実の言葉をききたいのでございます。どうぞ、おっしゃってください」

「そなたは狂うてはおらぬ」

音覚法印《おんかくほういん》は静かな声でいった。

「ただ、いまそなたが考えているようなことを、どこまでもつきつめていこうとするなら、そなたはまちがいなく狂うであろう」

音覚法印はなにかいおうとする範宴《はんねん》を手で制して言葉をつづけた。

「真実の仏《ほとけ》に会おうとすれば、当然、なみの覚悟ではできぬ。狂うところまでつきつめてこそ、真実がつかめるのじゃ。しかし、範宴、ここのところをよくきくがよい。狂うてしもうてはだめなのだ。その寸前で引き返す勇気が必要なのじゃ。命をかけるのはよい。だが、命を捨ててはならぬ。法然房《ほうねんぼう》が説いているのは、愚者《ぐしゃ》にかえれ、ということであろう。狂者になれというておるのではない。そなたはこれまで学んできたことをすべて忘れて、仏とはなにか、と問うておる。その答えは一生かかってさがすしかあるまい。そのことを覚悟できたら、この行《ぎょう》を試《こころ》みた意味は十分にある。よいか、そなたは見えぬ仏という大きな仏と出会ったのじゃ。そなたの行は成《な》った。ただいま、この音覚がしかと見とどけた。さあ、わしの腕につかまれ。ここをでるのじゃ」

「しかし——」

と、師にあらがう声は、声にならなかった。そのとき範宴は、目の前に白いかがやくような空間があらわれて、一瞬、気が遠くなるような感覚をおぼえた。その白い空間になにかが見える。それはこれまでに見たことのない光の束《たば》のようでもあり、巨大な渦のようでもあった。範宴は自分がなにか叫んだような気がした。しかし範宴の意識は、そのとき突然、とだえた。

音覚法印の腕のなかで気を失ってしまったあとのことを、範宴はほとんどおぼえていない。良禅《りようぜん》が語ってくれたところでは、七日あまり高熱を発して、もだえ苦しみながらふせっていたらしい。そのあいだ、まったく食もとらず、わずかな水を吸いこむだけだったという。

「死なれるのではないか、と思いました」

と、範宴の首から肩にかけて巧《たく》みに水で拭《ふ》きながら、良禅はため息をついた。

「みなに迷惑をかけてしまった」

と、範宴はつぶやいた。

「法印さまも、さぞかしがっかりなさっておられることだろう。行の途中でたおれてしまうとは、情《なさ》けないことだ。こうなれば、わたしはお山をおりるしか道はあるまい」

「いいえ」

良禅《りようぜん》はかすかな笑みを浮かべていった。

「法印《ほういん》さまが、範宴《はんねん》どのはたしかに好相《こうそう》をえた、と慈円《じえん》さまにお知らせになりました。慈円さまもおよろこびで、音覚《おんかく》どのはよき弟子にめぐまれた、とおほめくださったとか。仲間の堂僧《どうそう》たちもそれを聞いて、みな感じいっております」

範宴は思わず叫んだ。

「わたしが、好相をえた、だと？　み仏《ほとけ》のすがたに出会い、仏国土《ぶつこくど》を見たといわれておるのか」

「はい。自分がたしかに確証《かくしよう》をえた、と法印さまはみなにおっしゃっておられます。気を失われる寸前、範宴どのは法印さまの問いに、あえぎながらも、つぶやくように答えられたとか。それがまさしく好相をえたしるしであったと」

範宴は体をおこしてなにかいおうとしたが、思うようにいかなかった。彼はとぎれとぎれにいった。

「わたしは——。み仏を見た、などとは申しておらぬ。それは法印さまの思いちがいであろう」

「なにをおっしゃいます」

良禅はかたちのいい唇をきゅっと嚙みしめると、範宴をにらみつけた。

「音覚法印さまが、そうはっきりとみなに申されたのですよ。範宴は立派に好相をえた、見事に行《ぎょう》をなしとげたと。そう知らされた慈円さまも、感じいっておられました。弟子が立派に好相行をなしとげたことで、これまでお山では目立たなかった音覚法印さままで、周囲の見る目がちがってきておりますのに。師に恥をかかせるおつもりなら、わたしが許しません」

「しかし――」

自分ははっきりとみ仏のすがたを見てはいないのだ、と、範宴はいいかけて口をつぐんだ。

どこからか念仏の声がながれてくる。ふたたび気が遠くなるような感覚のなかに、範宴は身をゆだねた。

良禅の心のこもった世話のおかげで、範宴はまもなく体調をとりもどした。

仲間の堂僧たちは、範宴を見ると、どこか畏敬《いけい》の念をこめたまなざしでうなずく。それはひたむきな好相行をなしとげて、真の仏を見た者に対するまなざしである。そんな場面で、範宴は思わず地面に体を投げだして、大声で叫びたい気持ちにかられるのだった。

〈ちがうのです。わたしは行《ぎょう》をなしとげてはいません。真実の仏《ほとけ》には、ついに出会えなかったのです〉

範宴《はんねん》は以前よりさらに寡黙《かもく》になった。好意をもってみつめる仲間の視線の一つひとつが、鋭《するど》い矢となって範宴の体をさしつらぬくのである。それは彼にとってたえがたい苦しみだった。

〈自分は人びとを偽《いつわ》っている。見てもいないみ仏を見たと賞讃《しょうさん》されて黙っているのは、行に失敗するより、はるかに恥ずかしいことだ。嘘をつきながら生きていくくらいなら、あのとき死ねばよかったのだ〉

熱もさがり、体力も回復して、ふだんの仕事にもどったのちも、範宴の心には深い傷あとがのこった。夜中に何度も目がさめることがある。胸がうずき、大声で叫びだしたくなってくる。

範宴はうまれてはじめて身もだえするような自責の念にさいなまれた。それは体の奥底から肉を裂き、臓腑《ぞうふ》をえぐるような苦痛だった。

そんなとき、範宴は疲れた体をひきずるようにして、暗い夜の谷間の闇にわけ入った。

「わたしは人を偽って生きているのだ!」

と、彼はけもののように闇にほえた。

「わたしは嘘つきだ！　自分をだまし、人をだまし、み仏までをだましている！」

いっそ崖《がけ》の上から谷底に身を投げだしたい誘惑《ゆうわく》にかられる。しかし、それではあまりにも自分を甘やかしているのではないか。自分には生きながら地獄におちることこそふさわしい。それしかない。

そう思ううち、ふと手のなかに固くにぎりしめているものに気づくことがあった。伯父の家をでるときに、犬丸から托《たく》された小さな石ころである。それはツブテの弥七《やしち》が、別れに贈ってくれた印地《いんじ》の石だ。

〈わしらはみな地獄にいくつもりで生きているんや。悪人や。河原の石ころみたいなもんやないか〉

犬丸の顔が、サヨの声が、そして弟たちの責《せ》めるような顔が、浮かんでは消える。

黒々と口をひらく谷底を見おろしながら、範宴は体をもみしだきつつ嗚咽《おえつ》した。

六角堂への道

雲母坂《きららざか》の途中までくると、良禅《りょうぜん》は足をとめて範宴《はんねん》をみつめた。夕闇のなか、きびしい寒気に白い頬が桃色に染まっている。

「これだけ申しても、お気が変わらないのなら、しかたがありませんね」

範宴はうなずいて良禅にいった。

「すまぬ。音覚法印《おんかくほういん》さまのお許しがでないときは、すべてを捨てて山をおりようとまで覚悟していたのだ。許してくれ」

範宴は良禅に頭をさげながら、二人のあいだに流れた歳月を思った。かつては美しい少年だった良禅が、すでに二十五歳の凜々《りり》しい青年僧となっている。いまだに常行堂《じょうぎょうどう》の堂僧《どうそう》にすぎない範宴とくらべて、叡山《えいざん》での身分もはるかに高い。

「六角堂に百日の参籠《さんろう》をなさりたいと申しでられたことは、慈円《じえん》さまのお耳にも達しているはずでございますが、そのことについては、わたしにも何もおっしゃいません。しかし、かなりご不興《ふきよう》のようにも思われますが」

「申しわけないことだと思う」

いちど天台座主《ざす》の地位を退いた慈円《じえん》は、いまふたたび比叡山《ひえいざん》にもどって座主となっている。九歳で白河房《しらかわぼう》に入室《にゆうしつ》した日からきょうまで、二十年あまりにわたって範宴のことを気にかけてくれていた慈円だが、どこかでいつも行きちがうところがあった。

慈円は最初、範宴に自分の専門である天台密教《みつきよう》を学ばせようと思ったらしい。しかし、範宴は堂僧として念仏行《ねんぶつぎよう》に専念する道を選んだ。円仁《えんにん》、源信《げんしん》とつづく横川《よかわ》の伝統に、つよく惹《ひ》かれるところがあったからである。

十九歳のとき、好相行《こうそうぎよう》を終えたと承認された際も、そうだった。横川をはなれて十二年の籠山行《ろうざんぎよう》にはいるようにいわれたのだが、範宴はそれを受けなかった。一介《いつかい》の堂僧のまま横川で学びたかったのである。

そして二十九歳のきょうまで、範宴はさまざまなことを体験してきた。回峰行《かいほうぎよう》や、常行三昧《じようぎようざんまい》の行《ぎよう》もおこなった。数々の書に触れ、音覚法印からは古い楽曲から新しい和讃《わさん》までを口うつしで教えられた。しかし、堂僧という身分はずっとそのままで、そのことを彼はありがたく思っていたのである。僧として出世栄達《えいたつ》の道が用意されている学生《がくしよう》たちと、比叡山の実力派である堂衆《どうしゆう》たちとの対立から離れた場所で彼は自分の道をもとめていたのだ。

「では、わたしはこれで」

良禅《りょうぜん》はさびしそうな表情で頭をさげると、雪の残る道をもどっていった。

あたりは暗い。

六角堂への道を、範宴《はんねん》はとぶように歩いていた。もともとの健脚にくわえて、これまで幾度となく試《こころ》みてきた回峰巡拝《かいほうじゅんぱい》の行《ぎょう》のおかげで、なみの人の何倍もはやく歩く力が身についている。

かつて比叡山《ひえいざん》には、ひとつの伝説があった。それは、

「風の行者《ぎょうじゃ》」

とよばれる幻《まぼろし》の行者の言い伝えである。回峰行の行者が、ふと背後からの足音に気づくと、あっというまに脇《わき》を追いこしていく白衣《びゃくえ》の行者がいたという。心身をすりへらす苛《か》酷《こく》な行から生《しょう》ずる幻覚かもしれない。しかし、そんな白衣の行者に会ったという僧は、実際にいる。

「まるで一陣《いちじん》の風のようであった」

と、その信じられない脚《あし》のはやさを語る行者の口ぶりには、憧《あこが》れと怖《おそ》れの気配《けはい》があ

った。

範宴がこれまでにおこなってきたのは、古式にのっとった回峰行ではない。三塔十六谷《さんとうじゅうろくだに》とよばれる比叡の山道を駆け、諸仏・諸神を巡拝するみずからさだめた行である。

日中、堂僧としての仕事をこなし、歌唱《かしょう》・典礼《てんれい》の稽古《けいこ》を終えたあと自分に課した行だった。夜半、ひたすらに峰を走り、谷を登り降りする。空が白《しら》む前に寝所にもどり、わずかな仮眠をとる。夜明けには起きて、常行堂《じょうぎょうどう》の仕事にかかる。九十日をひと区切りとして、それを毎年一度ずつ、くり返しおこなってきたのだ。風の行者とまではいかずとも、もし途中でそんな範宴とであった者がいれば、天狗《てんぐ》か怪物《かいぶつ》と思ったことだろう。

〈歩くのも行《ぎょう》だ〉

と範宴は考えていた。気持ちを集中してひたすら歩いていると、やがて空をとんでいるかのような感覚がおとずれてくることがある。歩くのでもなく、走るのでもない。足もとは見ない。はるかかなたの闇の一点をめざして、ただひたすらに駆けるのだ。念仏を心にとなえながら、歩くことに没頭する。ときには目を閉じていることもあった。

六角堂への百日参籠《さんろう》。

本堂のかたちが六角形をしているところから六角堂とよばれたその寺は、当時、紫《し》雲山頂法寺《うんざんちょうほうじ》としてひろく庶民《しょみん》の信仰をあつめていた。範宴《はんねん》はいま、その都《みやこ》の寺へむかっている。

夜の都大路《みやこおおじ》には、人影がない。土塀《どべい》の陰《かげ》に打ちふした無宿《むしゅく》の者たちや、ときおり足音をひそめて道をゆく怪《あや》しげな男たちのすがたを目にするだけだ。追い剝《は》ぎや、物とり強盗などの賊《ぞく》が大手をふって横行する世の中である。見張りのいない寺や役所にまで立ち入って、内部を荒らしたり、材木を盗む者たちも跡を絶たないという。

町はすでに眠りについていた。

六角堂へむけて足をはやめる範宴の心に、数日前の夜明けに見たふしぎな夢の記憶が点滅する。その夢にあらわれたのは、十年も前に磯長《しなが》の聖徳太子の廟所《びょうしょ》で、一瞬、幻《まぼろし》のようにおとずれてきたときと同じ人物のうしろ姿だった。

夢のなかでその人の声がきこえた。

〈いま、まさに汝《なんじ》の人生は終わった。新しい命を求めるならば、私のところへくるがよい——〉

その声の主が、聖徳太子の幻であることを範宴は疑わなかった。

〈人は目にうつるすべてを見るのではない〉

と、範宴は考えている。外界のさまざまな現象のなかで、人は自分が期待するものを選んで見ているのだ。夢にあらわれたのは、自分の心の深いところにある真の自分の望みだろう。その人のすがたを、その声を、自分は激しく求めているにちがいない。

九歳で仏門《ぶつもん》にはいったときは、比叡山《ひえいざん》に無邪気な憧《あこが》れだけを抱《いだ》いていた。すべての知識の宝蔵《ほうぞう》であり、無限の将来がそこにあるようにまぶしく感じられていたのだ。

豊かな勉学の日々と、厳しい修行にひたすら打ちこむお山の生活。

幼い彼の胸は、そんな未来への期待でふくれあがっていた。生来、学ぶことは大好きだった。それにもまして、彼の心には未知の体験への期待があふれ返っていたのだ。

やがて比叡山にのぼり、横川《よかわ》できょうまですごした。

そこで体験したすべてのことを、範宴はいま深い感慨《かんがい》とともにふり返る。

山深い聖域《せいいき》にも俗世間の風が吹いていることなどには、彼はそれほど驚いたりはしなかった。幼いころから他家にすがる暮らしのなかで、世間というもののありようはおおよそ察している。いまにして思えば、自分は最初から、比叡山になにかちがうものを求めてやってきたのではなかったか。

夢のなかできいた聖徳太子の声を、範宴《はんねん》はくり返し考えた。

〈私のところへくるがよい——〉

とは、どういう意味だろう。太子が夢のなかにあらわれたということは、自分自身が心のいちばん深いところで、その人をつよく思慕《しぼ》しているということだ。

なぜ自分が聖徳太子を憧《あこが》れるのか。

ひとつは、この国に仏《ほとけ》の道というものを根づかせようと、大きな働きをした人だからだ。

もうひとつある。

それは、聖徳太子が高貴な身分であるにもかかわらず、自分が学んだ技《わざ》や知識を巷《ちまた》の職人、渡来人《とらいじん》、庶民《しょみん》たちに身をもって教えた人だからである。

範宴はつねに物事の第一歩から考えつづけてきた。仏の前には、すべての人間が平等であるというのが、仏法《ぶっぽう》の根本《こんぽん》だと思っている。そんな範宴の目から見れば、朝廷からあたえられた僧侶《そうりょ》の身分や階級は、とるにたらない世間の約束ごとのひとつにすぎない。

学生《がくしょう》、堂衆《どうしゅう》、堂僧《どうそう》などという立場の差なども、彼にとってはさして気にするほどのものではなかった。名門の子弟が、荘園《しょうえん》や領地などを手土産にして入山《にゅうざん》し、めざましい出世栄達《えいたつ》の道をあゆんだとしても、それがいったいなんだというのか。

天台の聖地である比叡山《ひえいざん》の俗化を歎《なげ》く声が少なくないことは範宴も知ってはいた。しかし、聖なるものも、かならず変わってゆく。そして俗化しつつも、そのなかで円仁《えんにん》や源信《げんしん》などの志《こころざし》は、いまも生きつづけているではないか。天台座主《ざす》をめぐる対立や、山門《さんもん》・寺門《じもん》の争いなど、範宴の心には関係のないことだった。

慈円《じえん》に目をかけられながらも、みずから慈円にちかづこうとせずにきたのもそのせいである。比叡に入山した日からまもなく、範宴はすでに山にいながら心は山をはなれていたのかもしれない。夢のなかで、私のところへこい、という言葉をきいた。

〈私のところ〉

とは、どこだろう、と夢からさめたときに考えた。磯長《しなが》の太子廟《びょう》だろうか。それとも、法隆寺《ほうりゅうじ》か。四天王寺か。

〈六角堂だ〉

と、範宴は思った。南都《なんと》北嶺《ほくれい》の名刹《めいさつ》・大寺《だいじ》とちがって、六角堂は巷の庶民たちの集《つど》う寺として知られていた。そこへこい、とあの太子はいわれたのだと彼は直観した。

六角堂での百日参籠《さんろう》を師の音覚法印《おんかくほういん》に申しでたとき、範宴はある覚悟をきめていた。

「六角堂に、百日の参籠《さんろう》をするというのか」

と、法印《ほういん》はおどろいた表情でいった。

「はい。どうぞ、お許しくださいませ」

「うーむ」

音覚《おんかく》法印は唇を一文字にむすんだまま、しばらくなにもいわなかった。

「お願いでございます」

範宴《はんねん》は手をついて頭をさげた。もし、だめだといわれたときには、横川《よかわ》を去るしかない。そして、いまはそのことに悔《く》いはなかった。叡山《えいざん》に暮らして年功《ねんこう》を積《つ》み、少しでも僧侶《そうりょ》としての出世の階段をのぼっていこう、などとはすでに考えてはいない。

厳しい修行に身を投じて、真の自分とはなにか、本当の仏《ほとけ》とはなにかを問《と》いつづける日々にも、すでに限界を感じていた。いまはせまい場所にとじこもって、堂々《どうどう》めぐりをしているような心境だった。周囲をおどろかせるような難行《なんぎょう》、苦行《くぎょう》に何度いどんでも、いっこうに新しい世界がひらけてこない。要するに、範宴はいきづまっていたのだ。そんな日常が耐えられなくなってきていたとき、夢のなかで太子の声をきいたのである。

「そなたは素直なようでいて、じつはひどく頑固《がんこ》なところがある。それはわかっていた」

　と、音覚法印はいった。

「それもとびきりの頑固者じゃ」

「自分でもそう思います」

「慈円《じえん》さまも首をかしげておられた。前に慈円さまが、ご自分の手でそなたに戒《かい》をさずけようとおっしゃったときにも、そなたはありがたくそれを受けなかったのう」

「申しわけございませぬ」

「この百日参籠のことを、わしが許さなかったなら、そなたはきっと山をおりて町の聖《ひじり》となるであろう。その目を見ればわかる。狂うてはおらぬが、つきつめた目の色じゃ。しかし、そうはさせたくない。わしはそなたを、この叡山にとどめておきたいのじゃ」

「なぜでございますか」

「心ある僧が、みなつぎつぎと隠遁《いんとん》したり、お山をおりたりすれば、叡山はどうなる？　慈円さまも、そこを憂《うれ》えておられるのであろう」

　音覚法印は、大きなため息をついて腕を組み、よかろう、といった。

「わしの一存《いちぞん》で認めよう。ただし、山をおりて六角堂にこもることは許さぬ。百日のあいだ、この横川《よかわ》から通うがよい。夜明け前にはかならず帰山《きざん》せよ。これは大変な苦行《くぎょう》だぞ。やれるか」

「百日、ここから六角堂に通います。回峰行《かいほうぎょう》と思えば、辛《つら》くはありません。もし途中で倒れれば、命を絶ちます。ぜひお許しくださいませ」

「よし。慈円《じえん》さまには、わしから話をしておく」

音覚法印《おんかくほういん》は、じっと範宴《はんねん》の目をみつめて、ささやくようにきいた。

「それにしても、なぜだ？　なぜ、そなたはそこまで思いつめるのじゃ」

「わたくしは――」

範宴は目をふせて、ひとり言のようにつぶやいた。これほど素直な気持ちで師とむきあったことはなかった。

「わたくしは、いま迷っております。さまざまな書を読み、経《きょう》を写《うつ》しても、なぜか素直に理解できません。どんなに心をこめて行《ぎょう》にはげんでも、雲のように邪念《じゃねん》がわいてまいります。自分には仏心《ぶっしん》の種子《たね》がないのではないかと、夜ごと、思わぬ日はありませぬ。常行三昧《じょうぎょうざんまい》の行をつとめながら、心にうかぶのは、みだらな男女の愛欲の情景であり、酒に狂う父の姿、泣きふす母の姿、そして伯父の家に置き去りにしてきた弟たちの顔です。み仏《ほとけ》に会うことはできず、おのれの実体《じったい》も見えませぬ。法印さま、範宴はいま、横川の闇よりも暗い無明《むみょう》の谷底にいるのです。それでいながら周囲からは、わたくしはさも神妙《しんみょう》な堂僧《どうそう》のように見られております。経論釈《きょうろんじゃく》をめぐる議論でも一度も負けたことがありませぬ。念仏や和讃《わさん》をうたえば、さすが法印さま面授《めんじゅ》の高弟《こうてい》とほめられたりもいたします。もし、これを偽善《ぎぜん》と申すのなら、いまのわたくしは偽善のかたまりでございましょう。わたくしは、そんな自分が許せませぬ。いっそ六角堂への道の途中で行き倒れて、世を去ったほうがどれほどよいことか。法印さま、いまわたくしは自分のすべてを投げすてるつもりで六角堂への参籠《さんろう》を申しでているのでございます。なにとぞ、なにとぞ――」

わかった、もうよい、と音覚法印はいった。

「そなたの顔を見ていると、若いころの自分を思わずにはおれぬ。わしも同じ悩みで狂う寸前までいったことがあった。だが、わしが選んだのは、隠遁《いんとん》するかわりに歌《うた》うことじゃった。まあ、よい。六角堂への道は遠いぞ。倒れてはなにもできぬ。自分をいとうて歩め。よいな」

そのときの会話を思いだすと、胸に熱くこみあげてくるものがある。

やがて六角堂の屋根が黒々と夜のなかに見えてきた。

六角堂にちかづくにつれ、あたりの様子が変わってきた。夜のなかに、ふしぎな活気がわき返っているのだ。範宴《はんねん》は足をとめて、あたりを眺めまわした。人びとの影が、ゆれる光のなかに黒々と浮かびあがる。

六角堂をかこんで、商家や町の人びとの住居が立ちならんでいる。道のあちこちにうずくまっているすがたがある。男もいる。なかには女と見える影もあった。

寺の建物と周囲の家並《やな》みとのあいだに、はっきりとした区別がない。本堂のすぐ横には、粗末な板張りの小屋があり、薄暗い灯《あか》りのなかに数十人の男たちが寝そべっている。よく見ると女もいた。そのかたわらに、大きな釜《かま》がすえられ、有髪《うはつ》でありながら袈裟《けさ》をつけたひげ面《づら》の男が、椀《わん》をもってならぶ者たちに粥《かゆ》をあたえている。物乞《ものご》いの家族たちが寺の軒下《のきした》にうずくまっている。筵《むしろ》をかぶって回廊にふせっているすがたも見える。本堂からは経《きょう》を唱和する声がながれてくる。

それらのざわめきをよそに、合掌《がっしょう》しつつ頭《こうべ》をたれている参籠者《さんろうしゃ》もいた。大半は浮浪《ふろう》の者と思われる貧しい人びとだが、なかには供《とも》をつれた身分の高そうな老人の姿もあった。

範宴はそんな雑然とした寺の一角に身をおいて、ふしぎに心が落ち着くのを感じた。聖徳太子ゆかりの寺というのは、こうであって当然だ、と思ったのだった。

〈これから百日、ここへ通うのだ〉

参籠というのは、斎戒《さいかい》、沐浴《もくよく》して、清《きよ》らかな場所で祈るのだと思っていた。これまで訪れたいくつかの聖地はそうだった。

だが、六角堂に集《つど》う人びとは、世間から余計者あつかいされているあわれな者たちばかりである。朝廷や貴族たちの催《もよお》す盛大な法会《ほうえ》とは、まったくちがう光景がここにはあった。

本来、寺はこうでなければならぬ、と範宴は思う。貧しき者、弱き者、病める者、よるべなき者たちのためにこそ寺はあるのではないか。

読経《どくきょう》の響きにまじって、赤子《あかご》の泣く声もきこえる。だれがうたうのか法文歌《ほうもんか》の節《ふし》もながれてくる。さて、自分はどこに場所をさだめようか。

ため息をついてあたりを眺める範宴の肩を、ぶあつい男の手がたたいた。

「ひさしぶりだのう。範宴」

範宴はその声の主《ぬし》をふり返って、おどろきの声をあげた。そこにいたのは、法螺房《ほうらぼう》弁才《べんさい》だった。

「これは法螺房どの。まことにおひさしぶりでございます。このようなところでお目にかかるとは」

「いや、なつかしい。どうもそれらしきすがたと、さきほどから遠目《とおめ》に見ておったのだが、やはりタダノリ、いや、範宴《はんねん》であったか」

「白河房《しらかわぼう》の書庫でお話をうかがって以来でございます」

範宴は思わず法螺房《ほうらぼう》の手をにぎりしめ、まじまじと彼の様子をながめた。

あいかわらずぼろぼろの黒衣《こくえ》をまとい、汚《よご》れた袈裟《けさ》をかけている。あくのつよい顔立ちは変わらないが、さすがに歳月は法螺房の顔に深いしわをきざんでいた。白い眉毛が長くのびてたれさがっているのが、どこか物語《ものがたり》にでてくる仙人のような気配《けはい》をただよわせている。腰にさげた法螺貝《ほらがい》も、心なしか薄汚れて見えた。

「法螺房どのは、ここでなにを――」

「それはこちらが聞きたいことじゃ」

「じつは、今夜から百日のあいだ、毎夜この六角堂にこもることにいたしました。しかし、この寺がこれほどにぎやかな場所だとは、思ってもみませんでした。さて、自分はどこにこもろうかと、とほうにくれていたところでございます」

「百日参籠《さんろう》か。して、この寺にずっとこもるのか。それとも、山から通うのか」

「毎夜、山から駆けて通います」

「それは大事《おおごと》じゃ」

法螺房は首をふって、あたりを見回した。

「このところ都《みやこ》に流行《はや》るものは、今様《いまよう》に参籠じゃ。商人《あきんど》も職人も、貴人《きじん》も女房がたも、やれ熊野だ、やれ石山だと、瑞祥《ずいしょう》や夢告《ゆめつ》げをもとめて参籠する。それを目当てに遊芸人《ゆうげいにん》もあつまる。物乞《ものご》いもくる。霊験《れいげん》をもとめてくる病者《びょうしゃ》も多い。まるで寺というより市《いち》のようなにぎわいじゃ。ことにこの六角堂は都のヘソのような場所。夜中までこのように人でごった返しておる。そのような寺で参籠とは、またご苦労なことじゃのう」

法螺房はじっと範宴をみつめて、かすかにほほえんだ。

「さては範宴、叡山《えいざん》のありさまに愛想《あいそ》をつかしたか。それとも、深い悩みでもかかえておるのか。見たところ、ちとやつれているようじゃな」

「道に迷うております」

と、範宴はいった。

「しかし、そのことよりも、法螺房どのはここでなにを？」

「施療所《せりょうじょ》をひらいておる」

「ははあ、病者の手当てをなさっておられるのですか」

「そうじゃ」

法螺房はうなずいて、

「わしは叡山《えいざん》におったころ、見よう見まねで医方《いほう》を学んだ。ことに薬草・漢方についてはいささか自信がある。山野に自生する草木《そうもく》を採《と》ってきて、これを加工し調合するのは、お山での重要な仕事じゃった。薬がきかぬ場合は、祈禱《きとう》でなおす。山をおりてからは、それで食うてきた。しかし、六十歳をすぎてからは、柄《がら》にもなく、世のため人のためという気持ちがわいてきてのう。この数年は、あちこちの寺に施療所をつくって、病者の相手をして暮らしておるのじゃ。いや、施療所というても、屋根もない板囲《いたがこ》いの土間で薬草を煎《せん》じたり、鍼灸《はりきゅう》をほどこしたりするだけのことだが」

「ご立派なことをなさっておられます。それも尊い菩薩行《ぼさつぎょう》でございましょう」

「いや、いや、そんな大したことではない。うまれつきこういう俗っぽい場所が性《しょう》に合《お》うておるというだけのことよ」

そのとき、一人の童《わらべ》が駆けよってきた。

「法螺房《ほうらぼう》さま、またあの子が母親につれられてきました。どうしましょう」

「あの子とは？」

「ほら、背中に化けもののような大きなできものができた、あの子です」

「おう、あの子か。すぐにいく。範宴《はんねん》、いっしょにくるか」

「はい」

本堂の裏手に板囲いの小屋があった。屋根はないが、土の上に筵《むしろ》がしいてある。髪をふり乱した貧しい身なりの中年の女が、五、六歳と見える男の子をかき抱《いだ》くようにして泣いていた。

「どうした？」

「これを見ておくれ」

と、女は顔をひきつらせて叫んだ。男の子の背中は赤黒く腫《は》れあがって、いちじくの実のような巨大なできものが口をひらいている。黄色い膿《うみ》の山がはじけて噴きだしそうだ。範宴は思わず目をそらせた。

「なんや、これ！」

「気持ちわるいのう」

まわりに物見高い群衆があつまってくる。

「散れ！　見世物ではない！」

法螺房が大声で叱咤《しった》するが、逆に広場のあちこちから続々と人がむらがってきた。

「なんちゅうすごい腫れものじゃ。赤子《あかご》の頭ほどあるわい」

「あっ！」

と、人垣から首をつきだしてのぞきこんでいる鉢叩《はちたた》き芸人の一人が叫んだ。

「見てみい！　あのできものは、人の顔をしてるやないか。ほれ、ときどきここにやってくる黒い面をつけた法師《ほうし》、その面の顔だちにそっくりや。見てみい」

群衆のあいだにどよめきがおこった。

「母ちゃん、おまえさん、あの黒面《こくめん》法師になんぞ怨《うら》みでももたれたことがあるんやないか。あいつは夜中に町の子をさらって腹を割き、その胆《きも》を煎《せん》じて飲むという。そいつに呪《のろ》われたら、化けものみたいな腫《は》れものができるっちゅう噂や。あの後白河法皇《ごしらかわほうおう》さまも、亡くなられる前は、こんなふうな腫れものが背中にできて苦しまれたとか」

「うちにはそんな怪《あや》しい法師など関係あらへん。そやけど――」

と、髪をふり乱した母親は、視線を宙にさまよわせた。

「そういえば、前に黒い面をつけた乞食《こつじき》法師が、托鉢《たくはつ》にやってきたとき、忙しかったので石を投げて追い返したことがありました。お坊さま、たのみます。ありがたい法《ほう》力《りき》のあるご祈祷《きとう》をして、その黒面法師とやらの呪いを払《はら》ってくださいませ。これ、このとおりお願いや」

地面に額《ひたい》をこすりつけて、母親は動物のような声で号泣した。

「おう、できものが動いとる！」

牛飼童《うしかいわらわ》と見える一人の男が叫んだ。たしかに子供の背中の紫色の腫れものが、唇をゆがめてニヤリと笑っているように見える。黄色い膿《うみ》が盛りあがってきて、いまにも噴きこぼれそうだ。異臭があたりにむっとただよう。

人垣のうしろから、身分の高い参籠者《さんろうしゃ》と思われる供《とも》をつれた男女数人が、扇子《せんす》をひろげ、その骨のすきまから怪《あや》しいものを見るようにこわごわのぞいている。

「よし。範宴《はんねん》。おぬしがやってみろ」

と、法螺房《ほうらぼう》が範宴の肩に手をかけていった。範宴はおどろいて法螺房をふり返った。そして口ごもっていった。

「わたしが？　でも、わたしにはなんの知識もありませぬ。一応、医方《いほう》はかじりましたが、こんな難病ははじめて見ました。それに加持祈禱《かじ》の修法《しゆほう》は苦手でございました。さりとて念仏で、この奇怪《きかい》な腫れものがなおったりするでしょうか」

「よいか、仏《ほとけ》の教えとは、そも、何であるのか。目の前の苦しむ者、痛みをかかえた者にそっぽをむいていて悟《さと》りがえられるのか。僧はよく、心を救うのが仏法《ぶつぽう》だという。しかし、人は心身一如《いちによ》。この子の苦しみ、母親の悲しみを救うには、いま、このとき、この腫れものを退治することだ。ここで経論《きようろん》をのべたてたところでどうなる。さあ、どうする？」

「お山では、できものの治療は学びませんでした。どのようにすればよいか、お教えください」

「よし」

法螺房《ほうらぼう》は、子供の背中に瘤《こぶ》のようにふくれあがったできものの裾野《すその》を、指先でゆっくりとさわった。あつまってきた弥次馬《やじうま》連中は、かたずをのんで法螺房と範宴《はんねん》のやりとりを眺めている。

「この腫《は》れものは、黒面法師《こくめんほうし》とやらの呪《のろ》いではない。だから加持祈禱《かじきとう》ではなおらぬ。まず、この体の奥にまであふれている膿《うみ》をのぞくことだ。すると、その肉の奥にひそんでいるできものの芯《しん》が見える。さあ、範宴、この膿をとりさるがよい」

法螺房に命《めい》じられて、範宴はとまどった。

じくじくとあふれだす黄色い膿。

その下に紫色のザクロの実のように口をひらいた肉が見える。いったいどうすれば、それをぬぐいさることができるのか。

「だれぞ汚《よご》れていない布をもっておらぬか」

範宴はとりかこんでいる人びとに声をかけた。

みな黙りこんで顔を見合わせている。そのとき遠慮がちに、列のうしろの扇子《せんす》で顔をおおった女性《にょしょう》の一人が、白い絹の手巾《しゅきん》をひらりと投げてよこした。群衆がざわめく。

範宴は勇気をふるいおこして子供を抱きかかえ、手巾で慎重に腫れものの周囲をぬぐった。

「なにをやっておる！」

法螺房の叱声《しっせい》がとんだ。

「こうやるのだ、よく見ておけ」

子供を両手でかかえると、法螺房はいきなりその背中に食《く》らいついた。

まわりの人垣からどよめきがおこる。

法螺房は、子供の背に食らいついたのではなかった。紫色にふくれあがり、活火山のように赤い裂け目の見える巨大な腫れものに、その口をあてて吸いついたのだ。すするような奇妙な音をたてて、膿を吸っている。一口吸ってぺっと地面に吐きすてると、黄色い水たまりができた。

子供はふしぎなことにじっとしている。目をほそめて、おとなしくされるがままになっているのだ。法螺房はちゅうちゅうと音をたてて、くり返し膿を吸いだした。

「よし。これで腫れはとれた」

法螺房はいった。

「だが、それだけではだめだ。このできものの奥の肉のあいだに、腫《は》れものの芯《しん》が隠れておる。たぶん小指の先ぐらいの肉の芽だ。そいつを吸いだしてしまえば、二度とこの子に腫れものはできない。どうだ、範宴《はんねん》、やってみるか」

範宴はごくりと唾《つば》をのみこんだ。膿が吸いとられた赤黒い裂け目は、まるで生きものの顔のようにうごめいている。吐《は》き気がこみあげてきた。周囲の視線が痛いほどにそそがれている。

さっき手巾《しゅきん》をわたしてくれた女性《にょしょう》は、まっすぐに範宴をみつめていた。目が大きく、清《きよ》らかな顔だちの若い女性だった。身分の高い家につとめて、行儀見習いにでもはげんでいるような姿の女である。

その黒い情熱的な目が、燃えるように範宴にそそがれている。

「どうした。比叡山《ひえいざん》の修行と勉学は、そなたになにを教えたのだ。この六角堂に百日の参籠《さんろう》だと？　斎戒沐浴《さいかいもくよく》して本堂にこもるだけが参籠ではない。ここにあつまってお るあわれな衆生《しゅじょう》は、みな仏《ほとけ》のみ光を求めておるのじゃ。救世《くせ》観音《かんのん》に祈るより、この子の腫れものを吸いだすことのほうが、よほど仏の心にかのうておる。どうじゃ」

範宴はまばたきもせず、まっすぐ自分をみつめる女性をみつめた。そして、小さくうなずいた。

「では――」

と、範宴は法螺房《ほうらぼう》とかわって、子供の背中とむきあった。異臭が鼻をつく。範宴は目をとじて、ぎゅっと子供の背中に口を押しつけた。異様な味が口中にひろがった。

唇にぐにゃりと肉の感触がある。意を決《けっ》して舌の先でさぐると、裂け目の奥に、なにか尖《とが》った固いものがふれた。

「どうだ。芯がわかるか」

「わかります。ちょっと尖った小指のようなものが――」

「それだ。それが腫れものの芯だ。そいつを吸いだせ。口先で吸ってもとれぬぞ。臍《せい》下丹田《かたんでん》に力をこめて腹から吸うのじゃ。竜が滝の水を吸いあげるように、できものの芯をわが腹中におさめるように精神統一して吸え。口先でなく、全身で吸う。汚《よご》れたわが身を懺悔《さんげ》し、仏の甘露《かんろ》と信じて吸え。それができなければ、すぐこの六角堂を去れ。仏縁なき者よ、と聖徳太子がお笑いになるだろう」

範宴は心に念仏をとなえた。舌の先に、ぴくぴくと動く固い肉の芽がある。

〈吸うのだ！〉

範宴は力のかぎり息を吸った。汗がにじむ。

「がんばれ！」

と、人垣から声がとんだ。

「吸うのよ！」

と、どこからか涼《すず》やかな女の声がきこえた。あの人の声だ、と彼は感じた。その声は範宴《はんねん》の体全体にこだました。彼は全身を震《ふる》わせて息を吸った。

舌の先で、かすかになにかが動いた。そして肉のはぜる音がして、なにか熱いものが生きもののように飛びだしてきた。それは意志あるもののように勢《いきお》いをつけて範宴の口に飛びこみ、喉《のど》をつたって一瞬にして胃のなかにおさまった。範宴は目を白黒させてひっくり返った。

「どうした！」

「なにかがとれて、わたしの腹のなかに――」

「お見事。それが腫《は》れものの芯《しん》じゃ。ほれ、この子の背中を見ろ。さっきまでの傷口が閉じて、背中の腫れがみるみる引いていく。もう大丈夫だ。つれて帰って、きれいな水で洗うだけでよい。二、三日ですっかりよくなるだろう」

子供をかかえた女は、片手で法螺房《ほうらぼう》と範宴を交互におがんだ。涙で顔がぐしゃぐしやになっている。

「ありがとうございます。法螺房さま、そしてお若い法師《ほうし》さま。このご恩は一生忘れません」

まわりの人垣のなかから陽気な声があがった。

「これからは法螺房じゃのうて、吸いだし聖《ひじり》の蛸法師《たこぼうし》とよぼうやないか。それ、蛸じゃ！　蛸じゃ！」

あつまった群衆は口々に、蛸じゃ、蛸じゃと唱和した。範宴の六角堂の第一夜は、騒然《そうぜん》とふけていく。

夜半、範宴は六角堂をでた。これから早駆けで比叡山《ひえいざん》の横川《よかわ》までもどらなければならない。

第一夜の思いがけない出来事で、彼の心はひどく混乱していた。六角堂の薄暗い本堂の奥でひっそりと祈りのときをすごし、なんらかの霊験《れいげん》をもとめるつもりだったのが、とんでもない騒ぎにまきこまれることになった。

彼の胃のなかには、奇妙な違和感がある。あの子供のできものの芯を、のみこんでしまったのだ。それが胃のなかでうごめいているような気がして、範宴は喉《のど》に指をつっこんで何度も吐《は》いた。だが、それらしきものは見あたらない。

なんという一夜だったことだろう、と夜道を駆けながら思う。しかし、深山幽谷《しんざんゆうこく》での厳粛《げんしゅく》な修行では味わうことのできない、いきいきした感動がそこにはあった。

〈蛸法師《たこぼうし》！　蛸法師！〉

と、法螺房《ほうらぼう》をはやしたてた群衆の、なんという陽気さ。

寺の庭や軒下《のきした》に宿るしか生きるすべのない人びとが、いま都《みやこ》にはみちあふれているのだ。朝廷や、大寺《だいじ》や、貴人《きじん》の邸《やしき》で催《もよお》されている盛大な法会《ほうえ》とは、まるで無縁な人びとである。一椀《ひとわん》の粥《かゆ》をもとめ、一夜のねぐらをもとめて六角堂にあつまる。

目をおおうような苦病におかされた者も多い、と、法螺房はいっていた。そういう者がくると、膿《うみ》だらけの全身に口をつけて膿を吸うのだ、と。

「それがわしの行《ぎょう》だ」

と、法螺房は笑っていったのだ。

「これを吸膿三昧行《きゅうのうざんまいぎょう》と名づけておる。わしの体は人の膿汁《うみじる》でできておるのじゃ。臭いか？」

「いえ、尊い匂いがします」

「百日、通ってくる気が失《う》せたであろう」

「通います。明晩もお手伝いをさせてください」

これが参籠《さんろう》だ、と範宴《はんねん》は自分にいいきかせた。

幼いころの思い出が頭をよぎる。忠範《ただのり》とよばれていた童《わらべ》のとき、鴨の河原で河原坊《かわらぼう》浄寛《じょうかん》という聖《ひじり》と知りあったのだ。河原坊は、鴨川のあたりにうちすてられた死者たちを水に流して送ってやっていた。死者の衣《ころも》をはいで売ったとしても、うちすてられて野犬に食《く》われるよりは意味があるだろう。

〈あすも六角堂へいこう〉

範宴の心はなぜかよろこびにあふれていた。六角堂にいけば、ひょっとして、またあの女性《にょしょう》に会えるかもしれない。範宴は夜のなかで顔が赤らむのを感じた。

夢のなかの女

三日、五日、と範宴《はんねん》の六角堂への奇妙な参籠《さんろう》はつづいた。横川《よかわ》での一日の作業をおえ、常行三昧堂《じょうぎょうざんまいどう》での夕《ゆう》べの念仏行《ねんぶつぎょう》をつとめたあと、音覚法印《おんかくほういん》に挨拶《あいさつ》して山をおりる。

最初のうちは足腰が痛んで、山での仕事にもさしつかえることがあった。だが、範宴は人よりもはるかに頑強な体と意志力にめぐまれている。くり返しおこなってきた修行で、体力の限界をこえる工夫も身につけている。

横川から六角堂まで夜の道を往復することは、ふつうでは考えられない行程である。しかし範宴にとっては、その夜の往復こそが行《ぎょう》だった。

夜明け前に横川にもどってきて、ほんのわずかな仮眠をとる。すぐに起きあがって仕事にかかる。二十九歳という若さだけでなく、これまで体験したことのない熱い憧《あこが》れの気持ちが彼の行動を支えていたのだ。

その熱い憧れの対象は、背中に大きな腫《は》れものができた子供を前にして彼が呆然《ぼうぜん》としていたとき、人垣ごしに白い絹の手巾《しゆきん》を投げてくれた若い女性《にょしょう》のことだった。

その手巾を、うっかり返すのを忘れてしまったので、いまは範宴の懐《ふところ》に弥七《やしち》のツブテとともにある。とりだして匂いをかぐと、範宴は気を失いそうになるのだった。香の匂いか、それとも持ち主の肌の匂いなのか、かすかに猫のような動物の匂いと、清《きよ》らかな蓮《はす》の花の香気とがいりまじってただよってくるのだ。

その匂いをかぎながら目を閉じる。自分の下半身の一部がたくましく目覚《めざ》めてくる気配《けはい》がある。

「なむあみだぶつ。なむあみだぶつ」

必死で千回となえても、その甘い香りは消えない。それだけではない。不意に、葛《かつら》城山《ぎさん》の古道で出会った玉虫《たまむし》という野性的な傀儡《くぐつ》の女の肌のあたたかさも、よみがえってくる。範宴の手をみずから引きよせてふれさせた秘所のぬめりと柔《やわ》らかさ。

範宴は夜ごとに歩みをはやめた。胸が苦しくなって、全身から汗がふきだしても、彼は駆けつづけた。すでに横川と六角堂のあいだの道は、一木一草、露出した岩や水脈の跡など、どんなに暗い夜でも手にとるようにわかった。

十日、二十日、三十日と、日がすぎ、夜が巡《めぐ》った。六角堂につくとすぐに施療所《せりょうじょ》へ顔をだす。

六角堂での自分の場所も確保できた。周囲のにぎわいにも心を乱されることなく、一心に祈願することができるようにもなった。

法螺房《ほうらぼう》は、あいかわらずいそがしそうだ。なにかあると、すぐに範宴《はんねん》にお呼びがかかる。だが、その夜、声をかけてきたのは女性《にょしょう》だった。

持参してきた乾《ほ》し飯《いい》をすこし食べ、水で口を洗って本堂の外陣《げじん》に坐《すわ》った範宴に、夜のなかから涼《すず》しげな声がかかった。

「もし、蛸法師《たこぼうし》のお弟子さま」

範宴は一瞬、夜のなかから夢告《ゆめつ》げの声がきこえたのかと思って、どきりとした。だが、いま自分は眠ってはいない。夢を見ているわけでもない。声のしたほうをふりむくと、紫色の猫頭巾《ねこずきん》をした若い女の顔があった。その鏡のような大きな目を見たとき、範宴はそれがあのときの女性であることがすぐにわかった。六角堂に毎夜通えば、いつかはこんな場面がおとずれてくるのではないかと、心の奥でひそかに期待していたのである。

範宴は軽く頭をさげて名のった。

「はい。法螺房弁才《べんさい》どのの後輩で、範宴と申します」

「ご参籠中《さんろうちゅう》に失礼とはぞんじましたが、いつぞやのことを思いだして、お声をかけさせていただきました。わたくしは、さるお家に猶子《ゆうし》として養われております紫野《しの》と申します」

彼女がちかづいてくると、かすかによい匂いがした。範宴は懐《ふところ》に手をいれて、いつも大事にもち歩いていた絹の手巾《しゅきん》をとりだした。

「あのおり、これを貸しあたえてくださったことは、忘れられないことでした。お返しいたさねばと、ずっと気になっていたのですが」

「いいえ、生意気なことを申すようですけど、それは病んだ背中を前にして迷っていらしたあなたさまに、はなむけのつもりで差し上げたものです。どうぞ、おもちになっていてください」

「しかし――」

「あのときの範宴さまのご決断は、まことにご立派なものでございました。わたくしどもの家にも、たえず多くのお坊さまがたがお見えになられます。南都《なんと》、北嶺《ほくれい》の高僧がたばかりでなく、いま人気をあつめている念仏聖《ねんぶつひじり》のかたがたもおこしになりますが、先夜のような場面で病んだ子供の腫《は》れものを口で吸うようなおかたは、一人もいらっしゃらないでしょう。わたくし、見ていて体が震《ふる》えるほど感動いたしました。ああ、ここに本物の仏弟子《ぶつでし》がいらっしゃる、と。口の悪い者たちは、あなたがたを吸いだし聖《ひじり》だの、蛸法師《たこぼうし》だのとはやしますが、心のなかではみな手を合わせているのでございます」

あたりをはばかるひそひそ話なので、自然と二人は接近していた。女性《にょしょう》の白い手が覆面《ふくめん》の端をおさえるたびに、範宴《はんねん》はどきりとする。

「耳にいたしましたところでは、このお堂に百日ご参籠《さんろう》なさるそうですね」

「はい。横川《よかわ》からの通い参籠ですから、参籠もどきの行《ぎょう》でございます。今夜で五十日がすぎました」

「わたくしも、あの夜から五十日目でございます」

「え？」

女の目がふっとやさしくなった。

「あの夜、お使いの帰りに、連れの女衆たちとちかごろ評判の六角堂をのぞいてみようと、いたずら心でまいったのです。流行《はや》りの今様《いまよう》の歌の文句にもでてくるくらいの名所ですから」

「いや、わたしも最初は、これほど騒がしい場所とは思ってもおりませんでしたので、びっくりいたしました」

「でも物見遊山《ものみゆさん》のつもりで立ちよったこの寺で、うまれてはじめて胸が震えるような場面に出会いました。これこそ真の菩薩行《ぼさつぎょう》と、思わずあのときのお二人をおがんでしまったのです」

「そんなおおげさなことではありませぬ。じつは夢中でのみこんでしまった腫《は》れものの芯《しん》が、いつどこで腹のなかに芽をだすのやらと心配で心配で。こうして祈っておりましても、心は落ち着きませぬ。頭に浮かぶのはみ仏《ほとけ》の顔ではなく――」

「み仏の顔ではなく？」

「あなたさまのお顔と姿でした」

そういってしまったあと、範宴はたまらない自己嫌悪にかられて天をあおいだ。

〈なんという軽薄な言葉を口にしたのだろう〉

紫野《しの》と名のった女は、うれしゅうございます、と、小声でいった。

「じつは、わたくしもあなたさまのお顔が忘れられずに、あの夜から毎晩、ここへ通ってきておりました。ほれ、あの庭の隅《すみ》に粥《かゆ》をたくお婆《ばあ》さまがおられますでしょう。あそこで顔を隠してお手伝いをさせていただいていたのです。わが家のお殿さまにもお願いして、粥をたくお米を布施《ふせ》していただくこととなり、蛸法師さまへ漢方の材料もお運びできるようになりました」

「気がつきませんでした」

範宴《はんねん》はため息をついた。自分はいつも自分のことのみを考えて、周囲の人びとにまったく目がいっていない男なのだ。仏法では「自利《じり》・利他《りた》」ということを大切に教える。自分はとことん他者に心をくばらぬ「自利の輩《やから》」でしかない。

「わたくし、明日の晩もまいります。また、お話しできるでしょうか」

ぜひ、と、範宴は答えた。大声で叫びだしたい気持ちだった。


雲母坂《きららざか》を範宴は翔《と》ぶようにくだっていく。すれちがう者がいたら、きっと比叡山《ひえいざん》から天狗《てんぐ》が駆けおりてきたと思っただろう。

連日の六角堂通いで、体は疲労の極《きわ》みに達している。夜明け前には横川《よかわ》の宿坊《しゆくぼう》へもどり、ほんのわずかな仮眠のあと堂僧《どうそう》の仕事にかかるのだ。しかし、範宴の心ははずんでいた。全身にあたらしい力がみなぎっているように感じる。それは先夜、六角堂の外陣《げじん》で言葉をかわした若い女性《によしよう》のことを思うからだ。

夜目にも白い涼《すず》しげな顔。

まっすぐにこちらをみつめる大きな目。

なで肩で、ほっそりした体つきだが、背丈もあり、身のこなしもすばやい。

なによりも彼女の声に範宴は惹《ひ》かれていた。姿かたちの優美さとは裏腹に、その声に凛《りん》とした強いひびきを感じるのである。

〈観音さまのような女性《ひと》だ〉

と思う。その女性に会える、そのことだけで範宴の心はうずく。

〈いったいなんのための参籠《さんろう》か〉

聖徳太子ゆかりの寺で、深夜ただひたすらに仏縁をもとめようと志《こころざ》した百日参籠が、まるでちがった結果になっている。

六角堂は、明るいうちは大原や高野の聖《ひじり》たちがあつまり、夜になると寝る家もない人びとや、一椀《ひとわん》の粥《かゆ》をもとめる男女や、病人などが虫のように引きよせられてくる場所だった。

範宴の姿を見ると、法螺房《ほうらぼう》は笑顔で手招きする。自分がやっている施療所《せりようじよ》の手伝いをさせようというのだ。

「蛸法師《たこぼうし》」

の名は巷《ちまた》にひろがり、範宴も「蛸法師のお弟子さん」とよばれることもあった。

すこし離れた場所で、大鍋《おおなべ》に粥を炊《た》いている婆《ばあ》さまがいた。覆面《ふくめん》姿でそれを手伝っているのが、紫野《しの》という女性だった。彼女は範宴の姿を見ると、かすかに目で微笑してうなずく。範宴も火照《ほて》る頬をそむけながらうなずく。

宵のうちにひと仕事終えて、真夜中に外陣《げじん》に坐《すわ》ると、思わず心がおどった。風のようにそっとちかづいてくる気配《けはい》がある。それが紫野《しの》であることは、闇のなかでもわかった。

「今夜もおいそがしいご様子でしたね。お疲れではございませぬか」

香をたきしめたのではない、若い女性《にょしょう》そのものの匂いが範宴《はんねん》には息苦しいまでに感じられる。

「そなたこそ、大変でした。お家《いえ》のお仕事にさしさわりはせぬかと心配です」

「わたくしの住んでいるのは、このすぐちかくでございますから」

と、彼女はいった。範宴にたずねられるより先に、紫野は自分の身の上を手短に語った。

彼女は越後《えちご》の出身で、事情があって京の三善《みよし》家に養女となり、五歳のときに上洛《じょうらく》したのだという。

「三善家といえば、九条兼実《くじょうかねざね》さまのお役目をつとめておられるお家柄ではありませんか」

「はい。わたくしは幼いころから、九条家で働いておりました。いまは、地方の領地のかたがたが上洛されるときにお泊まりになる、烏丸《からすま》の宿坊《しゅくぼう》の世話をまかされております。範宴さまは、これまでなんどか九条家の法会《ほうえ》に叡山《えいざん》のかたがたとごいっしょにおこしになられましたね。お顔をおぼえておりました」

「端のほうで念仏をとなえるだけの役目でしたが、おぼえていてくださったとは」

紫野はうなずいて、じっと範宴をみつめた。

「ええ。おぼえておりますとも。範宴さまは、ほかのお坊さまがたとは、まったくちがっておられましたから」

「どのように？」

「ほかのお坊さまがたは、晴れの舞台で誇《ほこ》らかに念仏されておられますのに、範宴さまだけはちがうお顔でした。なにか、悩んで、悩んで、悩みぬいて、魂《たましい》が乾《かわ》ききってしまったようなお顔だったのですもの」

「お恥ずかしいことです」

「いいえ。わたくしには、大勢のお坊さまがたのなかで、ただ一人のほんとうの仏弟《ぶつで》子《し》のように感じられました。このかたは、きっと――」

「きっと？」

「いつかは、お山から離れられるかたなのだろうと」

「わたしは横川《よかわ》の堂僧《どうそう》です。悩んではおりますが、お山をおりることなど考えてはおりません」

「では、なぜこの六角堂にお通いなのですか。ごらんのように、ここは比叡《ひえい》のお山のように静寂《せいじゃく》な別天地ではありませんでしょう。ざわざわと俗人たちの群れつどう巷《ちまた》の寺でございます。そういえば、救世観音《くせかんのん》の化身《けしん》といわれる聖徳太子さまも、ご家族をおもちの俗世間のかたでいらっしゃいましたね」

そのときの紫野《しの》の言葉は、範宴《はんねん》の心に大きな鐘《かね》の音のようにひびいた。そして、ずっと頭からはなれることがなかった。

聖徳太子は、範宴にとって、ただ尊敬してやまぬ歴史上の偉人ではない。太子のことがなぜか父親のように感じられ、懐かしく、慕《した》わしい思いがあふれてくるのである。

自分の心の底には、どこかに父を恋《こ》う気持ちがひそんでいるのだろう、と範宴は考えることがある。しかし、その父親は、幼い自分たちを捨てて家をでた。自分には父親はいないのだ、と、彼は子供のころから思うようにしてきた。自分は捨てられた子なのだ。

しかし、さびしくはなかった。実の父親はそばにいなくとも、世間にはたのもしい仲間がたくさんいる。

日野《ひの》家の召使いだった犬丸とサヨ。

そして鴨の河原で、幼い童《わらべ》だった自分を友達のようにあつかってくれた男たち。河原坊浄寛《かわらぼうじようかん》。ツブテの弥七《やしち》。そして法螺房弁才《ほうらぼうべんさい》は「蛸法師《たこぼうし》」として、いまは六角堂でふたたびそばにいる。

白河房《しらかわぼう》に引きとってくれて以後、いつも遠くから見守ってくれている慈円《じえん》と、わが子のように自分を気づかってくれる師、音覚法印《おんかくほういん》。また兄のように自分を慕《した》ってくれている若い良禅《りようぜん》。

そしてこの六角堂に群れつどうさまざまな人びとに、範宴は自分の家族のような親しみをおぼえている。

だが、若い範宴の心と体には、これまでに感じたことのない熱い欲望が目覚《めざ》めていた。

夜の本堂の片隅《かたすみ》で、

「南無観世音菩薩《なむかんぜおんぼさつ》——」

と念じているとき、ふと噴きあげるようにおとずれてくる得体《えたい》の知れない不気味《ぶきみ》な衝動がある。頭の奥に白く柔《やわ》らかな姿態が浮かぶ。肉の手触りがよみがえってくる。甘い息の匂いと、ささやく女の声。それは葛城《かつらぎ》の山中で出会った傀儡女《くぐつめ》の記憶だ。

大声で獣《けもの》のように吠《ほ》えだしそうな自分に、範宴《はんねん》は動転《どうてん》していた。自分のなかにうごめくこの黒々とした衝動はなんなのか。ふと頭のなかに幼い日に見た猛牛・牛頭王丸《ごずおうまる》の目が浮かんだ。

「南無聖徳太子――」

全身に汗が滝のように流れ、体が震《ふる》える。

百日参籠《さんろう》の半《なか》ばがすぎたある夜、法螺房《ほうらぼう》が笑顔でちかづいてきて範宴の肩をたたいた。

「今夜、ちとつきあってくれぬか」

「病人がきたのですか」

範宴は法螺房のうしろについてきている女を見て、どこかで会った顔だと思った。

「いつぞやはありがとうさんどした。おかげで息子は元気にすごしとります」

頭をさげる女を見て、範宴は気づいた。背中に大きなできもののある男の子を抱いて、泣いていた母親である。法螺房がうなずいて、

「そうだ。おぬしが腫《は》れものの芯《しん》を吸いとってやったおかげで、子供が命びろいしたそうな。それで今夜は、ぜひ一席もうけて礼をしたいといっておる。供養《くよう》は受けるのが僧のつとめじゃ。いっしょにきてくれ」

ためらう範宴の腕を、法螺房は引っぱるようにして寺をでた。

暗い町をぬけて、しばらく川ぞいに歩くと、やがて奇妙な一画《いっかく》が夜のなかに浮かびあがった。板でかこった小屋が密集し、にぎやかな声がきこえてくる。屋根には石がおかれ、人の住む家とは思えぬたてこみようだ。野良犬がうろつき、鶏《にわとり》が走りまわっている。奇妙な臭《にお》いが鼻をつく。しどけない恰好の女が、軒下《のきした》で手招きしている。長刀《なぎなた》をかついだ覆面《ふくめん》の山法師《やまほうし》たちの姿もある。

範宴は目をみはった。

「ここは、いったいどのような――」

法螺房は機嫌のいい声でいう。

「お山の気取った学僧《がくそう》たちに見せれば、さしずめ旃陀羅界《せんだらかい》とでもいうであろうか。牛《うし》飼《か》いもいる。狩人《かりうど》もいる。博奕《ばくち》打ちもいる。罪人もいる。遊び女《め》もいる。病者《びょうしゃ》も、流れ者も、異国の人びとも、逃亡下人《げにん》も、盗人《ぬすびと》も、すべてがあつまってくる都《みやこ》の吹きだまりじゃ。だが、活気があって、わしは大好きでな。この女はそういう人外《じんがい》の徒《と》の泊まる宿をやっておるのだ。ほれ、この家がそうじゃ」

看板もない長屋の前で法螺房は足をとめた。

「どうぞ、汚《きたな》いところですけど」

腰をかがめる女に法螺房《ほうらぼう》は笑って、

「いわれずとも汚いのはわかっておる。ほれ、範宴《はんねん》、なかへ」

迷路のようなせまい廊下をぬけて、奥の小部屋へいくと、法螺房は戸をあけた。すぐそばに夜の川が黒く流れているのが見えた。

女が男の子をつれてあらわれた。

「丑丸《うしまる》、お坊さまにお礼を申しあげなさい。あのときおまえの命を助けてくれたお二人や」

「蛸《たこ》、蛸、蛸の蛸法師《たこぼうし》。二人そろうてチュウチュウチュウチュウ！」

大声で叫ぶと、男の子は部屋をとびだしていった。

「ほんまに、申しわけないことで」

女は笑いをこらえながら、

「さ、おひとついかがです」

法螺房の顔が一気にゆるんだ。

「これじゃ、これじゃ。これさえあれば、極楽往生《ごくらくおうじょう》まちがいなし。ほれ、範宴。一杯やれ」

「これは――」

「手づくりの酒《ささ》よ。きくまでもないこと」

「わたしは酒は飲みませぬ」

「なにをいう。供養《くよう》を受けるのは僧のつとめじゃ。釈尊《しゃくそん》も貧しい鍛冶屋《かじや》の倅《せがれ》の家で供養を受けられ、腐《くさ》った肉を食されて腹をくだされたという。こちらが求めたのではない。貧しい女が感謝をこめて供養しようというものを、受けぬというのは仏《ほとけ》の道を踏みはずすことじゃ。さあ、一杯やれ」

範宴もお山をおりて都《みやこ》の高家《こうけ》の法会《ほうえ》に参加し、行事のあとの供応《きょうおう》にあずかったことは何度かある。山海の珍味や、魚や肉なども食べたこともないではない。しかし、酒はすすめられても飲まなかった。なぜか酔うと母をはげしく打擲《ちょうちゃく》する父親の姿が、思いだされるからだった。

「法然房《ほうねんぼう》はのう、こういわれたそうな。酒は飲まぬにこしたことはない。しかしそこは、世のならいなれば、と」

「世のならい、ですか」

「そうじゃ。この町の者たちは、みな酒を飲む。それは、なんのためか。憂《う》き世のうさを忘れるためよ。みんな心が痛むのじゃ。その気持ちがわからぬようで仏法《ぶっぽう》が説けるか。世のならい、とは、それがわかっておる大人のせりふじゃ。だからこそ、法然房のところへ老若男女《ろうにゃくなんにょ》が群れつどうのじゃ。のう、範宴《はんねん》、仏法は鎮護《ちんご》国家《こっか》のためのみにあるなどとは、いまはすでに南都《なんと》の大寺《だいじ》の老僧たちでも思ってはおらぬぞ。いまは彼らも五穀豊穣《ごこくほうじょう》を祈って民《たみ》の心をつかもうとしておる。お山で慈円《じえん》どのが、しきりに都《みやこ》の庶民《しょみん》をあつめての法会《ほうえ》を工夫されておるのも、つまりは民心を引きつけんがためじゃ」

ぐいと茶碗の酒をあおると、いかつい法螺房《ほうらぼう》の表情が一気に崩れた。目が糸のように細くなる。ぶあつい唇がてらてらと赤く光り、頬がゆるんで、まるでちがう人物のように変わってしまっている。

〈蛸《たこ》、とはよくいったものだ〉

範宴は上機嫌の法螺房の顔を見て、首をふった。自分の父親のように青くなり、暴れまわるよりははるかに良い酒というべきだろう。

「酒を飲まぬというのは、僧としての戒《かい》を守りとおすという意味か」

と、法螺房はからかうようにいう。

「律蔵大品《りつぞうだいぼん》には、僧たるものの守るべき心得《こころえ》を、四依《しえ》として伝えておる。範宴、おぬしは横川《よかわ》の堂僧《どうそう》中随一の勉強家ときいたが、その四依の内容をのべてみろ。わしが判者《はんじゃ》となってやる」

範宴はうなずいた。問答《もんどう》にはなれている。お山の講堂でおこなわれる論議《ろんぎ》・竪義《りゆうぎ》の席では、真剣をまじえるような激しい問答がくり返されるのだ。立て板に水のごとくすらすらと範宴は答えた。

「四依とは、出家者の暮らしを定めた四つの規律です。食は行乞《ぎようこつ》に依《よ》れ。衣《い》は糞掃衣《ふんぞうえ》に依れ。坐《ざ》は樹下《じゆげ》に依れ。病《やまい》は陳棄薬《ちんきやく》に依れ。すなわち釈尊《しやくそん》は出家者に世間のもっとも貧しき場所に生きよ、と教えられました」

「よくできた。では、聞くが、そなたきょうの食事はどこでたべた？」

「横川の宿坊《しゆくぼう》でいただきました。一日に一回、夜はたべないことにしております」

「その食糧はどこから支給されておる？」

「わたしは横川の堂僧でございますゆえ、それはお山の――」

「北塔《ほくとう》横川は、いまは青蓮院門跡《しようれんいんもんぜき》の管轄するところ。僧の食事代などものの数ではない。門跡寺院は各地に多くの寺領・荘園《しようえん》などをかかえておる。三昧院《さんまいいん》の所領だけでも近江国《おうみのくに》坂田荘からは千二百石、各地から献じられる麦、絹、棉《めん》、布、油、その他、朝廷、高家《こうけ》の法会や仏事のたびごとに莫大《ばくだい》な布施《ふせ》が贈られる。比叡《ひえい》のお山全体が都と一体の大世間なのじゃ。そのうえ、都の金貸しどもに資金を提供し、白河《しらかわ》、祇園《ぎおん》などの職人、商人《あきんど》、車借《しやしやく》、馬借《ばしやく》、神人《じにん》などからも、もれなく上《あ》がりを収めさせておるのじや」

酒がはいるにつれ、法螺房《ほうらぼう》の舌は、ますますなめらかになっていく。

「よいか範宴《はんねん》、食は行乞《ぎょうこつ》に依《よ》る、これが釈尊《しゃくそん》の教えられた出家生活の第一歩じゃ。そなたのきょうの横川《よかわ》での食事は、托鉢《たくはつ》によるものではない。横川楞厳三昧院《りょうごんざんまいいん》に住む僧たちぜんぶの暮らしには、およそ五百石があてられておるという」

「五百石ですか」

範宴はこれまで考えてもみなかった山での暮らしの内容をきいて、あらためて驚いた。

「そうじゃ。それに、衣《い》は糞掃衣《ふんぞうえ》に依《よ》れとは、うちすてられ垢《あか》にまみれたボロ布をまとえということじゃ。むかし河原坊浄寛《かわらぼうじょうかん》が鴨の河原で、死者の衣《ころも》をぬがせ丁寧《ていねい》に洗って貧しい人に売っていたが、あれも糞掃衣であろう。ところがどうじゃ、お山の高僧、学僧《がくそう》たちはいまどんな恰好をしておる。キンキラキンの錦織《にしきお》りで、なかには衣の絹の斤量《きんりょう》を競《きそ》いあう風潮もあるとか。範宴、そなたはよい。酒《ささ》も飲まぬ。女も抱かぬ。貧しい黒衣《こくえ》で、貧民のための治療も手伝う。しかし、お山で食事をし、あたえられた衣服をまとい、そこで暮らしているだけでも、すでに四依《しえ》の教えを破っておるのじゃぞ。貧民のあつまる町で、貧民から供養《くよう》されたものを食《く》らい、酒をのむ、それがどうしたというのか。僧も俗もない。いまは末法《まっぽう》の世じゃ。高僧も妻女《さいじょ》をもつ。野《の》の聖《ひじり》も女と暮らす。そなたの崇拝する聖徳太子は、家族をもち俗世間に生きつつ真の仏《ぶっ》法《ぽう》をこの国に築《きず》かれたではないか。ああ、わしも妻女がほしい。おかみ、だれぞ良い相手でも世話してくれぬか。うん？」

女は口に手をあてて笑いながら、

「蛸法師《たこぼうし》のところへよろこんでくる女は、さて、いてはるもんですかなあ」

自分がこれまで酒を飲まないできたのは、僧としての戒律《かいりつ》にこだわったからではない、と範宴は思った。戒律のことを真面目《まじめ》に考えれば、いまの時代に仏法は失われてしまった、としか考えようがない。

「よいか、範宴」

と、法螺房は片手で範宴の肩を引きよせながら、酒臭い息を吐《は》いていう。

「末法の世とは、本当の仏法がすたれて、形式だけが残りすっかり変わってしまった時代をいう。だからいまこそ、釈尊《しやくそん》の教えの第一歩にもどって出なおすことが必要だ。仏法二千年の垢《あか》を洗いおとして仏陀《ぶつだ》の初心にもどるのだ。すなわち、人はみな平等である。身分や職業の高下などない。この世に生きることは苦しい。心と体が痛《いた》む者を助けなければならぬ。よりよく生きる道をさがそう。そしてよろこびをもって生きよう。それ以外になにがある？　いってみろ」

女が皿に盛りあげた料理をはこんできた。茶褐色のイカの身のようなそれを、口に入れると芳《こう》ばしい味がした。

「うまい」

と、法螺房《ほうらぼう》が舌つづみをうつ。範宴《はんねん》もうまいと思った。これまで法会《ほうえ》のあとに出される料理にはなかった味だ。

「これはなんですか」

「牛のはらわたじゃ」

「え？」

「糞《くそ》がぎっしりつまっておるので、捨てられることも多いが、切りひらいて糞をぬぐい、酒《ささ》でよく洗うと臭味《くさみ》がぬける。焼くと歯ごたえがあって、じつにうまい。この町の名物じゃ。さあ、毒食《く》らわば皿までじゃ。一杯、飲め。酒は世のならいじゃ」

範宴は一瞬、目をとじて考えた。

托鉢《たくはつ》によらず堂僧《どうそう》として暮らしてきた以上、すでに自分は俗にまみれて生きていたのだ。法会のあとの供応《きようおう》では、贅沢《ぜいたく》な魚肉のもてなしも受けた。自分が俗人とちがった清浄な僧だなどと思うのは、みずからを高しとすることだろう。

「いただきます」

範宴は茶碗を手にとり、ひと口飲んだ。刺《さ》すような味が口のなかにひろがった。

「うまいか」

「いいえ。どうもわたしには、酒の味はわからないようです」

そのとき戸ががらりとあいて、長身の白髪の男がのそりとはいってきた。懐手《ふところで》をして、顔にはふかいしわが刻まれているが、範宴には忘れることのできない顔だった。範宴の顔をしげしげとながめて、

「タダノリ、やなかった、いまは、範宴か。大人になったのう。いい体をしとる。元気やったか」

男はツブテの弥七《やしち》だった。範宴は思わず懐かしさで泣きそうになった。

弥七は法螺房の横にあぐらをかくと、皿の上の料理を手でつまんで口に放《ほう》りこんだ。

「弥七さん、これを――」

範宴は懐からいつも肌身はなさずもっている小石をとりだして、弥七の前においた。

「おう、ちゃんともっていてくれたのか」

弥七《やしち》が目をほそめると、かつての精悍《せいかん》な面ざしとちがう、やさしい老人の顔になった。

「十年前、このツブテに助けられたことがありました」

「じつは、そのときの話やが——」

と、弥七が声をひそめていう。

「範宴《はんねん》、おぬし、そのときいっしょにいた女をおぼえとるか。賤《いや》しい傀儡女《くぐつめ》で、当時の名は玉虫《たまむし》とゆうたそうや」

「玉虫——。おぼえておりますとも。葛城《かつらぎ》山中の村にうまれ、幼いときに人買いに売られた哀《あわ》れな女でございましょう」

「おう、それそれ、その女や。つかのまの出会いにしては、ようおぼえとるのう。いや、なかなか色気のある女やったから、忘れられへんかったんやろ」

「いえ。そうではなくて、あのとき二上山《ふたかみやま》の夕日にむかってその女が口ずさんだ歌が、ずっと心に残っていたのです」

「それは、このような歌でございますか」

突然、部屋の外で女の声がした。しっとりと優しい声だった。その声は、すぐに歌にかわって、あたりに流れた。

おやをおもわば　ゆうひをおがめ
おやはゆうひの　まんなかに

範宴は自分が酒に酔ったのかと思った。それとも錯覚《さっかく》だろうか。それまで外からひびいてきた物音や人びとのざわめきが、一瞬、しんと静まって、町全体がその歌にき入っているかのように感じられた。歌声はつづいた。

にしのそらみて　なむあみだぶつ
みだはゆうひの　そのさきに

「あの声は――」

範宴は弥七の衣《ころも》の袖《そで》をにぎって、口走るようにきいた。

「まさか、あのときの――」

「そうや。しかし、いまはもう十年前の傀儡女、玉虫やないぞ。ほれ、あの音がきこえるか」

町のどこからか地から湧《わ》くような拍手《はくしゅ》の音がおこっている。やんや、やんや、という歓声もきこえる。

「タイマ！　タイマ！」

と、人びとのはやす声も流れてきた。

「いまは大和随一《やまとずいいち》の今様《いまよう》の歌い手、當麻御前《たいまごぜん》こそ、この女《ひと》や。さあ、當麻、範宴《はんねん》はんに顔をみせてみい。恥ずかしがることはないぞ」

ふっと女の匂いがした。朱色の衣《ころも》をきた美しい女が、音もなくあらわれて範宴の前に手をついた。

「そなたは――」

範宴はまばたきをして、その女をみつめた。記憶のなかの、あの蓮《はす》っぱな傀儡女《くぐつめ》とは、似《に》ても似つかぬ優雅な女性《にょしょう》が目の前にいた。その女は深く頭をさげていった。

「おひさしゅうございます。あれから十年の歳月がすぎ、わたくしもいまは、少しは名を知られた今様うたいとして世をすごしております。ほんとうに、お会いしとうございました」

横から法螺房《ほうらぼう》が甲高《かんだか》い声をあげた。

「噂にきく大和の當麻御前とは、そなたのことか。さすが禁裏《きんり》にも召されて、後鳥羽《ごとば》院《いん》から當麻御前の名をさずけられたというだけあって、見事な歌、ききほれたぞ。しかしそなたが、この堅物《かたぶつ》の範宴坊《ぼう》と、なにやら訳《わけ》ありの知り合いとはのう。それにしても弥七《やしち》、人が悪いぞ。いきなり姿を見せて、こんな出会いを仕組《しく》むとは」

弥七は法螺房を手で制して、

「話せば長い物語になるわい。この女《ひと》はいまから十年前に若い範宴とふしぎな出会いをしたそうな。ほれ、當麻御前、手短に自分で話してみい」

當麻御前と呼ばれる女は、憂《うれ》いをふくんだ目をふせて、静かに語りだした。水の流れるような声だった。

「わたくしはそのころ、男に身を売る遊び女《め》として傀儡の仲間にくわわっておりました。ある日、なんのご縁かこの範宴さまと葛城《かつらぎ》の山中で一夜をすごし、翌日も二上山《ふたかみやま》に沈む夕日をごいっしょに眺めたのでございます。その日からふしぎなことがおこりました。それまでの自分の生きかたがいやになったのでございます。男に身を売ることも、人のいい村人たちをだましてお金をまきあげることも、みんないやになり、はやく親のいるお浄土《じょうど》へまいりたいと、ただひたすら寝てもさめても念仏もうすようになりました。そのあげく、一刻もはやく浄土へと、大和川へ身投げまでいたす始末《しまつ》。さすがに傀儡の頭領《とうりょう》もあきれはてて、ツブテの弥七さんにわたくしを托《たく》したのでございます」

「托したなどと綺麗《きれい》ごとではないわい」

弥七《やしち》が笑っていった。

「結構な値段で買わされたんや。さて、あずかりはしたものの、なにができると本人にきけば、念仏と歌、という。うたわせてみたら大層《たいそう》な筋《すじ》があると思うた。そこで、例の今様《いまよう》名人の玉船尼《ぎょくせんに》という婆《ばあ》さまにたのんで、みっちり五年も仕込《しこ》ませたかのう。すると、時とともにやがて希代《きだい》の今様うたいとして世間に名が知られるようになったんや」

弥七は當麻御前《たいまごぜん》をふり返って、首をかしげた。

「それにしたかて、なんで傀儡女《くぐつめ》の心に突然、浄土《じょうど》へいきたいなどという奇特《きとく》な気持ちがうまれたのか、わしにはわからん」

「この範宴《はんねん》さまのおかげです」

と、當麻御前はまっすぐに範宴をみつめていった。

「わたくしは、このかたにお会いして、はじめて男の人を好きになったのです。それまで、だれひとり世間の人を好きになったことはありません。わたくしのような賤《いや》しい遊び女《め》を、このかたはなんのこだわりもなく、一人の女として見てくださいました。大和川《やまとがわ》のほとりで、肩をならべて夕日が沈むのを眺めただけのことですが、それだけでもうわたくしはこの世に未練なんかないような気持ちになったのです。それまでずっと男のおもちゃにされて生きてきたのですから。でも、弥七さんに拾われて、今様をならいはじめてから、すぐにお浄土へいかずともよいかもしれない、という気持ちになりました。生きていれば、いつか、どこかで、また範宴さまにお会いできる。そして、わたくしの歌をきいていただける。そのことだけを頼《たよ》りに、この十年を生きてきたのでございます」

その言葉を弥七が引きとって、

「この女《ひと》は、師の婆《ばあ》さまが亡くなったあと、當麻の里にすんだんや。そして、二上山《ふたかみやま》のむこうに日が沈むとき、かならず川のほとりでさっきの歌をうたいつづけたそうや。その歌が人びとの評判になり、やがて朝廷にも召されてうたい、院《いん》から當麻御前という名前までいただくこととなった」

「賤しい遊び女であった身なので、と何度も辞退したのですが、歌の世界に貴賤はない、と院がおおせられたとか。もったいないことでございます」

「世を去られたあの後白河法皇《ごしらかわほうおう》さまも、すこぶる粋《いき》なおかたじゃったが、いまの院もなかなかさばけたお人であらせられる。ついでに、仏《ほとけ》の道に貴賤はない、とでもいってくれればのう」

と、法螺房《ほうらぼう》が笑いながらいった。そして、たちあがると、

「さて、こうなればわしらも無粋《ぶすい》なことはできぬ。さあ弥七《やしち》、わしらは二人でどこぞほかの場所で飲みあかそうぞ。今夜は良き供養《くよう》にあずかって、かたじけない。では、お先に」

範宴《はんねん》があわてて引きとめるまもなく、法螺房と弥七はさっさと席をたって、部屋をでていった。あとには、範宴と當麻御前《たいまごぜん》の二人だけがとりのこされた。川の音が急に大きくきこえた。

法螺房と弥七の足音がきこえなくなると、範宴は急に息苦しさをおぼえた。目の前の朱の衣《ころも》を着た女と、過去の記憶のなかの野性的な傀儡《くぐつ》の娘とが、どうしても一致しないのである。

範宴はためらいがちに女を見た。

片膝《かたひざ》をたて、うつむいてすわっているやさしげな女。

ややふっくらとした体つきで、首から胸にかけての肉づきも豊かに見える。髪はあくまで黒く、膝の上に組んでいる指と手首が、奇妙にほそい。

ふと目をあわせると、不意にあのときの傀儡女の目の色が思いだされた。一瞬だけ

挑《いど》むような気配《けはい》が女の目の奥に浮かび、すぐに消えた。

「わたくしをおぼえていてくださったのですね。うれしゅうございます」

と、女はいった。範宴はうなずき返した。

「十年、たったのか」

「はい。わたくしも十年、歳《とし》をとりました」

「いまも大和《やまと》に？」

「當麻の里の二上山《ふたかみやま》のふもとに身をよせております。朝は當麻寺で、昼には二上山の雄岳《おだけ》の大津皇子《おおつのみこ》の墓前で、そして日暮れには大和川のほとりで、毎日かかさず法文歌《ほうもんか》をうたう暮らしをつづけ、もう五年がたちました。わたくしはいま、歌一筋《うたひとすじ》で生計《たつき》をたてております。お別れしたあの夜以来、ただの一度も男に身をまかせたことはありません。弥七さんのお助けもあって、貧しいながらも、念仏を友としてあゆんでまいりました」

「ご立派なことじゃ」

「念仏の暮らしがでございますか。それとも男と交《まじ》わらなかったことが、でしょうか」

あまりに率直な女の言葉に、範宴はすぐに返事ができなかった。女は手をのばして範宴《はんねん》の膝《ひざ》にふれた。

「わたくしも、あなたさまも、父と母のご縁から生《せい》をうけております。お釈迦さまも出家なさる前には、お子さまがいらっしゃったそうではございませんか」

範宴はうなずいた。女は範宴のほうへ体をよせながらいった。

「わたくしの歌の師匠は、出家して尼となる前は津の港の遊び女《め》だったそうでございます。お歳《とし》をめしてから仏法《ぶつぼう》に深く帰依《きえ》されて、さまざまな勉学にはげまれました。そのかたからうかがったところでは、お釈迦さまのころの僧たちは、みんな聖《ひじり》だったそうです」

「そうかもしれぬ」

範宴はうなずいた。なんともいえぬ懐かしい匂いが、女の息からただよってくる。その匂いをふりはらうように顔をあげて、範宴はいった。

「釈尊《しゃくそん》は悟《さと》りをひらかれたのち八十歳の生涯を行《ゆ》き倒れて亡くなられるまで、ずっと粗末《そまつ》な衣《ころも》をまとい杖《つえ》をついて、各地を説法しつつ歩かれたそうじゃ。そのことを思えば、釈尊も聖の一人といえなくもないのう」

「わたくしのお師匠さまの申されたところでは、そのお釈迦さまの教えが、天竺《てんじく》から各国につたわるなかで大きく変わっていったそうです。わが国でもお坊さまは野《の》の聖ではなく、朝廷から位をさずけられるお役人として尊《たつと》ばれたと聞きました」

「そのとおりじゃ」

「最近、出家されたのちにさらに隠遁《いんとん》なさったり、市井《しせい》の聖となって俗とまじわられたりするかたがおられるのは、仏法《ぶつぽう》を本来の姿にかえそうとなさっているのではないかと――」

範宴は女の顔をみつめた。この當麻御前《たいまごぜん》という女が、ずっと自分の心の奥にうごめいている疑問を、あたかも察しているかのように語ることがふしぎでならない。

「範宴さま、あなたはいったいなにを悩んでおられるのですか」

突然、女は範宴の手をにぎり、崩れるように体をあずけてきた。範宴はうろたえた。

「わたしが、悩んでいると、どうしてわかる？」

「そのお顔は、悩みに悩み疲れた病人のようですもの」

範宴は女の体の重さを体に感じながら、だまっていた。たしかに自分は悩んでいる。九歳で白河房《しらかわぼう》に入室《にゆうしつ》するまでも、子供心にさまざまな悩みをかかえて生きていたのだ。

比叡山《ひえいざん》に入山《にゆうざん》したのちも、さらに悩みは深まるばかりだった。それを解決したいと、好相行《こうそうぎょう》や常行三昧《じょうぎょうざんまい》、回峰行《かいほうぎょう》などにも挑《いど》み、さらに聖教《しょうぎょう》の勉学にもはげんだ。読経《どきょう》や写経に夜を徹し、一睡もしなかった日々も数かぎりなくある。

しかし、範宴《はんねん》のかかえる悩みは、年ごとに大きくなるばかりだった。それは、自分が自由でない、という感覚として心をしばりつづけている。そのもっとも深いものは、煩悩《ぼんのう》と呼ばれる巨大な闇の力である。自分は煩悩のかたまりである、と、範宴は日ごと夜ごとに痛感する。百日の参籠《さんろう》も、それから自由になる道を求めてのことではなかったか。

「範宴さま」

當麻御前《たいまごぜん》はさらに顔をちかづけてささやいた。範宴の耳をあたたかい女の息がつつんだ。やわらかな太股《ふともも》が範宴の膝《ひざ》にふれると、焼け火箸《ひばし》をあてられたような感覚が体に走った。

「わたくしは、この十年間、ずっとあなたさまのことを思うて生きてきたのでございます」

當麻御前は範宴の手を、そっと両手で包むようにしながら言葉をつづけた。

「わたくしの願いはただ一つ、いつかどこかでお会いして、この穢《けが》れた賤《いや》しい身を浄《きよ》めていただきたいということでした」

「そなたは穢れてなどいない。賤しくもない。それに、わたしには人を浄める力などないのだ。おのれの煩悩さえ乗りこえることができなくて悩んでいるというのに。どこまでも業《ごう》のふかい愚《おろ》かな自分に呆《あき》れはてているのだ」

「あの日からきょうまで、わたくしが他の男に指一本もふれさせることなく生きてきたのは、範宴さま、あなたに抱いていただきたかったからです。毎夜《まいよ》、そのことを夢に見ない日はありませんでした。さあ、この胸にふれてくださいませ。この体を力いっぱい抱いてくださいませ。それともむかし傀儡女《くぐつめ》だった賤しい女にふれるのは、尊い僧の身の穢れだとでも――」

「いや、わたしは、すでに汚《よご》れておるのだ。これまでお山で修行しているときも、そなたをこの腕に抱く妄想をなんど心に思いえがいたことか。わたしは、出家したときから破戒無慚《はかいむざん》の身だったのだ。これまでそのことを他人に語ったことはなかった。いま、はじめてそなたに正直にいう。わたしは――」

「もう、なにもおっしゃいますな」

　當麻御前は、かすれた声でいった。そして目をとじると、音もなく落ちる椿《つばき》の花のように、範宴の胸に体をあずけてきた。範宴はこれまで一度もあじわったことのない異様な感覚をおぼえて全身がふるえた。

チチッと音をたてて燭台《しょくだい》の灯《あか》りがゆらぐ。

油がつきたのか、女が息を吹きかけたのか、ふっと灯りが消えて部屋がくらくなった。

「うれしい――」

と、女の声がした。

やわらかな指が生きもののようにやさしく範宴《はんねん》の体をまさぐっている。範宴はみずからの意志と無関係に、自分の手が女の腰のくびれにふれていることに気づいて愕然《がくぜん》とした。

〈落ちる――〉

と、範宴は感じた。すがりついている一本の綱《つな》が、ぎりぎりと音をたててほつれていく。底しれぬ奈落《ならく》の上にぶらさがった範宴の体が、ゆらりと揺《ゆ》れた。必死でつかんでいる一本の綱は、あとわずかで切れるだろう。

範宴はふるえた。綱が切れれば、自分は一瞬のうちに宙を舞って落ちていく。そこには暗く渦巻く愛欲の海がひろがっている。

「どうなさいました」

女のささやく声が、夕《ゆう》べの鐘の音のように胸にひびく。範宴の頭の奥に、白い蓮《はす》の花がゆっくりと花弁《かべん》をひらいていく情景が、ほのかに浮かんで消えた。

そのとき、ながらく忘れていた言葉が、記憶の底からよみがえってきた。

〈放埓《ほうらつ》の血――〉

範宴はその言葉をふりはらうように、女の肩に手をのばした。その瞬間、彼の体はすざまじい力で撥《は》ねとばされた。

「あっ」

思いもかけぬ獣《けもの》のような女の動きだった。女は激しく範宴の体をつきとばしたのだ。同時に、空気を切り裂《さ》く鋭《するど》い矢音《やおと》を範宴はきいた。夜のなかに、女の悲鳴がひびいた。

「どうした！」

範宴は暗い部屋の壁際から身をおこし、わけのわからぬままに女に這《は》いよった。そのときどろりと温《あたた》かいものが手にふれた。

「範宴！　無事か！」

廊下からひびいてきたのは法螺房《ほうらぼう》の声だった。

「いま弥七《やしち》が奴《やつ》を追っておる」

「奴、とは？」

「黒面法師《こくめんほうし》よ。いわずと知れた、むかしの六波羅王子《ろっぱらおうじ》、平四郎《へいしろう》じゃ。わしらがいいかげん酒《ささ》をかっくらって、この家のちかくまできたら、川べりの闇にまぎれて外から部屋をうかがっている怪《あや》しい人影が見えた。半弓をかまえて矢を射《い》ようとしていたので、弥七《やしち》がツブテを打ったのじゃ。あやういところであった」

「それより當麻御前《たいまごぜん》が――」

「なに？　女がやられたのか！」

灯《あか》りをもってこい、と法螺房《ほうらぼう》は大声でどなった。どこからか足音と、人の声がした。

「血がながれているようです」

範宴《はんねん》は手さぐりで女の体を抱きおこした。

「よし。矢傷《やきず》の治療はわしの特技じゃ。範宴、おぬしはすぐにここを去れ。あとのことは、わしと弥七にまかせるのじゃ」

「それはできません。傷をおうた人を残して、自分だけ逃げるなどとは――」

「ゆけ！　六角堂でまつのじゃ」

有無《うむ》をいわせぬ激しい声だった。範宴はふらつく足で部屋をでた。自分がなにをしているのか、自分でもわからなかった。彼は法螺房の怒声《どせい》におされて、操《あやつ》り人形のようにその家をはなれた。

無人の町はひっそりと人影もなく、だれにも会わなかった。掌《てのひら》に血の匂いがする。その手を衣《ころも》でぬぐいながら、範宴は六角堂への道をいそいだ。

夜ふけの六角堂は、いつもになく暗く静まりかえっている。床下に寝ている人びとの影もうごかない。範宴は本堂の片隅《かたすみ》にすわった。膝《ひざ》をかかえて目をとじると、不意に涙がこぼれた。こらえようとしても、あとからあとから熱いものがあふれてくる。必死で歯をくいしばり、声をたてまいとした。だが、おさえきれない嗚咽《おえつ》がこみあげてきて全身が震《ふる》えた。

自分はなんという愚《おろ》か者であろうか。

もし、黒面法師の矢がとんでこなかったなら、自分はまっさかさまに無明《むみよう》の海におちていただろう。しかも自分の身がわりとなって、當麻御前が矢をうけたのだ。

叡山《えいざん》での歳月は、いったいなんのためにあったのか。弟たちをおいて白河房《しらかわぼう》に入室《にゆうしつ》したのは、なんのためだったのか。

あの瞬間、愛欲の大海に落ちようとする自分をすくったのは、黒面法師の矢だ。黒面法師が自分をすくってくれたのだ。

そして、範宴《はんねん》の命をたすけたのは當麻御前《たいまごぜん》だった。二人によって自分はすくわれて、いまここにいる。

〈南無観世音菩薩《なむかんぜおんぼさつ》――〉

心のなかでくり返しくり返し念《ねん》じる。おのずとその念が声になり、深夜の堂内に流れていく。

衣から血の匂いがした。範宴はいますぐにでもあの部屋に駆けもどりたい気持ちをおさえて、南無観世音菩薩、ととなえつづけた。

ふとどこかで女の歌声がきこえたような気がした。あたりを見回したが、人影はなかった。

〈なんという愚かな自分、なんという浅はかなこの身――〉

範宴は激情《げきじょう》にかられて、床に頭を打ちつけた。頸《くび》に衝撃がはしる。なんどもなんども頭を打ちつけているうちに、額《ひたい》が割れて血が流れだした。だが範宴はそれをやめなかった。おう、おう、と、けもののように叫びながら、彼はおのれを責めつづけた。

夜が白《しら》みはじめたころ、床につっぷした範宴の体を、しずかにゆさぶる男の手があった。ふり返ると、そこに法螺房弁才《ほうらぼうべんさい》がたっていた。声もなく見あげる範宴に、法螺房は眉をひそめていった。

「その顔はどうした。血だらけではないか」

「あの女《ひと》は――」

と、範宴はかすれた声でたずねた。

「當麻御前はどうしました？」

「なむあみだぶつ、なむあみだぶつ」

法螺房は片手でおがむかたちをして、首をふった。

「弥七《やしち》が河原にはこんでいった」

「えっ」

「心《しん》の臓《ぞう》を射《い》ぬかれていたのじゃ。わしが手当てをしようにも、そのすべがなかった。息を引きとる前に、なにか歌《うと》うているように口をうごかしていたが、ようわからなかった。夕日がどうとか、そんなふうにきこえたが」

範宴はたちあがった。ふらつく体を必死でたてなおして、堂から走りでた。

「おい、どこへいく。まて！」

法螺房の声を背後にききながら、範宴は走った。流れる血を手の甲《こう》でぬぐいつつ、彼は鴨川の河原へむけてまっしぐらに駆けた。

野犬が吠《ほ》えながらついてくる。朝詣《あさもう》での人びとが、範宴《はんねん》の顔を見て、口ぐちになにか叫ぶ。

弥七《やしち》がむかった河原なら、あの場所だろう。自分がまだ忠範《ただのり》と名のっていた童《わらべ》のころ、河原坊浄寛《かわらぼうじょうかん》や、弥七たちと語りあった鴨の河原だ。

東山連峰のかなたの雲が、すこしずつ明るんでくる。物売りの女たちの声がきこえた。

疾走しながら、範宴は心のなかで夢を見ていた。

二上山《ふたかみやま》の二つの峰のちょうどまんなかに、赤い大きな夕日が沈んでいく夢だ。

五歳か六歳ぐらいの童女《どうじょ》が、うたいながら歩いてくる。範宴は川のほとりにすわって、それをながめている。

にしのそらみて　なむあみだぶつ
みだはゆうひの　そのさきに

範宴は童女が道をはずれ、河原をこえて、ずんずん川の水のなかにふみこんでいくのを見て、大声で叫ぶ。

〈あぶない！　どこへいくのだ〉

疾走しながらの夢がとだえて気がつくと、そこは河原の土手だった。上流のほうで雨がふったのだろうか。川の水量はふだんよりはるかに多く、流れもはやい。

範宴は額《ひたい》からしたたる血を衣《ころも》の袖《そで》でぬぐいながら、目をほそめて河原をながめた。まだ夜の気配《けはい》がたち去っていない河原には、白いもやのようなものがたちこめている。範宴は土手からおりて、石や流木や、白い骨などが転がる河原を駆けるようにさがしまわった。弥七の姿は、どこにも見えない。

「弥七さーん」

範宴は大声で叫んだ。その声はむなしく川の流れの音にまぎれて消えた。

足もとに不意に女の背中が見えた。黒い髪と白い肩。

範宴はすがりつくように、その体を両手でおこした。土にまみれた顔を手でぬぐうと、ずるりと皮膚《ひふ》がむけた。病《やまい》で死んで、捨てられた女の屍《かばね》だろうか。

範宴は気が狂ったように、河原を走った。あちこちにうちすてられた死骸《しがい》が転がっていたが、當麻御前《たいまごぜん》らしき姿はどこにもない。

「弥七さーん」

絶叫する範宴に、思いがけぬ方向から答える声があった。ふり返ると、土手の上から弥七《やしち》らしき長身の影が、幻《まぼろし》のようにゆっくりとおりてくる。

「弥七さん！　あの女《ひと》は——」

「流したで」

「えっ」

「むかし河原坊《かわらぼう》がやってたみたいに、大事に川に流した。河原に捨てといて野良犬に食《く》われるより、そのほうがええやろ」

範宴《はんねん》は思わず弥七の衣の襟《えり》をつかんだ。怒りとも、悲しみともつかない感情が爆発した。範宴は弥七の体をはげしくゆさぶった。

「どうして、そんなことを！　どうして——」

「やめんかい」

弥七が範宴の手をふりはらっていった。

「そしたら、坊主をあつめて、盛大な葬式でもやったらええんか。丁寧《ていねい》に茶毘《だび》に付《ふ》して、ひと晩中ありがたいお経《きょう》でもあげたらええんか。わしらはな、みーんな割れ瓦《かわら》のかけら、石ころ、つぶてみたいなもんや。うまれて、生きて、死んだら河原に捨てられる。いまの世の中はな、生きて地獄、死んで地獄や。もしあの女がかわいそうと思うのやったら、わしらみんなを救う道でも考えてみい。範宴、おまえ、そのために坊さんになったんとちがうか」

弥七はめずらしく激《げき》した口調でつづけた。

「あの女はな、おまえの身代わりになって黒面法師《こくめんほうし》の矢をうけたんや。奴《やつ》は、ずっとおまえを狙《ねろ》うとったんやろ。けど、ただ殺しただけではつまらん。そこでおまえがいちばん体裁《ていさい》のわるい場面で殺《や》ろうと、機会をうかごうとったにちがいない。坊主と女を重《かさ》ねて殺す。だが當麻御前《たいまごぜん》はなみの女やない。女巫《めかんなぎ》いうてな、神仏の霊力《ちから》が身についとるんや。それでいち早く危険を察して、おまえをかぼうたんやろ。あの女はな、ずっとおまえに憧《あこが》れとったんや。そしていつも、お浄土《じょうど》へいきたい、ていうとった。範宴、おまえ、あの女の心を忘れるなよ。ええか。おまえは、わしら卑《いや》しい人間たちを救うために坊主になったんやろ。ちがうか」

範宴は目を伏せて足もとの石や枯れ木をみつめた。川の音が妙に大きくきこえた。その音は、世間に苦しんで生きる無数の人びとの声なき声のように、範宴の胸にふかくひびいた。

「弥七さん」

と、範宴はかすれた声でいった。

「なんや。文句があるなら、いうてみ」

「いや、文句ではありません。わたしは、心をきめました」

「ほう」

「わたしはもう、お山へはもどりません」

「それで、どうするんや」

「まだ、わかりません。しかし、いま、はっきりと決心したのです。これまで比叡《ひえい》のお山で学んできたことを、これからは俗世間に身をおいて考えます。夢にでてきた聖徳太子が、私のところへこい、といわれたのは、きっとそのことでしょう。しばらくは六角堂にこもって、法螺房《ほうらぼう》どののお手伝いもしながら、いろいろ考えることにします」

「お山をおりるということは、大変なことやぞ。覚悟はできとるんか」

「はい」

範宴《はんねん》はうなずいて、背後をふり返った。東山連峰の稜線《りょうせん》に朝の光がさしてきた。そのかなたに、どっしりと比叡の山容《さんよう》がそびえている。

幼いころ、都大路《みやこおおじ》からながめたあのお山。そしてきょうまですごした懐かしい歳月。

思わず嗚咽《おえつ》がもれそうになる範宴の肩を、弥七《やしち》の大きな手がやさしく抱いた。

（下巻につづく）

本書は二〇一〇年一月に小社から刊行された単行本『親鸞』の上巻です。

|著者| 五木寛之　1932年福岡県生まれ。朝鮮半島より引き揚げたのち、早稲田大学露文科に学ぶ。ＰＲ誌編集者、作詞家、ルポライターなどを経て、'66年『さらばモスクワ愚連隊』で小説現代新人賞、'67年『蒼ざめた馬を見よ』で直木賞、'76年『青春の門』（筑豊篇ほか）で吉川英治文学賞を受賞。'81年より一時休筆して京都の龍谷大学に学んだが、のち文壇に復帰。2002年にはそれまでの執筆活動に対して菊池寛賞を、'04年には仏教伝道文化賞を受賞する。代表作に『戒厳令の夜』、『風の王国』、『風に吹かれて』、『百寺巡礼』（日本版　全十巻）など。小説のほか、音楽、美術、歴史、仏教など多岐にわたる活動が注目されている。本書は2010年に刊行され、ベストセラーとなった。

親鸞《しんらん》(上)
五木寛之《いつきひろゆき》

講談社文庫
定価はカバーに
表示してあります

2011年10月14日第1刷発行

発行者――鈴木　哲
発行所――株式会社　講談社
東京都文京区音羽2-12-21　〒112-8001
電話　出版部（03）5395-3510
　　　販売部（03）5395-5817
　　　業務部（03）5395-3615
Printed in Japan

デザイン―菊地信義
本文データ制作―講談社デジタル製作部
印刷――大日本印刷株式会社
製本――大日本印刷株式会社

ISBN978-4-06-277060-6

講談社文庫刊行の辞

二十一世紀の到来を目睫に望みながら、われわれはいま、人類史上かつて例を見ない巨大な転換期をむかえようとしている。

世界も、日本も、激動の予兆に対する期待とおののきを内に蔵して、未知の時代に歩み入ろうとしている。このときにあたり、創業の人野間清治の「ナショナル・エデュケイター」への志を現代に甦らせようと意図して、われわれはここに古今の文芸作品はいうまでもなく、ひろく人文・社会・自然の諸科学から東西の名著を網羅する、新しい綜合文庫の発刊を決意した。

激動の転換期はまた断絶の時代である。われわれは戦後二十五年間の出版文化のありかたへの深い反省をこめて、この断絶の時代にあえて人間的な持続を求めようとする。いたずらに浮薄な商業主義のあだ花を追い求めることなく、長期にわたって良書に生命をあたえようとつとめるところにしか、今後の出版文化の真の繁栄はあり得ないと信じるからである。

同時にわれわれはこの綜合文庫の刊行を通じて、人文・社会・自然の諸科学が、結局人間の学にほかならないことを立証しようと願っている。かつて知識とは、「汝自身を知る」ことにつきていた。現代社会の瑣末な情報の氾濫のなかから、力強い知識の源泉を掘り起し、技術文明のただなかに、生きた人間の姿を復活させること。それこそわれわれの切なる希求である。

われわれは権威に盲従せず、俗流に媚びることなく、渾然一体となって日本の「草の根」をかたちづくる若く新しい世代の人々に、心をこめてこの新しい綜合文庫をおくり届けたい。それは知識の泉であるとともに感受性のふるさとであり、もっとも有機的に組織され、社会に開かれた万人のための大学をめざしている。大方の支援と協力を衷心より切望してやまない。

一九七一年七月

野間省一